"最美奋斗者"丛书

幸福是什么

李朝全 曹征平 主编

河北出版传媒集团

河北教育出版社

图书在版编目（CIP）数据

幸福是什么 / 李朝全, 曹征平主编 -- 石家庄：河北教育
出版社, 2021.3（2022.8 重印）

（"最美奋斗者"丛书）

ISBN 978-7-5545-6185-0

Ⅰ.①幸… Ⅱ.①李… ②曹… Ⅲ.①纪实文学 – 作品集 – 中
国 – 当代 Ⅳ.①I25

中国版本图书馆CIP数据核字(2020)第233229号

"最美奋斗者"丛书

幸福是什么

XIGNFU SHI SHENME

主　　编　李朝全　曹征平
出 版 人　董素山
责任编辑　付宏颖
装帧设计　于　越　牛亚勋
插　　图　李奥
出版发行　河北出版传媒集团

河北教育出版社　http://www.hbep.com

（石家庄市联盟路705号，050061）

印　　制　天津和萱印刷有限公司
开　　本　787mm×1092mm　1/16
印　　张　20.25
字　　数　227千字
版　　次　2021年3月第1版
印　　次　2022年8月第3次印刷
书　　号　ISBN 978-7-5545-6185-0
定　　价　68.00元

序 / **奋斗者最美**

奋斗就是为了理想和目标而撸起袖子加油干。所有的奋斗都是为了实现理想抱负，其目的和追求是崇高的、正义的、向善的，于社会、国家、人类都是有利、有益、有助的，因此，它是顺应历史发展前行趋势的。奋斗，绝不是蝇营狗苟，也不是鼠目寸光，绝不是纯粹为个人谋求一己私利的，而必定是注目于高远的目标和未来。

为理想而奋斗需要埋头苦干，需要俯首甘为孺子牛的实干精神。奋斗就是辛勤劳作、播种耕耘、期待收获的一个过程。实现理想别无他途，唯有奋斗，唯有撸起袖子加油干。一个理想的社会应该能够让每个人都能人尽其能、才尽其用，发挥出个人最大的积极性、能动性和创造性。

奋斗需要锲而不舍、坚持不懈、久久为功、滴水穿石的精神。罗马城不可能一夜建成，理想不可能一蹴而就。通往理想的路途往往崎岖坎坷，甚至荆棘密布，因此，奋斗既需有披荆斩棘、开山架桥的勇气，更要有前赴后继、咬定青山不放松、千锤百炼浑不怕的意志和毅力，要能吃得了苦中苦，受得了挫折与磨难，勇于不断地从失败中站起，心中永葆理想的灯火，孜孜以求，持之以恒，生生不息，奋斗不已，不达目标，永不言弃。

奋斗者最幸福。生存的意义和生命的价值不在于索取、获得与享受，而在于创造、奉献与成功，在于为了实现理想而不懈地筑梦逐梦、奋斗不止，从而让生命焕发出光彩的过程。幸福的真谛在于为社会创造价值，同时实现自己的个人价值。这个过程也就是奋斗的过程。不经风雨，怎见彩虹？奋斗的过程中虽有百般辛酸苦累，更有成功的狂喜与欢乐。

奋斗者最美丽。奋斗者留给世界的永远是劳作的背影，是负重前行的身姿。美来自生活，来自生产与劳作。劳动创造美，劳动者最美。为了实现理想而不屈不挠、顽强拼搏、积极作为，这一过程就是为了将一个人生命的最大能量最充分地激发出来，使人始终保持昂扬向上、生机蓬勃的奋斗姿态。这也是一个人一生中最有光彩的高光时刻。奋斗者给予人的是一种力的美、一种雄壮的伟岸的美、一种崇高的美、一种凝结着真与善的美，它代表着人类积极向上的方向和力量。

奋斗者最伟大。劳动最光荣，奋斗者作为杰出的劳动者，为世界和人类不断地创造财富及价值，通过付出自己个人的心血汗水来推动文明进步和历史前行。他们无疑是正能量与主旋律的化身。奋斗者往往又是心怀祖国和人民、心系家国天下的一群人，他们同时又是爱国主义者，怀存爱国之心、报国之志，甘愿将自己的一切奉献给时代和人民。他们无疑最值得赞美和讴歌，也最值得书写与铭记，书写他们的辛勤付出，铭记他们的功绩和英名。

时代赋予了每个人依靠奋斗获得成功的机会。我们每个人都要争当奋斗者，勇敢地去追梦、筑梦、圆梦，持续不断加油干，努力去实现个人的梦想。一个民族、一个国家的进步发展，必须依靠这个民族和国家每个个体的共同奋斗。一个勇于奋斗、坚持奋斗、奋斗不息的民族永远是最有生机与活力的，拥有最有希望且可期待的美好未来。

2019 年，为隆重庆祝中华人民共和国成立 70 周年，经党中央批准，中央宣传部等部门在全国范围内开展了新中国"最美奋斗者"评选表彰活动。这些奋斗者都是中华人民共和国成立以来各地区、各行业、各领域涌现出来的先进人物。书写和宣传这些优秀的时代劳动者，旨在大力弘扬他们的崇高精神和价值追求，在全社会积极倡导一种主流的正面的价值观，激励广大干部群众以"最美奋斗者"为榜样，自觉地把自身的前途命运同国家和民族的前途命运紧密联系在一起，高举爱国主义伟大旗帜，培养爱国之情、砥砺强国之志、实践报国之行，始终做爱国主义精神的坚定践行者；大力弘扬"幸福源自奋斗、成功在于奉献、平凡造就伟大"的价值理念，把人民对美好生活的向往作为奋斗目标，撸起袖子干、挥洒汗水拼，始终做新时代长征路上的不懈奋斗者。

全国一共有 278 名个人和 22 个集体荣获"最美奋斗者"称号。我们从中精选了 80 位最美奋斗者的故事，将描写他们的文学作品汇编成册。同时依据内容将其分成 10 卷，每卷都取该卷内一篇作品的标题作为书名。这些作品，通过讲述精彩好故事，刻画出彩中国人，彰显不竭奋斗情。最美奋斗者是时代的一座座丰碑，更是人们学习的榜样与楷模。我们希望读者朋友能够从这些奋斗者身上，从他们的奋斗经历中获得激励与启迪，特别是青少年读者、党员干部能够从这些最美奋斗者身上汲取青春热血和奋斗激情，接受精神的熏陶与洗礼，成为一个个拥有高尚情操和远大抱负的人，终生都当一名真正的奋斗者。

在本丛书策划编辑过程中，河北教育出版社给予了高度的重视和大力的支持，优秀编辑付出了辛勤的劳作，书中收入作品的众多作者也给予了鼎力支持和帮助。在此，谨向作者和出版者致以衷心感谢！

李朝全

2020 年秋于北京

目录
CONTENTS

幸福是什么？（节选）

◎ 李春雷

血，总是热的

我常常问自己

我究竟能给你什么

我的朋友

虽然我不知道这个答案

但我确实能给你

那属于我的生命

我的爱

来吧

亲爱的朋友

让我给你一个太阳吧

让那太阳的光辉

驱散寒夜

温暖着你

给你绿色

给你蓝天

　　——摘自郭明义诗歌《我能给你什么，我的朋友》

　　新华网北京 12 月 11 日电（记者吕诺）卫生部部长陈竺今日带头献血。他呼吁说："我国血液和血液制品供应面临严峻挑战，身体条件好的人应当积极参与献血。"

据统计，全国医疗市场对血液制品生产用原料血浆的年基本需求量为 8000 吨。2010 年，全国年采浆量为 4180 吨，只相当于需求量的 50%。

同一天，新华社公布一个资料：我国人口献血率只有 8.7‰，远低于世界高收入国家的 45.4‰（丹麦最高为 67‰），和中等收入国家的 10.1‰，也低于香港的 30‰ 和澳门的 23‰，离世界卫生组织推荐的 10‰ 也有一定的差距。

献血，不仅是临床急需，而且标志着一个国家的文明水准！

——摘自新华网 2011 年 12 月 11 日

13　血冷血热

当一个人对这个国家、这个社会充满热爱的时候，他最直接的表现，就是情愿奉献。

第一个层面是奉献金钱和财产；第二个层面，也是最高层面，就是奉献鲜血和生命。

无偿献血分为两种：

第一种是捐献全血，也就是我们常说的献血。1998 年国家颁布实施了《献血法》，确立了无偿献血制度。其中第二条规定，国家提倡 18 周岁到 55 周岁的健康公民自愿献血。每个人每年最多只能捐献两次，每次最多献血 400 毫升。

第二种就是捐献血小板。每次可抽取 800 毫升或 1600 毫升的血液，提取一个或两个单位的血小板后，再将血液输回体内，每次均按无偿献血等量计算。

郭明义献血，源于一个偶然。

1990 年春天，鞍钢集团工会号召职工无偿献血，一向积极的他第一个就报名了。在鞍山市中心血站，他看到医生把牙签粗的针头扎进同事的血管里，鲜血汩汩地向外涌流时，浑身下意识地颤抖起来，心脏"砰砰"地狂跳。他咬咬牙，伸出了胳膊，可是肌肉已经不自觉地僵硬了。

医生把针扎进动脉，一股殷红的浓稠的血浆立刻喷涌出来，却又迅疾地缩回导管。老郭觉得胳膊麻辣辣的，脑袋麻辣辣的，血液仿佛也麻辣辣的。

果然，血液停滞在导管里，冒着泡泡。

医生看他一眼，遗憾地说："你有晕血症，不适合献血。"

同事们笑他说，30 岁的人了，抽点血，就吓成这样，真是没出息。

郭明义满脸通红，愧疚不已。

但是，他心里纳闷啊。10 年前在部队时，一名战友负伤，送到 209 医院抢救，生命垂危，急需输血。他匆匆赶过去，慌慌忙忙地献了一次血，当时并没有异常感觉啊，怎么现在竟然不适合献血了呢，看来还是心里太紧张。

坐在旁边休息了一阵儿，他越想越不是滋味儿，自己怎么能甘当懦夫呢？

晕血是一道心理障碍，必须跨过去！

半个小时后，郭明义不顾别人的劝阻，再度挽起袖子，伸出胳膊，闭紧了眼睛，再三恳请医生扎针。

殷红的鲜血滑润地流了出去。

虽然医生只抽取了 200 毫升，可流出去的鲜血，却排解了他满腹的郁闷，他感觉心里亮堂堂的，如同湛蓝的天空，如同澄明的泉水。

…………

从此，郭明义坚持每年献血，并由每年一次增加到最高限额的两次。到日前，已积攒了 56 张献血证。

一个体重 75 公斤的成年人，全身大约有 6200 毫升血液。

20 多年来，郭明义无偿献血累计达 6 万多毫升，相当于自身总血量的 10 倍。

如果将这些血液装进大号的矿泉水桶，就是满满的 6 大桶。

按抢救一个病人需要 800 毫升鲜血计算，这些血液至少可以挽救 75 名危重病人的生命。

这些曾经滋润着郭明义生命的鲜血，正在滋润着众多的生命，众多的心灵……

2011 年 11 月，中国卫生部通报了当年 1-9 月份全国各省份的血液采集情况，并与 2010 年同期进行了比较。前三季度全国无偿献血量比去年同期增长近 6 个百分点。其中，内蒙古、辽宁、吉林、河南、山东等 8 省份，献血人次及献血量增长速度较快。而北京、浙江两省自上半年以来持续下降，献血人次和献血量比去年同期均有所下降。

14　血浓于水

春节前一天，医院紧急接诊一名临产孕妇，患有严重的溶血症，如果不马上输入 O 型血小板，就会葬送两条生命。而此时，血站恰恰告罄。

万分紧急的情况下，大家不约地想到了郭明义……

血液有三种成分：红细胞、白细胞和血小板。血小板是一种独有的凝血剂，是白血病、再生障碍性贫血等多种血液病人的临床必需。

血小板生长周期为 28 天，即 28 天可补充完全，进行再次捐献。

过去捐献血小板需要三个小时，现在技术提高了，只需一个半小时。针似牙签，把血液抽到血液分离器中，进行分离，提取出来的血小板类似鸡蛋黄，装在小袋里，又像一枚金色的馅饼。

捐献血小板和捐献全血有很大的不同。捐全血，坐在那里，伸出一只胳膊，只几分钟就结束了。而捐献血小板，需要躺在采血机上，两个胳膊同时插上针管儿，血液从左臂抽出来，经过血液分离机多次循环，提取血小板后，再输回右臂，回归体内，每次需要漫长的一个半小时，手臂有轻微的疼痛。而且，捐献之前的几天内不能饮酒，不能吃油腻。还有，就是一旦捐献，长期依赖。

2005 年，鞍山市中心血站引进血小板提取设备后，郭明义便主动要求捐献血小板。

道理很简单：血小板捐献者较少，而且捐献次数可以多些。

血小板一般每次捐献一个单位，即 200 毫升。可郭明义每次主动要求捐献 400 毫升，他说，好不容易来一次，多献一些吧，免得病人急用。

6 年来，除中间因献过全血而必须等待半年外，他每个月都捐献一次血小板，从未间断……

2009 年春节前一天的中午，郭明义正准备到食堂吃午饭，突然接到鞍山市中心血站的电话，问他能否提前捐献血小板？

郭明义明白，血小板保存期特别短，一般都是按照每月预约的捐献时间进行采血提取，没有危重病人，血站是不会打来这个电话的，尤其是明天就要过年了。

正像他猜测的一样，原来鞍山市第一医院紧急接诊了一名临产孕妇，患有严重的溶血症，如果不马上输入血小板，就会因失血过多而葬送两条生命。

求助电话打到鞍山市中心血站，而这时，血站恰恰 O 型血的血小板告罄。

马上就过年了，而且时间紧急，找谁去呢？大家不约地想到了郭明义，因为他就是 O 型血。

从来电急切的语气中，郭明义已经感到了时间的刻不容缓，尽管食堂就在眼前，他还是放下饭盒，急匆匆地向出租车跑去。

从早上 5 点到下午 2 点，郭明义没有进食。往常，在这种情况下，是绝不适宜献血的，可现在，为了挽救这对陌生母子的生命，他向血站的医生隐瞒了这个情况，只是伸出两只胳膊，催促工作人员快快开始采血。

工作人员建议他捐献一个单位的血小板。他坚决不肯："还有孩子呢，两条人命，宁可浪费点，也要保证母子平安！"

采集过程耗时一个小时零四十分钟，躺在采血床上的郭明义饥困交加，头昏脑涨，眼前幻影飘浮，他咬紧牙，默默地忍受着、忍受着……

捐献结束后，大家或忙着照顾病人，或忙着回家过年，都忽视了虚弱的他的痛苦表情。他依偎着楼梯的扶手，一步一步地挪下楼，实在走不动了，就躺在走廊一侧的椅子上，昏睡了过去。

妻子和女儿在家里等他回来过年，久久不见人影，屡屡打手机，也无人接通，后来经过辗转打听，才找到这里。看着独自昏睡在走廊椅子上的他，娘儿俩痛哭失声，把他搀回家去。

直到第二天，母子平安脱离危险后，患者的丈夫才哭着打来电话："你是我们全家的救命恩人，没有你就没有他们母子俩，我一定要当面感谢，给您叩头拜年！"

郭明义拒绝了。

别人劝他："你应该见见面啊，起码能知道你救命的是什么人，对你自己不也是一个心理安慰吗。"

郭明义说："我不要别人的感谢，更不要别人的礼物。对我来说，只要知道他们母子平安就放心了。"

半个月后，母子出院时，全家人再一次坚持要来看望他，感谢他。

他再一次拒绝了。

15　热血沸腾

其实，我们每一个人距离崇高并不远，只要你相信它存在，只要你不懈地追求，只要你从一点一滴做起，你就会一点点地接近崇高，变成一个高尚的人。

在过去的很长一段时间里，中国实行有偿献血。

有偿献血导致了许多社会问题。所以，从 1998 年开始，国家颁布了《献血法》，正式全面确立了无偿献血制度。

实行无偿献血之后，社会问题减少了，但义务献血的人数也随之减少，北京、上海、深圳等一线城市常常出现血荒。

据《劳动报》消息，上海市卫生部门 2011 年 8 月 26 日发布市民献血现状调查报告：献血人数只占全市总人口的 1.17%，远低于发达国家水平。而另一个值得关注的数据是，本市街头献血人群中，农民工占到 70% 以上，白领和高学历者只占到极小比例，特别是公务员，所占比例更少。

血液，就像我们身体里的河流，热辣辣地传递着我们生生不息的生命律动。

自从开始献血，郭明义就全身心地投入。他没有别的想法，只是感觉自己应该为这个社会做些什么。自己是一介平民，一个工人，没有别的什么能力，但有的是鲜血。

老郭说："其实，献血很简单。下了班，洗完澡，换上干净的服装，回家之前顺路拐到血站。"

静静地躺在采血床上，肌肉轻微地麻辣一下，扎针了，导管里的血液慢慢绕过前胸，把白色的管道染红，汩汩流淌到那个血袋里……

20多年了，他已经熟悉了这一切。

不仅自己献血，更主要的是唤起社会捐献。

2000年1月，为了让更多的人了解无偿献血知识，参与到无偿献血的队伍中来，郭明义用自己个性化的语言编写了一份倡议书。他充分发挥自己曾经是宣传干部和业余作家的优势，既准确入理，又煽情动人。

一朵朵紫红的小喇叭缀满了路旁的梧桐树，馨香袅袅，飘满小镇。

这条樱桃园路是齐大山镇最主要的街道。2000年5月1日，老郭拿着厚厚一沓倡议书，站在路口，局促地呆立一会儿，开始迎着行人散发起来。

有人过来了，老郭赶紧走上去，没想到这个干部模样的人根本不理他，直挺挺地走了过去。

老郭鼓起勇气，又迎向下一拨走来的人流。

人们有的接过宣传单看一看，放进包里或衣服口袋，有的随手就扔到路边。还有一个人一把推开老郭的手臂，打掉宣传单，夺路而走。老郭尴尬地愣了一愣，想喊几嗓子又隐忍了，急忙跑过去，捡起那张还没有被践踏的纸，轻轻吹掉上面的尘土，重新放回到那一沓子宣传单中。

"献血不仅无害，反而能促进血液循环。"他一捋袖子，干脆来一个现身说法,"看,我年年献血,身体棒得很。哪个跟我来掰掰手腕?"

"我来!"一个小伙子站出来。

第一局,老郭赢了;第二局,小伙子脸红红地搬回一局;第三局,老郭又搬回来。

围观的人越来越多,大家高高兴兴,连空气都仿佛跳跃起来……

上班时,乘车时,吃饭时,开会时,走到哪里,宣传到哪里。

领导,工友,贫困学生家长,经常打交道的邮政局职工,沿街商铺的店主和店员,还有齐大山铁矿周围社区的居民们,都收到了他的倡议书……

每次体检时,他身体的各项指标均合格。别人说:"老郭坚持献血这么多年,身体还这么棒。我们一次也没有献过血,身体却还有这样那样的毛病,看来献血真不是什么坏事啊。"

一把火终于点燃了。

从2003年开始,郭明义成立了"鞍山市无偿献血志愿者应急服务大队"。

刚开始,只有三五个人,八九个人。后来,发展到三五十个,八九十人,二百多人……

16　流动的血库

　　600 多人浩浩荡荡地奔向市中心血站。鞍山血荒，瞬间告破！

　　"郭明义献血志愿者"队伍已超过 4000 人，这是全国最大的一支人数固定的献血队伍，这是全国最大的一个流动血库……

2007 年 2 月，鞍山市临床用血告罄！

　　血源不够，就意味着有些患者的手术要推迟，紧急抢救的患者会因血源不足而丧失生命。

　　郭明义决定发动一次大规模的无偿献血活动。

　　回到家，他把原来的献血倡议书又修改了一遍，加入了中心血站临床用血告急，患者的生命等待救援之类的内容，还用换位思考的方式启发大家，假如亟待输血的病人就是我们的亲人，我们该怎么办？之后，他再次自费印制 1000 份，马不停蹄地穿梭于矿业公司机关和各车间的办公室和食堂，面对面地宣读。

　　老郭嗓音沙哑，浓浓的鞍山味儿，但他念得真诚，投入，声泪俱下。念完了，抹抹脸上的泪，又开始唱歌了，还是那一首著名的《爱的奉献》："只要人人都献出一点爱，这世界就会变成美好的人间……"

唱着唱着，他的泪再次下来了。

大家喊："老郭，你快别唱了，我们都跟你去献血！"

3月2日，是一个星期天。在郭明义的召集下，齐大山铁矿和矿业设备公司等单位的100多名干部职工，30多名社区居民，齐聚中心血站。

一只只粗粗细细、黑黑白白的胳膊，伸向了采血车。

鞍山血荒，瞬间告破！

2010年2月1日，鞍山中心血站再次告急。

第二天，郭明义就向矿业公司的广大职工和社会志愿者发出了献血倡议。

2月9日，大队人马再次奔向鞍山市中心血站。

那一天，正是腊月二十六，天降大雪，寒风袭人。一辆白色的采血车，通红的十字闪耀着亮光，近百人的队伍排在车前，陆续还有从四面八方汇聚而来的人流。郭明义的工友来了，他常去汇款的邮局职工来了，常去复印打字门市的店员也来了，甚至还有社区那些泡棋牌室的"麻婆"，100人，200人，500人，600人……

鞍山市红十字会的工作人员惊呆了，他们从来没有见到过这么庞大的献血队伍。没办法，只好临时再调用3台采血车。

这时候，老郭来了。队伍一阵骚动。

"老郭，你好！"大家纷纷向他打着招呼。

"大家好，排好队，一个一个来。"郭明义笑呵呵地挤过人群，跟大家频频拱手。大家也纷纷给他让开一条路。他挤上采血车，急切地与工作人员商量方案。

由于血站库存根本容纳不下600多人同时献血，这些队员中，只有138名志愿者完成了捐献。

这一次，共采集血液 32000 毫升，不仅保证了鞍山市春节假期的用血安全，还为临近城市储备了充足的血源。

目前，"郭明义献血志愿者"队伍已超过 4000 人，这是全国最大的一支人数固定的献血队伍，这是全国最大的一个流动血库。国家随时需要，随时取用。

每年的 6 月 14 日，是世界献血者日，上海、南京、昆明、深圳等大城市的血站门口冷冷清清，不时出现血荒，而鞍山市中心血站的门前总是热热闹闹，热血沸腾。

鞍山无血荒，因为郭明义！

笔者感言：澳大利亚人哈里森，15 岁那年曾经命悬一线，经过别人及时输血才保住了性命。滴水之恩，涌泉相报，从此，他立志用无偿献血来挽救其他人的生命。从 18 岁开始，48 年来共献血 804 次，献血量共 48 万毫升，被列入吉尼斯世界大全，澳大利亚红十字会誉其为"澳洲英雄"。

在中国，我们不知道郭明义是不是献血最多的人，也不知道献血最多的人是哪一位，但这显然没有多少特别意义。

诚然，哈里森是十分可敬的，但他只是一个单纯的报恩者。而郭明义，却是一个虔诚的建设者，他在试图和努力建设着一种和谐，一种秩序，一种美德……

帮 帮 孩 子

爱，深藏在您、我、他的身上

让爱

从您、从她、从我的身上

自然地流淌

这爱

像山泉

像小溪

像奔涌的长江、黄河之水

以博大的胸怀

以汹涌的气魄

流向他所爱恋的土地

去滋润每一个人的心灵

…………

——摘自郭明义诗歌《让爱流淌》

17　燃希望的灯

女孩的字歪歪扭扭，但纸上的泪痕粒粒可见。她说："我可以喊您一声爸爸吗？"

从此，这个名叫王诗越的穷孩子，便成了郭明义最早的挂念。

从郭明义第一次投身希望工程，距今将近 20 年了。

那是 1994 年的冬天，他和工友们一块到台安县参加企业与地方的互助活动。吃饭的时候，他无意中走进了一户农家。这个家只有两间破旧的土坯房，女主人病卧在炕上，动弹不得，一个十来岁的小女孩踩在小板凳上，正在为妈妈做饭。

看到这个情景，郭明义不由得眼辣鼻酸。

这是一个单亲家庭，父母离异后，小女孩跟着母亲生活。后来，母亲不幸患上了糖尿病，身体越来越差，地里的农活不能干了，日子一天不如一天，连孩子的学费也交不起了。除了用药，每天请医生输液打针还需要 4 元钱。为了省下这笔费用，母亲就让女儿放学后给她扎针。可毕竟是一个十来岁的孩子啊，加上紧张害怕，每每扎不到血管，娘儿俩常常抱头痛哭……

郭明义的泪花奔涌而出，他想起自己刚刚上学的女儿，掏出身上仅有的 200 元钱，塞给这个和女儿差不多同岁的女孩，临别时又记下了孩子的联系方式。

从此，这个名叫王诗越的女孩便成了他的挂念。

这个时候，社会上正在大力宣传希望工程，那个大眼睛的小姑娘时时出现在电视上。他一下子就明白了这项工程的意义。

回到鞍山的第二天，他又给女孩寄去了 200 元，鼓励她安心学习，好好学习，用知识改变命运，并写信承诺从今往后每年捐助 1000 元，供她读完小学、中学和大学。

郭明义的工资只有三四百元，父亲正在重病中，女儿刚刚上学，正是最困难的时候。但他感觉自己应该承担起这一份责任。

没多久，王诗越回信了，字虽然写得歪歪扭扭，但纸上的泪痕却粒粒可见。孩子说："郭伯伯，有了您的钱，妈妈可以请医生打针了，我也可以放心地上学了，您是我们全家的大恩人，我可以喊您一声爸爸吗？"

郭明义心头一震。

帮助的是别人，感动的却是自己。王诗越给他的温暖，成为郭明义投身希望工程最初的原动力。

他想，社会上像王诗越这样濒临失学的贫困孩子还有很多，虽然自己的力量实在微薄，但也要尽心尽力啊。

郭明义第一次捐款，还是在当兵时的 1979 年 3 月。云南普洱地区发生 6.8 级强烈地震，许多人伤亡。他每天都收听广播，心里绞痛。前几年，鞍山市下辖的海城市发生大地震，那种恐怖的惨状，他曾经见识过。

几天后，他捐了 100 元，这是他当兵两年的全部积攒。当时，他每月的津贴只有 6 元钱……

18 儿多女稠

"兄弟不在了，你的收入很低。以后，孩子上学的书本杂费，我全包了！"从此，他又多了一个叫武雪莲的孩子。

每每看着五个孩子生龙活虎的样子，郭明义都乐得合不拢嘴。

1995 年，工友马德全家的三胞胎顺利降生了。

大人们却是又喜又愁，3 个孩子，3 天就要吃掉 2 袋奶粉，一个月仅奶粉钱就要 300 多元，而两口子的工资加在一起才 600 元，这日子怎么过？

孩子三个月的时候，郭明义找上门来，不但送上了一份奶粉钱，还承诺，从孩子上小学开始，一直到大学毕业，每个孩子每个学期资助 200 元。

孩子长大了，马德全师傅家的境况也已经大为改善。他几次郑重提出："郭师傅，你捐助那么多人，生活也不宽裕，就不要再资助我们了。"

郭明义说："我说话算数，一诺千金，孩子大学不毕业，我的承诺不会变！"

齐大山铁矿设备检修协力中心有一个叫武昌斗的青年工人，患上了肝硬化，长期在家养病。后来，他的病情进一步恶化，需要注射大量"白蛋白"维持生命。这种药特别贵重，还不好购买。郭明义格外上心，除了经常去医院看望武师傅，还通过妻子，跑遍鞍山市的几家药店，到处去求购"白蛋白"。

毕竟，医生和郭明义都没有回天之力，病魔还是夺去了武昌斗年仅 39 岁的生命，丢下了一对孤儿寡母，和一个被外债压扁的家。

料理完丧事后，郭明义安慰武师傅的妻子，兄弟不在了，你的收入又很低，一个人拉扯孩子不容易，以后，孩子上学的书本杂费，我全包了。

　　从此，郭明义又多了一个叫武雪莲的孩子。

　　2001 年 6 月，山东省嘉祥县老僧堂乡西李楼村的李秀立、轩荣华夫妇自然受孕，生下五胞胎。这件事曾轰动一时，当时也有人慷慨相助，可新鲜劲儿过去后，就没有人关注了。

　　郭明义从报纸上了解到，夫妇两人连奶粉也买不起了，打算把五胞胎分开，送给别人抚养。

　　郭明义的心受不了了。是啊，一对夫妻抚养一个孩子，正好符合工薪阶层的经济现状，五个孩子，确实与他们现有的经济能力差距太大。可孩子都是父母的心头肉，怎么能让他们骨肉分离呢？自己虽然力量微薄，不能从根本上解决问题，但如果有几个人共同伸出援手，这个家庭就能挺过难关。

　　第一次，他寄去了 300 元。

　　从那之后，郭明义每隔几个月都要给五胞胎寄钱。8 年过去了，累计已寄出 19 次。李秀立夫妇也总是把五胞胎的照片回寄过来。

　　每每看着五个孩子生龙活虎的样子，郭明义都乐得合不拢嘴。

　　张萌是重庆市山区农村的一个土家族小姑娘，父亲 2009 年到山西一家煤矿打工，出事故，高位截瘫，卧床不起，对方所欠 9 万元抚恤金也迟迟不给。妈妈经不住打击，离家出走了，爷爷、奶奶在半年之内也相继去世了。小姑娘才刚刚 6 岁，该上学了，怎么办？

　　郭明义看到这个信息后，便常常与同事高微（女，1981 生）念叨此事。后来两人约定：每人每月给张萌寄 100 元。

19　爱心五连环

　　　两个人的对话，感动了前排的北京出租车司机，表示要捐款。

　　　由于救治及时，小悦萌的病情得以彻底控制，不仅不用截肢了，而且正在走向康复……

　　2011 年 2 月 2 日是虎年的最后一天，这天下午，郭明义利用在北京参加中央电视台春节联欢晚会彩排的空闲时间，去北京积水潭医院看望一名从鞍山来的孩子。这个孩子名叫朱悦萌，因患骨肉瘤在此住院，随时有截肢的危险。

　　陪同郭明义的是他刚结识的另一个全国道德模范裴春亮。见到孩子后，郭明义把身上的 1300 元全捐了，裴春亮也捐出 3000 元。乘出租车返程的路上，两个人仍然在为孩子叹息。他们的对话，被驾车的北京出租司机全听到了，十分感动，表示要捐款。

　　郭明义说："你要捐就捐给你的同行吧，是我们鞍山市的一位出租车司机。"

　　原来，郭明义有一个同事张云，是采场修路车间的平路机驾驶员，因患股骨头坏死无法工作。郭明义先后为他进行了 6 次募捐，共捐款 3 万元。张云的病治好后，仍然在采场开车。张云有一个同学叫王勇，是一个出租车司机，也是股骨头坏死，由于生活困难，便通过张云，请求郭明义帮助。郭明义就记住了他。

这位北京司机当即捐出 500 元钱，托郭明义代交。

郭明义回来后，就张罗着为王勇捐款，先后募捐了 4 万多元。

不久，王勇进行了手术，效果很好，几近痊愈。之后，王勇仍然开出租车谋生。对于郭明义，王勇的感激是无以言表的。他把自己治病剩下的 9700 多元，全部退还给郭明义，请他捐给更需要的人。

2011 年 4 月，郭明义再次去看望朱悦萌，正好孩子的继父杜枫也在场。让郭明义惊奇的是，杜枫竟然也患有严重的股骨头坏死，正在为治疗犯愁，一家人很是困窘。

事已至此，郭明义便把王勇剩余的 9700 元钱，全部捐给了杜枫，并又开始为他奔走捐款，不长时间，捐来 3.1 万元。

杜枫的病治愈了。

接着，郭明义先后又为小悦萌捐款 2 万多元。

由于救治及时，小悦萌经过两次手术，病情得以彻底控制，不仅不用截肢了，而且还正在走向康复……

20　雨后有彩虹

张丽终于考进了辽宁工程技术大学。开学时，郭明义又送上 2000 元。

2007 年 7 月，张丽以超出分数线 20 分的成绩，考上鞍山市重点中学——第八中学。

这本来是一件高兴的事情，却急坏了她的母亲。

说起来，张丽真是一个苦命孩子。

上初中的时候，父亲绝情地离开了她和多病的母亲，家轰然倒塌了。母亲心脏病骤发，躺倒不起，脸色蜡黄，落发满枕，望着窗外整夜整夜地发呆。张丽害怕极了，拨爸爸的电话，永远是忙音。

张丽逃学了，独自在街头徘徊。两旁的橱窗里，诡异的模特用千奇百怪的姿态看着她，不时飘出声嘶力竭的摇滚音乐："我拿青春赌明天……"她在想，是不是赌一把，去做生意，挣钱照顾妈妈。

妈妈挣扎着爬起来，走遍了周围的大街小巷，急切地寻找深夜不归的女儿。终于在一家酒店的霓虹灯下，妈妈看到了孤影寂寂的女儿。

妈妈跑过去："丽丽。"

"妈妈，妈妈……"张丽哭着扑进妈妈的怀里。

张丽又开始了艰难的求学。

妈妈的工资 700 元，除去药费，所剩无几。就这样，懂事的张丽依然顽强地考取了本市的重点高中。学费虽然不多，可是压在张丽和妈妈的头上，就像山一样。

重点高中，是多少个孩子的梦想啊，可张丽眼看就要梦碎了。

郭明义从报纸上看到了这一信息后，马上按披露的联系方式，约见了张丽。

那一天，阴雨沥沥，失落的张丽看到哪儿都是灰暗的，潮湿的。她拿着父母的离婚证，下岗证，在孟泰公园里见到了郭明义。郭明义告诉她，知识改变命运，为了让妈妈今后过上幸福生活，需要你靠刻苦学习去赢取明天。张丽郑重地点点头。

郭明义送给她一个信封和一个书包，里面装了600元，一些学习用品，还有自己的电话号码。

从此之后，郭明义月月寄钱，连续两年。

2010年8月，张丽考上一本大学——辽宁工程技术大学。

开学时，高兴异常的郭明义又送她2000元："这是伯伯奖励你的。"

张丽日记中写道："是谁在风帆折断的时候，给了航船一个港湾？是一个素不相识的工人大叔，我这一生要感谢这个人！"

21　苦菜花的微笑

第一次看到郭明义，奶奶哭了。原以为他是一个富翁，没想到却是一个清贫的普通工人。

脸盆、拖布、墙上的挂表，都是郭明义夫妻买来的，还有一盏精致的护眼台灯……

刚刚出生3个月，杨斯雯——这个襁褓里的春芽一般的小姑娘面对的却是一个悲惨的人生开幕：父母离婚，双双离家出走，再也未曾见面，把她丢给年迈多病的爷爷、奶奶。爷爷是鞍钢的老工人，不久也去世了。奶奶曲卫君是一个家庭老太太，一辈子没有工作，没有收入，更没有积蓄。

奶奶依靠捡垃圾维持生活，实在难以为继，在孩子 2 岁时，就送人了。但想一想，毕竟是家族的一条根，不舍啊，就又讨要了回来。可怜的孩子，像一株寒春里的苦菜花，在生命的凄风苦雨中瑟瑟颤抖着。

小斯雯 3 岁了，由于没有钱，不能去幼儿园。

小斯雯 7 岁了，哭着说："奶奶，我想上学。"

学费 300 元，没有。奶奶只得把爷爷的照相机和书籍卖掉，凑齐了费用。

孩子上学后，奶奶就感到更加吃力了，身体本来就不好，常常要看病吃药。孩子上到四年级时，奶奶实在供养不起了，有好几次已经失去了生活信心，甚至想到了绝路。

正在这个时候，郭明义从市希望工程办公室了解到她的情况，便寄去了 300 元。

后来，每一次开学时，他都寄 300 元，还给奶奶写信，鼓励她坚定信心。

虽然学费解决了，可祖孙两人的生活还是异常困难。为了省下中午饭的 3 元钱，奶奶每天中午都要骑自行车把孩子接回家。特别是到了冬天，鞍山的温度在零下 20℃，北风呼号，滴水成冰，化不开的积雪，加上奶奶年老体弱，不知摔了多少跤。

郭明义又担心了，天这么冷，路这么滑，老人又有病，万一出了意外怎么办？于是，他每月又给小斯雯追加了 100 元，用于祖孙两人的生活费和小斯雯的午餐费。

虽然一直接受着郭明义的恩惠，但小斯雯和奶奶却一直没有机会见到郭明义。

2007 年 3 月，在市希望工程办公室组织的一次座谈会上，双方才第一次碰面了。看到郭明义穿着黄色的劳保鞋，破旧的工作服，肘部还打着补丁，奶奶泪流满面。原来，她一直以为郭明义是一个富翁，没想到却是一个比自己好不了多少的普通工人。

小学读完后，小斯雯不想上学了，要去打零工，或拾垃圾，帮奶奶生活。

郭明义坚决反对，于是，帮助孩子录入了重点初中——第42中学。小斯雯特别爱学习，成绩在班里一直是上游。每个月，郭明义总要抽时间去看望一次，每次都要带一些礼物，平时搬一箱咸鸡蛋或一箱牛奶，中秋节拿一盒葡萄和两盒月饼，过年时带一壶油和五斤糖果。从齐大山铁矿到第42中学，中间要辗转4次公交。为了省下几元钱，郭明义从来没有乘过出租车。

很快，孩子要上初三了，而她们的房子要拆迁。为了让孩子安心学习，考上重点高中，2010年9月，郭明义替孩子和奶奶在学校附近租下了一套小户型的单元房。重点学校附近的房租特别高，但考虑到孩子走路不超过十分钟，不仅安全，而且能节省好多时间，他和爱心团队的几位朋友你三百，我五百，凑足了5000元钱，一次性交到明年7月，顺便还交上了今年的取暖费。

9月12日那一天，郭明义和妻子一起来帮着搬家。连脸盆、拖布，墙上的挂表，都是郭明义夫妻买来的，还有一盏精致的护眼台灯……

郭明义对小斯雯奶奶说："孩子花多少钱，我们全负责，一直到大学毕业。将来出嫁，我们就是娘家人，再出一份嫁妆。"

22　郭家的公共财产

　　　郭明义的近视眼镜，一只镜腿是焊死的，戴了五六
年，仍然没有换。
　　　他家电视机的额头上，贴了一张小字条：公共财
产，不许捐赠。

　　在整个鞍钢，除了贫困户，郭明义大概是唯一没有存折的人。
直到今天，他使用的手机仍然是最简单、功能最少的那种老式三星。
他的近视眼镜，一只镜腿是焊死的，戴了五六年，仍然没有换。
　　郭明义家离单位有五六里，每天本来骑自行车上下班。2003 年
8 月，他认识了一个海城市的希望工程学生，每天步行 4 公里上学，
当即就把自行车送给了孩子。妻子又给他买了一辆，可没过多久，
他又捐给了另一个贫困孩子。妻子有些生气，就不管他了。他开始
披星戴月地步行上班。过了一个多月，妻子还是心疼他，就又为他
买了一辆自行车。
　　第二年的"六一"儿童节，鞍山电台播出了一个访谈节目，询
问孩子们的心愿。汤岗子小学的一个学生说如果能有一辆自行车就
好了，那样就再也不用担心上学迟到了。郭明义听到后，马上给电
台记者打电话，说这个孩子的心愿他包了。回到家，就把自行车擦
得锃亮，又捐出去了。

从此以后，他又开始步行上班了。妻子想，干脆不给他买自行车了，路上汽车太多，经常堵塞，而且路程也不算太远，马上就五十岁的人了，步行既安全，又锻炼身体。

直到今天，他仍然是一个"步行族"。

还有一个三捐电视机的故事。

郭明义家里原来有一台国产彩色电视机，2001年3月，他发现修路车间值班室里空荡荡的，晚班的工友们常常打扑克、玩麻将，心想如果有一台电视机就好了，于是就把家里这台搬了过来。妻子又买了一台电视机，可过了两三年，郭明义去看望一个棚户区的贫困孩子，发现孩子的父亲常年瘫痪在床，孤独无助，如果面前有一台电视，就不寂寞了。于是，又把家里的电视搬了过去。

郭家的第三台电视机捐给了岫岩县的一个贫困孩子。在一次希望工程见面会上，郭明义问一个孩子最希望什么。孩子说最大的希望就是能看上彩色电视。郭明义的泪又下来了，现在都什么年代了，看电视居然成了孩子的最大奢望，他马上就答应帮孩子实现愿望。当时，女儿也正是爱看电视的年龄，看到电视柜里空荡荡的，女儿哭了。他安慰说："你现在正读高中，看电视耽误学习，等你考上大学，咱换一台大电视。"

一年之后，矿业公司领导来家里慰问，看到这种情况后，就委托工会专门为他买一台电视机，为了不让他再捐出去，就严肃地告诉他，这是公共财产，不能自行处理。还特意在电视机的额头上贴了一张小字条：公共财产，不许捐赠。

如今，这台电视机仍然摆放在郭明义家中。

郭明义是一个纯正的工薪族，收入微薄。可这20年来，他的捐款累计已超过15万元，直接资助了210多个贫困孩子。至于物质的东西，更是倾其所有，只要自己所有，只要别人需要，能捐的东西，他都捐了，只落得家徒四壁。

虽然家徒四壁，但他却是最富有的人，也是最快乐的人。

他拍着响当当的胸脯，说："咱全家工作稳定，收入稳定，衣食住行有保障，养老医疗没有后顾之忧，把这些财物捐给更需要的人，咱心里踏实！"

笔者感言：在当下的"社会主义初级阶段"时期，社会上还存在着各种各样的弱势群体，仅仅依靠国家政策的调控和社会保障体系是不可能全部覆盖的，这就需要社会道德的力量去弥补。

我们大多数人，只是瞩目于社会表面的光鲜或成功人士，而郭明义关注的却是社会表面背后的弱者；我们大多数人，也都怀有爱心，也曾经行善举做好事，但大都属于偶尔为之。郭明义与我们大多数人不同的是，他不仅关注弱者，同情弱者，而且还主动伸出手来，去实实在在地帮助弱者。更重要的是，他把这种爱心奉献当成一种习惯，一种义务，一种追求，坚持几十年……

这是我们这个时代所最缺乏的，也是最需要的！

大爱薄云天

当年轻的消防官兵，
扑进大火，

将自己灿烂如鲜花般的生命,

融化在蓝天里,烈火中,大地上,

我被深深地感动。

坐在弥散着爱的气息的车厢里,

抱着孩子的妇女

给颤颤巍巍的拄拐老人让座的时候,

我被深深地感动。

我常常被感动。

每一个角落、每一时刻,

悄悄地、静静地发生着爱的故事,

唤醒心底的那份期待,

留给世界一个美好的记忆。

——摘自郭明义诗歌《常被感动》

感受阳光,感受温暖,感受自然,感受生命。

我一次次地问自己,生命究竟对我意味着什么?是我面对失败后的哭泣,还是成功后喜悦的泪水,还是不经意间的瞬间流逝?

有的人终生辛劳,没有鲜花、掌声,在人们不知晓的某一时刻,轻轻地,静静地,悄悄地离开了他所爱恋的土地,这是平凡的人生。

也有的人劳其一生,洒下了饱蘸生命辛酸的汗水,用百倍、千倍、万倍的努力,用生命中最鲜红的血液,

书写着辉煌的一生，在人们前进的道路上矗立起一座座
丰碑。

热爱生命吧!

热爱人生吧!

…………

——摘自郭明义散文《感受生命》

23 救救孩子

两位工友的孩子先后身患恶疾，郭明义的心一下子
掉进了油锅里。

毋庸讳言，白血病、再生障碍性贫血等血液病，已
经成为中国少年儿童的最主要杀手。

一切从两个工友的孩子开始。

2006 年 11 月底，工友张国斌的情绪骤然崩塌，原来他 13 岁的
女儿张赫被查出白血病。

听到这个消息，郭明义的心也一下子掉进了油锅里。花一样的
年龄，怎么就得了这种病? 他一刻也坐不住了，立刻去看望张国斌。

张国斌的家里早已是泪水横流。医生的态度十分明确: 必须做
干细胞移植手术，而这个手术的配型成功率不足十万分之一，且医
疗费至少需要 30 万元。

离开医院，郭明义马上行动。他知道，燃眉之急是首先筹到一笔医药费，这等于给张国斌树立一份信心。然后，再为了那十万分之一的希望，做十万倍的努力。

他自己首先捐出 700 元，然后到处奔走呼号。

几天后，郭明义气喘吁吁地跑回了医院，手里拿着一个鼓囊囊的大信封，里面装着 3 万多元。这是郭明义几天的努力，也是矿山工友们的一片真情。

本已绝望的张家人，一下子又树起了信心。

可是，祸不单行。正在这时候，另一个工友刘孝强 15 岁的儿子也被检查出同一类型的恶病——再生障碍性贫血。

他又开始替刘孝强奔走，并把自己帐户上仅有的 3000 多元，全部划给了刘家孩子……

毋庸讳言，白血病、再生障碍性贫血等血液病，已经成为中国少年儿童的最主要杀手。

2002 年，郭明义献血时，得知鞍山市红十字会开始向社会征集捐献造血干细胞，便报名采集了血液样本，加入了中华骨髓库，成为鞍山市第一批捐献造血干细胞志愿者。

对于熟悉英语的郭明义来说，十分清楚造血干细胞的英文内涵。"干"，译自 stem，意为"树""起源"等，类似于一枝树干可以长出树杈、树叶，并开花结果。

通俗地讲，造血干细胞是指尚未发育成熟的细胞，是所有造血细胞和免疫细胞的起源，它不仅可以分化为红细胞、白细胞和血小板，还可跨系统分化为各种组织器官的细胞，具有自我更新、多向分化和归巢潜能，因此被医学上称为"万用细胞"，堪称人体的始祖细胞。

造血干细胞具有高度的自我更新和自我复制能力，一旦这种复制能力衰弱或消失，生命之花就要凋谢了。

其实，白血病、再生障碍性贫血等血液病古已有之，中国古代医典早有记载。西医自 1845 年起开始认识本病，至今虽已超过一个半世纪，但病因的密码尚未完全破译，可能与遗传、病毒感染有关，但最大的病源应该是某些理化因素，如电离辐射、苯、氯霉素、农药中毒等。

针对这种顽病，国内外尚无特效的药物能够彻底治愈。

最直接的办法就是造血干细胞移植。

24　泣血的呼喊

十万分之一的希望，也不能放弃！郭明义熬了一个通宵，写出了一封特殊的倡议书。而后，便开始了声泪俱下的四处演讲。

他连续组织 9 次造血干细胞捐献活动，采集了 1300 多个血液样本……

看到两个工友整日以泪洗面，想着两个花季少年正在被病魔蚕食，郭明义心急如焚啊！

目前，除了募捐医疗费，最有效的办法就是进行造血干细胞移植。可是，通过鞍山市红十字会再三联系中华骨髓库，得知的信息是，虽然正在全力寻找，但由于目前国内捐献血液样本的志愿者十分有限，配型成功的希望微乎其微。

此时美国造血干细胞资料库内存有样本已达 800 多万份，欧洲的库存为 370 万份，中国台湾地区慈济会的数据是 30 万份，而拥有 13 亿人口的中国大陆却只有 13 万份。在美国，造血干细胞移植的成功病例已达数万，而中国自 1964 年在北京大学人民医院进行第一例干细胞移植手术至今，成功者尚不足 900 例。

但即使是十万分之一的希望，也不能放弃啊。

站在医院的窗前，郭明义的目光迷茫地投向了川流不息的大街。突然，他眼前一亮，如果从现在开始，把大家多多动员起来，积极捐献血液样本，或许就能找到那一个配型成功者。

他猛然为自己的这个想法激动不已。

当天夜里，郭明义熬了一个通宵，再次写出了一封特殊的倡议书——

> 亲爱的工友：
> 当我们高高兴兴地迎着旭日走向工厂的时候，当我们拖着一身疲惫回到家里享受幸福时光的时候，你有没有想过我们的工友，我们的工友他正在遭受着痛苦。我们的一位工友，他的女儿得了白血病，我们的另一位工友，他的儿子患上了再生障碍性贫血。
> 你是否愿意献出你的爱心，如果你的血型能够跟这孩子配上型，献出自己的造血干细胞就能挽救他们的生命……

于是，每天上下班前的十几分钟，人们看到了这动人心弦的一幕幕：

郭明义像是着了魔怔，逢人就讲造血干细胞，就读自己的倡议书。车间开会时，他也读；食堂吃饭时，他也读；齐大山铁矿的70多个机关科室和班组，他都读遍了。即使门岗那里，他也去声情并茂地宣读。

不仅读，还唱，唱《爱的奉献》。

最后，嗓子全哑了，说不出话来了，唱不出声了。

热气腾腾的澡堂，是矿工们下班后最集中的去处。大家脱去衣服，下饺子般扑进水池里。老郭拿着搓澡巾，主动给大家搓澡。这是十几年的老习惯了，只是现在搓得时间更长些。搓着搓着，就开始说起两个不幸的孩子，眼圈发红："孩子多可怜啊，我们伸伸手就有可能救他们一命啊……"

有人问："对身体有害吗？"

老郭抡起浑圆的胳膊，摆一个pose："看，我这胳膊。我年年献血，也是志愿者，身体好得很哪。"

正说着，热水突然停了。一身肥皂沫的老郭眼睛一亮，端起脸盆接满凉水，站在大家面前。众人不知道他要干什么。

只见他猛地举过头顶，兜头把凉水全倒在自己身上。

啊！

大家齐呼，似乎一股冷气从自己的头上浇下。

老郭扑棱扑棱脑袋，爽朗地笑了："看我这身板，硬实得很噢。"

…………

洗澡的人走了一拨又一拨，老郭搓完一个又一个。

浴池就剩他一个人了，他仍然不肯走，他有些累了。毕竟年近半百了，他的头轻轻靠在浴池边上，憨憨地打起盹来……

是啊，连石头都要感动啊。郭明义与这两个工友，非亲非故，却比亲人还要尽心尽力啊，他图什么呢？

郭明义又与鞍山广播电台联系，带着刘孝强的妻子和张国斌，走进了直播间。

直播间的玻璃窗隔绝了外界的喧嚣，明明灭灭的指示灯像生命的火花一样在眼前跳跃。

老郭对着那些火花，用低沉、凝滞的声音讲述着两个年轻生命遭遇的不幸，他说："如果我们伸出的臂膀，能挽救花蕾一般的生命，我们为什么犹豫，为什么观望呢……"

说着说着，这个铁一样的男人竟然哭出了声：

"我每次去医院，都会看到孩子们趴在病房的窗口，眼巴巴地看着路上那些背着书包有说有笑上学去的孩子们……请大家帮帮这两个孩子吧，帮他们实现这个最简单、最幸福的愿望吧……"

说到这里，郭明义已经泣不成声。他捂着脸，趴在直播台上，呜呜痛哭。浑厚的哭声，随着浩瀚的电波，扩散到整个鞍山的耳鼓里，震荡着人们的心弦，令人肝肠寸断……

"我的血型也许和你的孩子相匹配，明天就去医院化验行吗？"

"我下了夜班就去医院，请等着我。"

直播间的电话被打爆了，直到节目结束，还在此起彼伏，持续到深夜……

2006 年 11 月 30 日，郭明义组织了第一次捐献造血干细胞样本采集活动，当天便由红十字会采集 140 例。

27 天后，组织第二次采集活动，又有 400 多名工友和社会上的爱心人士参加。

随后，他又连续组织了 7 次采集活动，陆续采集了 1300 多个样本……

采集后的样本，马上与患者血型进行比对，而后加入中华造血干细胞骨髓库，与全球华人互通互用。

25 谁是最幸福的人

中华骨髓库经过全球华人血液样本比对，他的造血干细胞与远方一个人配型成功了。

想着自己的血液奔流在一个陌生人的血管内，在滋润着这个人的生命。那是人世间一种最美好最温馨的感觉啊！

28 岁的电动轮司机许平鑫，只是一个普普通通的小伙子，没有多少公益意识。但是这些年和郭明义在一起，耳濡目染，已经悄悄地发生了质变。

当郭明义为张国斌和刘孝强的孩子呼吁造血干细胞捐献时，他碍于情面，也报名了，但抽血化验后，并没有配型成功。此事已经过去，他就彻底抛在了脑后。

谁知，两年后的 2008 年 11 月，鞍山红十字会突然给他打来电话。原来中华骨髓库经过全球华人样本比对，他的造血干细胞与远方一个人配型成功了，希望他践行承诺。

许平鑫害怕了，一种莫名的恐惧淹没了他。

"这是多么幸运的事啊！让你小子赶上了。"郭明义惊喜地说："别害怕，就和第一次献血、献血小板一样。"

但毕竟不一样啊。许平鑫心里没底，不住地懊悔。

郭明义想方设法，联系到了三位以往的造血干细胞捐献者，询问他们的近况，并通过他们与许平鑫打电话，谈亲身感觉。

许平鑫的顾虑慢慢打消了。

12月初，再次采血。化验之后，与患者血液样本相似度竟高达90%，这是罕见的高配了，接近于同卵双胞胎的相同率。

可是，许平鑫的母亲和妻子又站出来，坚决反对，你是独生子，现在刚结婚，还没有生孩子，留下后遗症怎么办？

郭明义和医生一起，上门做工作，保证不会危害身体。

母亲和妻子虽然不再坚决反对，但又提出了一个条件：等生下健康孩子之后，再去捐献。

可患者等不及啊。

郭明义再次苦口婆心。

2008年12月18日，许平鑫赶到沈阳盛京医院，注射干细胞动员剂。连续5天，每天一针，之后，顺利地抽取了400毫升造血干细胞。红十字会工作人员和医疗人员乘飞机马上送往对方医院，输入了正在无菌氧舱里等待救命的患者的体内。

许平鑫由此成为全国第1066例造血干细胞捐献者。

按照国家有关规定，捐献者和被捐献者之间必须严格保密。捐献是义务的，对方不必留名，双方勿须相识。好奇的许平鑫通过不同渠道，还是打听到了，那位曾经濒临绝境却又鲜活过来的生命，据说是武汉市的一个民警。有关人员描述，那是一位40多岁的高个头儿的中年汉子，手术康复后已经重返工作岗位。既然国家规定不提倡双方相识，不相识就不相识吧，留着一个美好的念想，自己的血液奔流在一个遥远的地方，一个陌生人的血管内，在滋润着这个人的生命。那是人世间一种最美好最温馨的感觉啊！

虽然耽误一些时间，虽然抽干细胞时略有一些不舒服，但这是救人一命啊。

许平鑫绝不后悔，反而十分庆幸，感觉这是他人生中所做的一件最有意义的事情！

当然，他最感谢的人是郭明义，是他，让自己体验到了一个真正奉献者的幸福和快乐！

这么多年来，郭明义热衷于造血干细胞的捐献，可是最让他遗憾的是，始终没有找到一位需要自己干细胞的被捐献者。

如果自己的造血干细胞能够与某一个患者配型成功，能够挽救一个人的生命，那么自己就是天底下最幸福的人了！

26　星星之火，正在燎原

张国斌的女儿终于与一名外地捐献者配型成功，并顺利进行了移植……

　　如果中华骨髓库中有更多更多的样本，所有的患者都能找到配型，那应该能挽救多少孩子的生命啊!

据不完全统计，目前我国有 400 余万白血病、再生障碍性贫血等血液病患者，每年新增 4 万余人，且发病人数正在逐年增加，小儿患者人群更高居第一位。

这种现象已引起世界医学界的高度重视，各国专家都在探究病因，已经取得诸多进展。但不管怎样，工业化大背景下的环境污染是摆脱不开的最主要诱因。

而开展造血干细胞移植，是目前拯救此类患者的唯一有效手段。

经过两年多漫长的等待和寻找，张国斌的女儿终于与一名外地捐献者配型成功，并顺利进行了移植，病情走向痊愈。

而刘孝强的儿子却没有那么幸运，最终也没有找到理想的配型。一个疼痛的结局!

临终之前，已陷入高烧昏迷状态的孩子，还在喃喃地说:"郭伯伯一定能为我找到配型的。"

郭明义难过地仰起头，不让泪水流下。

孩子远行的那一天，郭明义异常悲痛。茫茫人海中，肯定有着很多与孩子相匹配的血型样本，可为什么没有找到呢? 还是因为中华骨髓库里的备选样本太少啊。

孩子的悲剧，本来与他没有一点关系，可郭明义的心却一直在深深地自责，似乎这个悲凉的结果是因为他的松懈和怠慢。

他俯在孩子的遗体上痛哭:"孩子，伯伯对不起你啊。呜呜……"蚕豆大的泪珠，噼噼啪啪地落下来，砸在大地上，砸得地球生疼。

如果中华骨髓库中，有更多更多的样本，所有的配型都能伸手可得，那应该能挽救多少孩子的生命啊！

从此之后，郭明义在这方面投注了更多的精力。

他到处讲演：

    请想象一下，如果你和另一个人配上型，那是多大的缘分，十万分之一啊。说不定在几百年之前，你们是同一个先人，血脉是相通的，否则不可能没有一点关系就配上的。

    中国古代哲人常常讲，凤凰浴火重生。当你的造血干细胞栽种在别人的身体里时，你已经又再造了一个自己！

    …………

中国捐献造血干细胞的人群仍是太少，比率不足发达国家的百分之一。

社会意识，仍然是一座尚待融化的冰山。

而郭明义，正是自发于民间底层的一条热流，一丛地火……

27　把我的肾给你

    丁雨含的父母真是难以置信啊。现在到哪里去找这

样的人呢，素昧平生，什么条件也不讲，就直接为对方
捐肾。

郭明义说："人有一个肾就够用了。你不捐，我不
捐，那孩子不是等死吗？"

2010年3月11日下午。

郭明义从报纸上看到一条消息，辽宁科技大学一名21岁的女大
学生丁雨含，不幸患上尿毒症，为了挽救生命，必须换肾，可她的
父亲因为心脏病丧失了劳动能力，一家人只靠母亲800元退休金维
持生活。面对28万元的换肾费用，全家一筹莫展。最后，这位大爱
母亲，决定割肾救女。

放下报纸，郭明义一刻也坐不住了。这样的家庭，妈妈可是家
庭支柱啊，万一身体垮了怎么办，失去了一个肾，一家不全都是病
人了吗？

他马上赶往丁雨含住院的鞍钢铁东医院。

见到病床上的丁雨含，两个人的眼圈都红了。郭明义身上只装
了200元钱，他全部掏出来，让孩子母亲先买些营养品。

接着，他找到医生。医生叹息着说，现在的当务之急就是寻找
肾源，可这样的家庭……

郭明义马上表示可以捐一个肾，并急不可待地让医生开单子，
抽血化验配型。

血液采集结束后，医生让他留下联系电话，回去等通知，一旦
配型成功，马上过来做移植手术。

丁雨含的父母反复问了几遍，真是难以置信。捐肾是一个多么
大的事情啊，别说他们经济拮据，就是富翁，花多少钱也难以买到

理想的肾源啊。现在到哪里去找这样的人呢，素昧平生，什么条件也不讲，不要任何回报，就直接要为对方捐肾。

丁家父母问他姓名，他不说。看他穿着鞍钢的工作服，就问他在鞍钢哪个单位，他仍然不讲。

这家医院里正好有一个熟人，就把这件事告诉了郭明义的母亲叶景兰。

郭明义母亲听说后，大吃一惊。她以为捐肾以后就是废人了，又气又急，坐在地上号啕大哭起来。平时捐钱捐物，她都不拦着，自己有退休金呢，用不着儿子贴补。可捐了一个肾，就等于捐出去半条命啊，万一要有什么意外，整个家庭就塌天了。她在电话里大骂儿子太鲁莽，劝他千万不要做傻事。

妻子知道后，既震惊又害怕，也哭着说："你觉悟再高，自己的身体不要了？讲奉献，也要有一个度啊。"

可郭明义决定的事情，谁也改变不了。他说："人有一个肾就够用了，捐出另一个又不碍事，亏你还是医生呢。你不捐，我不捐，那孩子不是等死吗？"

几天后，化验结果出来了，配型不成功。

郭明义十分遗憾。

虽然没有捐成，但也是孩子的恩人啊。丁家父母一定要当面感谢。

郭明义说："不用谢我。咱们还是共同救孩子吧。"

后来，在大家的共同寻找下，终于找到了合适的肾源。

小雨含，得救了。

28　严涵的春天

在郭明义声嘶力竭的呼唤中，社会各界陆续为小姑娘捐款达 40 余万元。

小严涵的生命，终于柳暗花明，走向了春天……

2010 年 7 月，刚满 10 个月的小姑娘严涵高烧不退，到鞍钢总医院检查，竟然又是白血病！

孩子的父亲严会春惊呆了。短短的时间内，家里的所有积蓄都被花光了，仅有的一间门市也转让了。但想着黑黢黢的前景，他们心底的火苗渐渐熄灭了。

好心人悄悄劝说，这么小的孩子，别倾家荡产救治了，还年轻，再生一个吧。可面对聪明可爱的孩子，严会春夫妇怎么能够轻言放手呢？

郭明义匆匆赶到了医院。他与严会春虽然都是鞍钢人，但并不认识。

两个人面面相觑，沉默无言。凝滞的愁苦，像一颗沉重的铅球，在两人之间寂寞地来回滚动着。

霍地，郭明义猛吸一口气，说："这是你的不幸，也是我的不幸，既然不幸掉在了咱们头上，咱们共同承当吧。"

刘孝强儿子的离去，深深刺激着郭明义，他下决心不让悲剧在小严涵身上重演。像上一次那样，他再次写出了一份倡议书，利用班余时间，去鞍钢矿业公司的 70 多个部门奔走呼号。现在的郭明义，个人影响和人格魅力早已广为人所知。从领导层到普通一线工人，大家纷纷解囊，不到一周时间，便募捐了 18.7 万元。

正是这笔捐款，把严会春夫妻从绝望的深渊中拉了回来。

人，在孤独和绝望中，绝大多数是通过外力实现自我拯救的！

可怜的小姑娘，正在黑暗中与死神进行着激烈的摔跤。

病情一次次危急，又一次次化险。后来，在专家的建议下，转院到上海儿童医学中心，这是一家治疗白血病的权威医院。

好消息终于传来，小严涵的血中癌细胞数值下降了。

更大的好消息接踵而至：通过中华医学骨髓库在全球百万华人捐献者血液样本中进行详细比对，竟然找到了配型。如果各方面条件允许，近期就可以进行移植手术了。

但小严涵的下一步治疗，最少需要 20 万元。没有这一笔费用，就无法完成盼望已久的手术。

但郭明义的眼前，已经悄然升起了一架亮丽的彩虹。

在此之后，他四处奔走，通过网络、报纸，大声呼吁为小严涵捐款。他义薄云天的真情，感动了全社会——

2010 年年底，他在鞍山市疾控中心做报告。会后不到一个小时，全体职工捐款 9000 元。

中国最大的煤炭企业——神华集团听过郭明义的报告后，毅然决定从党员扶贫基金中捐出 10 万元。

与此同时，中国通用技术集团公司也雪中送炭，捐出 7 万元。

一位不愿意透露姓名的个体老板，主动找到郭明义，亲手递交 3 万元……

这哪里是巨额捐款，这就是孩子的生命啊。

严会春夫妻泪流满面，跪在地上，以额磕地，叩谢苍天，叩谢大地，叩谢所有善良的人们！

2011年2月28日，小严涵被推进了无菌仓，顺利进行造血干细胞移植手术。

小严涵的生命，终于柳暗花明，走向了春天……

据中国红十字会官网资料显示：截至2011年10月，全国造血干细胞捐献志愿者数量达到130多万，成功实行干细胞移植手术2403例。

但是，这个数字与13亿人口这个分母相比，与数百万患者群体这个分母相比，仍是太小了，太小了。

29 孩子，请你这样想

生命，如何面对死亡？这是人类最根本最终结也是最重要的追问。

作为一个普通人，郭明义无疑找到了一个最坦荡、最明智的答案。

2010年夏天的一个晚上，放假在家的女儿郭瑞雪在书架上翻书时，不经意间翻到了两本捐献遗体（器官）志愿者证书。打开一看，上面竟然写着爸爸妈妈的名字。

女儿吓得哭了，猛然感觉天崩地陷了，以为两人得了什么绝症："爸爸，妈妈，你们怎么了，你们怎么了？"

爸爸似乎猜到了女儿的心思："我们都好好的，没有什么病啊。"

"那你们？"

"谁都有这么一天，这是自然规律，虽然忌讳，但不能回避，更不能避免啊。咱们是唯物主义，都是现代人，人家国外年轻人立遗嘱的很多呢。为什么不活明白些呢？"

"就这么简单？"

"是，本来就是挺简单的事啊。"郭明义头也没有抬，"亏你还是一个大学生呢，思想还这么守旧。"

"那，将来，我可到哪儿去看你们啊？"

郭明义放下书，拍一拍女儿的肩膀，笑一笑说："傻孩子，就是不捐，你不也看不到了吗？"

"那你们也得留点什么吧？"

"记在心里比什么都重要，再说，我和你妈不是还有照片吗？有空看一看不就行了吗？"郭明义轻松地说，"闺女，这真不是什么大事。你看，你姑姑和姑父，也和我们一样，都签了字。这一次，你回来，我们还准备做你的工作呢，你要在年轻人中带这个头啊。"

女儿哭得抬不起头了："老爸，你……"

…………

30　手套更暖心

　　人心本善，需要点燃。郭明义就是那一簇顽强的
火种！
　　一次，两次，三次，持续点燃，就会湿柴变干柴，
小火变大火，大火变烈火，烈火熊熊，这个世界就会变
成温暖的人间！

　　几位退休老矿工正在矿区文体活动广场上悠闲地打门球。细碎
的沙粒在清冷的日光下反射着点点金光，黏着沙粒的白色小球被一
杆击中，瑟瑟地滚向远方。

　　这是 2010 年冬天的一个上午。

　　一阵寒风呼啸着从李宇老人的手上刮过，像冰刀一样舔舐了一
下握紧球杆的粗大的手指，他哆嗦了一下，手指有些麻木，刚才击
球的方向偏了好多，不仅没有击中对方的红球，反而袒露在对方最
好的打击角度内。哎，后悔没有听老伴的话，忘记戴手套。

　　路过这里的郭明义，看到了老人击球的那一幕。前几年，父亲
在世的时候，也常常在这里打门球，有一次忘记戴手套，竟然生了
冻疮。

　　他走上前，把自己的手套摘下来，递过去。

　　李宇愕然地望着这个素不相识的人，停在那里，没有接。

老郭又往前送了送:"给您,快戴上,看把手冻红了。"

李宇揉了揉眼睛,仔细看了看眼前这个陌生人,一身矿工服,头戴安全帽,宽大的眼镜后面灿然地绽放着一脸真诚。

"给了我,你戴什么呢?"李宇问。

他笑一笑,把双手插在衣兜里:"我不骑自行车,不用的。"

于是,老人伸出手,接过了那一副雪白的手套。

一阵柔软的暖流顿时传递到全身。只见他双臂潇洒地轻轻一扬,"啪"的一声,球迅疾地向前撞去,吧嗒,撞击得红球一头栽到洞里,而白球却悠然地转了一个圈儿,稳稳地停在洞口,得意地微笑。

场上一片喝彩:"好球,老李!"

老李感激地看着那个送手套的人的背影,纳闷地从记忆里搜索着这个人的线索。

这时候,有人悄悄说了一声,他就是郭明义。

哦,原来是郭明义,难怪!老李深深地长吁了一口气。

大家一边打球一边聊天,这个人是有那么一点"卡",这两天又在矿区内外动员捐遗体、捐眼角膜呢……

31 今天的你我,不要重复昨天的故事

有人总结,郭明义有四献:献血、献工,献钱物、献遗体。这四献,几乎就是一个人的一切。

可是,郭明义说:"其实我只献出一个字:爱——对

这个国家、这个社会的深情挚爱！"

捐献遗体和器官，在中国似乎是一个令人忌讳的名词。

但现代文明中的人类，必须正视它。既然死亡是一个不可避免的将来的事实，既然数百万器官性重病患者只有通过器官移植才能救治，既然现代医学需要大量的遗体器官进行解剖研究。那么，当生命走到尽头的时候，把自己完整的遗体器官捐献社会，移植别人，造福后代，不仅是自己生命的延续，更是人类文明和人道主义的彰显。

据介绍，中国每年需要进行眼角膜、肾、肝、心脏、皮肤等器官移植的患者有近 200 万名，而医疗科研机构和医学院的数十万学生，更需要大量的遗体器官实物进行解剖研究。

而我国，由于传统文化的影响，绝大多数的遗体和器官都火化了。

这是一个最巨大的浪费！

以武汉市为例，从 2000 年至今，全市捐献的遗体只有 385 具。

据报道，大连市一家医学科研机构，为了病理研究，长期依靠从日本进口遗体，进行解剖。

献血，在中国已较为普及，但与发达国家相比，仍然相差十倍。捐献造血干细胞，因为技术和心理上的一些障碍，在这方面，我们与发达国家相差百倍。而捐献遗体（器官），因为一道无形而又艰巨的传统意识，在这个方面，我们与发达国家相比，差距近乎千倍。

郭明义说，过去参加亲人、朋友、领导、同事的遗体告别，心里只是沉痛。现在，除了沉痛之外，还有一种可惜。大家的遗体都不捐献，只是一把火烧了，太可惜了！

论人口，中国有 13 亿，遗体资源最为丰富。论信仰，共产党员是最坚定的无神论者。如果有充足的可供移植的器官，就会有更多的生命被拯救，就会有更多的人恢复健康。如果有足够的遗体供科学研究，我国的医疗水平将会大大提速，许多生命缺憾将可以弥补，我们的世界就可以更健康、更和谐、更文明。

改变现在，就是改变未来！

2010 年 6 月 25 日，由郭明义发起的"鞍山市无偿捐献遗体（器官）志愿者俱乐部"成立。会上，包括郭明义妻子孙秀英、妹妹郭素娟夫妻在内的 218 名志愿者，庄重地举起右手，攥紧拳头。

郭明义饱含激情地宣读着誓言：

> 既然避免不了死亡，就让我们在生命的最后一刻作出一次庄严的选择。请一切相信、富有爱心的同志加入我们的俱乐部，让我们摒弃传统落后的观念，树立达观的思想，正确对待死亡，让自己在离开人世后，还能作出最后的贡献，为人生画一个圆满的句号，让自己成为一个高尚的人，一个纯粹的人，一个洋溢着无私大爱的人。
>
> 我自愿成为一名光荣的遗体（器官）捐献志愿者！

郭明义第一个签名后，母亲、妻子、妹妹、妹夫和数十位亲戚、朋友也签名了，更多的工友、小区居民也签名了。

当天，参加签名的有 500 多位。

而今，这个团体的志愿者已达到 8000 多人。

无疑，这是全国参与人数最多的遗体（器官）捐献者团体！

笔者感言：捐献血液、捐献造血干细胞、捐献遗体器官等等，全是无偿的，应该谁去捐献？理论上，谁都有这个义务和责任，但法律又无法明确规定。这就需要相应的公民意识、公民责任。

围绕社会主义核心价值体系，建立与这个时代相适应的公民道德秩序，是和谐社会建设的一个最重要内容！

平民的幸福生活

"是啊，我又何尝不被自己身边默默无闻的妻子所感动呢？

"特别是在我工作中出现差错，心情忧虑和苦闷的时候，妻子不顾自己工作上的劳累、生活上的艰辛，把自己的爱带给我和女儿。

"而这种感动，又激励着我；影响着我，去追求，去拼搏，去奋斗，去奉献……"

——摘自郭明义散文《常被感动》

"早晨起来，给老伴打个电话。也许年岁大了，对老伴的依赖越来越大。随着岁月的逝去，我和老伴也度过了最美好的时光。有痛苦，有离别的思恋，也有快乐的时光。我不会私奔，老伴也不会离开我。我爱老伴！"

——摘自郭明义的新浪微博

52

32 暖巢

他的家很小，一室一厅一卫，使用面积只有28平方米。

唯一的装饰是墙上的中国地图和世界地图，还有床头挂着的一幅小油画《天使之爱》……

在樱桃园社区的北部，有一片建造于上个世纪八十年代的住宅楼，最北面一栋的顶层，就是郭明义的小家了。

走进屋里，一室一厅一卫，没有天然气，包括阳台在内，使用面积只有28平方米；卧室被一张老式双人床占据了大半空间，电视和电脑都唯唯诺诺地拥挤在临窗的墙角；客厅只有三、四平方米，那是女儿的空间，一张小号单人床，床沿几乎顶到了屋门；卫生间呢，只有单人沙发大小；还有厨房，面积只有客厅的一半。这是鞍钢所有家属房里最传统最狭小的一种户型了。

室内水泥地，白灰墙，日光灯管，唯一的装饰是墙上的中国地图和世界地图，还有床头挂着的一幅小油画《天使之爱》。在陈旧的家具中，最值钱的是那一台2005年购买的单门电冰箱。

这套房子，是鞍钢1988年分给郭明义的。

现在，那些与他同时入住的工友们，大都住进了高档小区，最差的也买了大户型的商品房。

完全可以说，郭明义是他那一批工友中住房条件最差的人。

不是郭明义没有改善住房的机会，恰恰相反。他是干部身份，又是副科级，工龄又长，还多次荣获鞍钢集团公司的"先进工作者"和"优秀共产党员"称号，每一次福利分房都排名靠前。可他每一次都主动放弃选择权，连一份申请书也没有写过。

根本的原因是没有钱。他说："分新房还要加钱，装修，购买新家具，花不少钱呢。咱们在这里住着舒舒服服，不去费那个心思了。"

别人劝他："别犯傻，这是你应该得到的。像你这种资历，谁没有两套房子？你可以把房子先要到手，再转手卖给别人啊，能赚好几万块钱呢。"

他笑笑说："那何必呢？费那个周折干什么呢？直接分给别人不就得了。我没有时间动那个心思。"

他常对妻子和女儿说："咱们条件不错了，有地方住，有固定工作，收入也不错。比不上我们的人多了，咱们应该知足了。"

房子虽小，每隔一两年，他都会粉刷一遍，雪白雪白的，木门窗呢？油漆成明亮的天蓝色。总共用不了多少钱，却使小小的屋子充盈着浓浓的温馨……

33 永远的欠条

"欠孙秀英同志 1200 元，于 2008 年 7 月 1 日前偿还，还不上，离婚。"这是郭明义写给妻子的一张欠条。

虽然是假货，却是20多年来丈夫为自己购买的唯一的礼物，她已经十分满足了。

为了保证家里的最基本开销，郭明义夫妻之间曾有一个口头的君子协定：家里财政归妻子掌管，捐款以郭明义总收入的一半为限。

可是，一年四季，郭明义经常多捐出许多赤字，每每向妻子求援。

每当这个时候，他就把需资助孩子和家庭的照片和资料拿出来，向妻子讲述。说着说着，"催泪弹"就起作用了，夫妻两个人就一起流起了眼泪。

2008年初，郭明义在希望工程名单上又发现了4个特困孩子，便一口应承下来了。每个孩子一学期300元，共1200元。

可是按原来计划，上半年希望工程的捐款已经用完了。怎么办呢？女儿已经考上大学，每年学费、生活费需要1万元，前天刚刚取走。妻子的卡上已经没有多少存款了，他实在不好意思再开口了。

当天晚饭后，他对妻子说："你歇着吧，让我来。"刷锅洗碗，抹桌拖地，而后又想方设法地讨好妻子，一会儿揉肩一会儿捶腿，没完没了地乱献殷勤。

妻子知道他又要故技重演，便执意不理他。

果然，他张口了："老伴，拿几个钱。"

妻子仍是不吱声。

他把4个孩子的资料拿出来，开始讲述各自的家庭困难。

这些，妻子都听多了。

是啊，夫妻两个人的收入并不高，结婚20年来，工资加一块才

20 多万，可他却捐出了 12 万。现在物价太高，钱根本不够用啊，一家人的衣食，人情往来，双方父母，女儿上大学。平时，水果不敢买，买菜也不去超市，而去地摊。这么多年来，自己连最普通的化妆品也没有用过啊，上个月过年时，连一件新衣服也没有买。前几天女儿开学时，她还专门规定每月的生活费不能超过 300 元……

孙秀英越想越生气，心头陡然涌上来一股无名的委屈，跟着这么一个男人，真是亏透。想着想着，禁不住抽泣起来。停了一会儿，擦干眼泪，下楼散闷去了。

郭明义赶紧闭上嘴，尾随而去。

妻子在周围的小树林走了两个多小时，郭明义一直在远处守望着。

街上的人影稀疏了，郭明义走上前，小声说："老伴，半夜了，天太冷，咱们回家吧。"

妻子不理他。

看着妻子情绪稳定了，郭明义继续献殷勤："累不累？"

"不累！"

走到楼梯口，郭明义说："我背你上楼吧。"

说着，就蹲下去，后背冲着她。

妻子径自上楼去了，留下他，仍然蹲在那里。其实，妻子的心早就软了，铁铮铮的汉子，在她面前却变成了小绵羊。

进门后，她开始数落："你这是逞什么能，咱有多大本事办多大的事儿，你自己就是一个穷困户，还去帮助别人。"

郭明义哄骗妻子："那怎么办啊，钱借了单位的，已经给人家打欠条了，明天要还上。"

妻子一怔，沉默了一会儿："那你也给我打一个欠条吧。"

郭明义暗自庆幸："好，好，我写欠条，日后一定还你！"

说着，拿过纸笔，写道："郭明义欠孙秀英同志 1200 元，于 2008 年 7 月 1 日前偿还，还不上，离婚。郭明义于 2008 年 2 月 16 日。"

不用说，这笔欠款至今也没有还上，欠条仍然放在妻子的箱子里。

2009 年 7 月，单位派郭明义和几位劳模到井冈山疗养。

临行前，妻子往他的行李包里塞了 1000 元钱。因为担心他不会买东西，被人欺骗了，便又嘱咐他什么也不用买，只要平安返回就可以了。

一路上，郭明义谨遵妻嘱，什么也没有购买。他想，这 1000 元钱正好是 3 个孩子半年的费用呢。

临下山时，走进一家商店，一枚款式别致的仿钻石戒指深深地吸引了他。如果不是行家，这枚包金上镶嵌着玻璃的"钻戒"还确实足以乱真。打听价格，竟然只有 28 元。这时候，他猛然想起了与自己相濡以沫 20 多年的妻子，时光真快啊，恍惚间，自己已经走过中年，迈向老年了。于是，咬咬牙，就买下了。

两天后，郭明义回来了，神神秘秘地拿出一个小盒："老伴，我给你买了一件好东西，戴上试一试，肯定好看。"说着，拉过妻子的手指。

妻子眼前一亮，却又满腹狐疑，1000 元能买上真钻戒？便问："花了多少钱？"

"别问了，反正你给的钱够用的。"

妻子真的不再追问了，高高兴兴地戴在手指上，左看右看，特别喜欢，又小心翼翼地收起来，放在匣子里。

后来，还是一同去井冈山的同伴泄露了天机。

孙秀英淡淡一笑，她并没有什么意外。其实，她早就知道那是赝品。不过，这是结婚 20 多年来丈夫给自己购买的唯一的礼物，她已经十分满足了。

34　爸爸爱我吗

女儿兴冲冲地跑进家门，却发现桌上空空的，电视机不翼而飞了。

在大学里，女儿是最朴素的一个。学校里有一个大餐厅，一楼是大众菜，二楼是特色菜，上了四年大学，她竟然一次也没有上去过。

在女儿郭瑞雪儿时的记忆中，爸爸经常给希望工程的孩子们买本买笔买文具，却从没有给自己买过。书本都是自己采购的，一个文具盒陪她度过了好多年，坏了，就用橡皮筋扎住。

爸爸没有带自己去公园玩过，也从没有送过自己上学，更没有参加过学校组织的家长会。

2005 年，女儿考上了全市最好的重点中学——鞍山一中，这引起了多少家长羡慕啊。可是入学时，爸爸只是把自己送到校门口，入学手续、寻找教室和宿舍都是自己办理的。

女儿清楚地记得，刚上高中那一年，学习紧张，功课压得喘不过气来，情绪有些波动和急躁。妈妈一边安慰女儿，一边挖空心思调剂饭菜的花样和营养。家里房子小，女儿做作业的时候，妈妈不敢开电视，洗衣服时也担心流水声打扰孩子。

可是，偏偏这一年，爸爸从市孤儿院领回一个5岁的小男孩，每个周末都住在家里，晚上就睡在夫妻两个的中间，星期天还让妈妈带着去公园游玩，还去看电影。小家伙儿满屋子跑，没有停歇的时候，看到瑞雪在灯下写字，一会儿拽一下衣服，一会儿喊着要喝水，一会儿又在凳子边撒尿。

爸爸急忙用拖把擦干净，不好意思地挠一挠头，对女儿说："对不起，影响你了。"

女儿没好气地说："你有那么多儿子、女儿要照顾，还有心情管我啊？"

爸爸沉默了，轻轻地叹一口气："你太幸福了，而他们太可怜了，以后你会明白的。"

直到一年后，孩子被人认养，找到了温暖的归宿。

2007年3月的一个星期天傍晚，女儿兴冲冲地放学回家。湖南卫视有一档节目，她特别喜欢。

可是走进家门，她愣住了，桌上空空的，电视机不翼而飞了。她忙问爸爸怎么回事，爸爸低着头，不说话。

不用说，爸爸把电视机捐送给贫困学生了。这已经是第三次了。

女儿赌气地说："我要看电视！"

爸爸的脸红了，嗫嚅着说明了原因。而后对女儿说："别着急，等我攒够了钱，再给你买一个大的。再说，你明年就要高考了，我捐出去，也是为了让你更安心地学习。"

女儿的高考成绩是593分，接近北大清华分数线，最后却被南京师范大学录取。为什么上师范？那就是爸爸手里没有钱，上师范能减免许多学费。

被录取的那一天，爸爸高兴得像一个孩子，他说："你看老爸多英明，要不是我把电视机捐出去，你能考这么好吗？"

那一刻，女儿哭笑不得。

入学那一天，别的家长大都送孩子到大学，而爸爸只是把女儿送到火车站。

在大学里，女儿是最朴素的一个。学校里有一个大餐厅，一楼是普通菜，二楼是特色菜，上了四年大学，她竟然一次也没有上去过。

女儿的入党时间是 2009 年 12 月 26 日。第一时间，女儿打电话就告诉了爸爸。

爸爸兴奋地在电话里大喊："女儿同志，这一下你妈可永远赶不上了，咱们父女都是 21 岁入党，你妈妈 30 岁才是党员，她连撵上咱们的机会也没有喽，哈哈。"

随着女儿一天天地长大，她逐渐读懂了爸爸这一本丰富而厚重的大书……

35　我爱我家

把爱心献给众人，把爱情献给爱人。郭明义的心中，爱如涌泉，永不枯竭。

面对别人的嘲笑，郭明义说："还是老伴好，你支持我了，就等于全世界都支持我了。"

住房虽小，却温馨暖人。

郭明义的书柜里摆满了书——文学书，泰戈尔、屠格涅夫、莎士比亚、艾青等等。晚上的时候，他常常坐在书桌前，拧亮台灯，走进书中世界，与大师对话。或拿起钢笔，放飞想象，遨游四季，春雨润青，夏日泼墨，秋草摇黄，冬雪飞白……

于是，一首清丽的小诗，或一篇温情的散文出来了，静静地栖息在纸页上，悄然飘浮着淡淡的墨香，那是他的心音，他的思绪。在本书的后面，附录了他的几篇作品，虽然略有粗糙，但不乏才情，读者可以品读鉴赏。

每天凌晨，他起床最早，窗外的城市还在静静地沉睡。蹑手蹑脚地简单吃完早餐后，他总是习惯性地为妻子晾一杯开水，待她睡醒后，不热不凉，正好饮用。而每天早晨8点半之前，妻子刚刚坐到办公室，就会准时接到一个电话，只有三个字"到了吗?"

老郭是一个细心人，妻子从离开家门，到乘坐公交车，再到办公室，冬天夏天雨天雪天，各需要多长时间，他都能准确地算得出来。

虽然只有三个字，却可以让她温暖一整天。

而每天的晚上，家里的主角就换成了妻子。迎接自己的永远是温柔的灯光和香喷喷的饭菜，当然，还有妻子那一张永远也读不厌倦的笑脸。

女儿在南京上大学，已经是一名学生会干部了，前年还入了党，正在准备考研究生呢。

虽然窗外的霓虹灯闪射着诡谲的光亮，给这座城市的人们的富足和欲望，涂抹上了一层浓稠的暧昧色调，虽然穿梭在那浓稠的暧昧色调中的男男女女是那么地急切，那么地兴致勃勃，那么地津津有味，但这个小窗里的人家，永远是那么质朴，那么简单，那么纯净，那么快乐……

常常地，他为这些独有的快乐而自我陶醉，自我感动呢。是的，比起那些家在农村的工友，他多了妻子的一份收入，多了一套矿区的宿舍楼，多了一个聪慧美丽的考上大学的女儿，还有一帮理解自己、支持自己的亲人、朋友和"大眼睛"们，更主要的是，他还有着健康的身体，还有着一件件永远也做不完的充满着乐趣与希望的事情，他还有什么不满足的呢？

为此，他还专门写过一篇散文《常常感动》，发表在当地报纸的副刊上。

有一天晚上，郭明义回到家里唉声叹气，这可是少见的现象啊。原来刚才在院内，有几个人当面嘲笑他是傻子。

妻子安慰他："咱走咱的路，他们爱说就说吧，只要咱们心安就行。我理解你，支持你。是啊，我们家老郭，不抽烟，不喝酒，不打牌，就是喜爱做好事儿。这是好事啊，能不支持吗？"

郭明义一听，又笑了："还是老伴好，你支持我了，就等于全世界都支持我了。"

妻子温柔地看着他，欣赏着他。郭明义心中暖洋洋的，像泡了温泉，周身的细胞们也都在跳舞、唱歌……

笔者感言：
我们生活中的大部分人，往往是用自己的缺憾，去

美慕别人的优点。穷人美慕着富人的物质，而富人却美
慕着穷人的快乐。

而郭明义的追求，早已超越了这些。

老郭每天步行上下班，每天投入地工作，每天想着
帮助别人，这样的结果，使得他心底满足，身体健壮，
54岁的人了，每次体检，全部合格，头上的白发也没有
几根。

快乐的人永远年轻，幸福的人永远年轻！

是的，郭明义的物质生活标准设计得很低很低，但
精神生活标准却制定得很高很高。他拥有健康，拥有快
乐，拥有心灵的宁静与安怡。

我们谁能说他不幸福呢？我们谁能说比他更幸
福呢？

遍 地 粉 丝

人类的心胸究竟有多宽多大

难以想象

不仅容纳了太平洋印度洋大西洋

珠穆朗玛峰马里亚纳海沟

还容纳了地球月亮和宇宙

…………

人类的梦想有多大

人类的生存空间探索空间

就有多大

人类的爱有多宽广多博大
人类的幸福和温暖
就有多大
…………

——摘自郭明义诗歌《人类的梦想》

为了发动人捐款，郭明义也不少碰壁。

一次，一个工友被郭明义劝急了，大喊道："捐捐捐！我自己都困难拿什么捐？你说得好听，让你把脚上的鞋换给我，你愿意吗？"这双鞋是前几天自己生日时，妻子用200多元特意买的礼物，他心里爱惜得很，可一听这话，就毫不犹豫脱下来，与这位工友交换了。

还有一次，有人看见郭明义穿着一件新工装，就说："你不是学雷锋吗？看我这衣服破成这样了，换一下吧。"

旁人都觉得这人是在欺负郭明义，都很气愤。但郭明义一点也不气恼，笑呵呵地把衣服脱下来，送给了他。

36 第501号义工

"我欠饭店100元酒钱，你是活雷锋，赞助赞助哥儿们吧。"

李晓伟勃然大怒："你们说话不算数，做人没爱心！"说完，摔门而出。

李晓伟与郭明义是从小一起长大的好伙伴，中学毕业后也在齐大山铁矿参加了工作。2000年左右，鞍钢全面亏损，他便请假离岗，随一位亲戚到国外做生意，在南非的博茨瓦纳开办了一家小型超市，自任老板。

鞍钢效益好转后，严令外流人员返岗，否则可以解除劳动关系。他思考再三，舍不得辞职，便转让超市，回来上班，在齐大山铁矿北破车间作皮带工。由于转让超市赔了一笔钱，他心情郁闷，平时总是沉迷于酒杯里和麻将桌前，对社会则是玩世不恭，怨天尤人。

对老同学郭明义，李晓伟更是经常公开嘲笑："真是傻！"

见到郭明义，他总是玩闹："昨晚上玩麻将输钱了，能赞助我300块钱吗？"

"我欠饭店100元酒钱，你是活雷锋，赞助赞助哥儿们吧。"

2006年夏天，郭明义号召捐献血小板的时候，曾找他做工作。

"你傻，我不傻啊！"他瞪大眼，一口拒绝。

"献血对人体有好处啊。"郭明义劝他。

"我不关心这些，我只关心献血给不给钱？"

"给啊。"郭明义一听，笑着说。

"给多少？"李晓伟下意识地反应。

老郭只好哄他："300元。"

"好！那我去。"

这是李晓伟第一次献血，跟郭明义一起去的。

献完血小板后，市红十字会给他颁发了一个红彤彤的志愿者证书，他高兴地笑了。

"钱呢？"李晓伟又问郭明义。

"血站为你采血化验，花了300元成本。两不找了。"郭明义呵呵一笑。

李晓伟气得哭笑不得，一拳头打在郭明义的胸脯上。反正是从小的好朋友，狗皮帽子——没反正。

虽然没有钱，但李晓伟的心里一下晴朗了，感觉做了一件好事，往日填满阴霾的心胸舒畅多了，别人看自己的眼光也变得亲热了。

从此之后，他经常去献血小板，还学着郭明义，资助了一个穷困孩子。

但他还是心有顾虑，做了好事不敢说，不好意思说，怕别人讽刺他，尤其是见了以前的酒友和麻友。

一次打麻将，几个麻友嘲问他最近又做了什么好事，他不敢承认。这时，他的上衣口袋里正好装着一张献血证，弯腰拾牌的时候滑落在地上。麻友拿过献血证，使劲甩打他的脑袋："吃饱了撑的。"一边甩打，一边哈哈大笑。

还有一次，一个过去的酒友，因为持刀伤人被判刑3年，刑满释放了。几个朋友为他接风，像迎接凯旋的英雄。

他心里很不是滋味儿。

"晓伟，其实帮别人就是帮自己，谁能保证自己或自己家人永远不出事？你家里出了事，大家都不伸手，你心里怎么想？"郭明义常常开导他。

再打麻将时，他也开始试探着讲一些希望工程的话题。

麻友问："捐一个希望工程多少钱？"

"只需要300元。"

"300元，小意思，小意思，一圈儿麻将就赢过来了。"

下一次，李晓伟就带着希望工程捐款志愿表过去了，让他们填写。可他们早就忘记了，不仅不填，还嬉笑着把志愿表也撕碎了。

李晓伟勃然大怒："你们说话不算数，做人没爱心！"说完，摔门而出。

自此之后，李晓伟再也不与他们联系了。

过去身上有钱，喝了，输了，现在都捐给了困难孩子，心安啊！

平时，李晓伟的妻子谭桂华因为担心他惹事，总不让他出门。可是郭明义打来电话，她肯定放人，还说："郭明义的电话，你随便接，随便唠，参加郭明义的活动，缺钱我给你。"

现在，李晓伟已经成为鞍山市第 501 号义工，参加了郭明义的全部 7 个爱心组织。

37　老郭改变我后半生

"国家办奥运，需要喜气洋洋，咱们家办喜事儿，你愿意有人来搅浑水啊？"

乔广全说："我这大半辈子混日子，从没得过先进。没想到过了 50 岁，却第一次被表彰，很激动，我感觉自己活得值，活得有尊严了。是郭明义改变了我的后半生！"

乔广全也是郭明义儿时的同学，在鞍钢房产公司工作。2002 年，单位给了 1.7 万元，买断工龄，自谋职业。

2004 年，乔广全带领 18 个人，承包了鞍钢下属某单位的锅炉改造工程。辛辛苦苦干了半年，总共 20 万元的工程款，却拖欠 6 万元，迟迟不给。后来，对方老板干脆跑掉了。18 个人经常围攻乔广全，打他，骂他。乔广全也没有办法，只得自己掏路费，和大家一起四处追讨，可谁管他们啊！最后，实在没有办法，他们决定在 2008 年奥运会之前，集体去北京上访。

郭明义劝他："全子，不要给中国人抹黑啊。国家是大家，咱们是小家，国家办奥运，需要喜气洋洋，咱们家办喜事儿，你愿意有人来搅浑水啊？"

"可谁管我们死活啊！"乔广全哭丧着脸说。

"我帮你！"

郭明义与乔广全一起去讨款。乔的承包属于转包性质，企业已将工程款交给个体户，可个体户老板却跑掉了。郭明义通过企业厂长，想方设法寻找个体户，讲道理，上法院，前前后后跑了十几趟。

最后，在各方的压力下，个体户老板终于分两次把 6 万元付清了。

后来，郭明义让乔广全跟着自己去献血。乔广全说："别说献血，就是要我命，我也给啊！"

原来的乔广全喝酒，打麻将，动刀子，打架，浑身匪气，是齐大山镇有名的"惹不起"，现在却变成了一个带头做好事的活雷锋。

这几年，他献了 5 次血，捐助了 3 个贫困学生。郭明义的所有团队，他也都参加了。2010 年底，他居然还被社区评为"爱心公民"，领到了一张大大的奖状。

最美
奋斗者

乔广全说："我这大半辈子混日子，人见人讨厌，从来没有得过先进。没想到过了 50 岁，却第一次被表彰，很激动，我感觉自己活得值，活得有尊严了。是郭明义改变了我的后半生！"

38 艳丽馅饼店

金黄的馅饼，5 角钱一个，香飘半条街。郭明义天天路过，却从没有买过。

李艳丽说："我没有文化，也不看报纸，但我相信，郭大哥是一个好人，他号召的事肯定没错！"

莫道君行早，更有早行人。

在郭明义每天早早上班的路旁，有一家小小的艳丽馅饼店。40 多岁的女店主李艳丽，是一个下岗职工。

因为做早餐生意，李艳丽每天凌晨 5 点钟就开始忙碌了。

金黄的馅饼，5 角钱一个，香飘半条街。黑黝黝的大街上，没有几个人，郭明义天天路过，便冲着李艳丽点一点头，却从没有买过馅饼。

2007 年秋天，艳丽馅饼店的阁楼突然失火。一场意外的惊吓和经济损失折腾得李艳丽垂头丧气。

老郭主动找到她："小店不容易，我组织大伙儿给你捐捐款吧。"

"不用啦，不用啦。"李艳丽心头热烘烘的，"真的不用麻烦大家，不用麻烦大家了，我手里还有一些本钱。"

不久，艳丽馅饼店重新粉饰一番，红红火火地又开张营业了。

从此之后，两人就算熟悉了。

再路过的时候，看到那个鲜艳的招牌，老郭就会喊一声："早啊。"

这个时候，李艳丽就笑呵呵地转出来，说："老郭，这么积极，真是雷锋啊。"

有时候，老郭也会停下来，走进小店，帮着端端盆子，搬搬桌子，再摆上几把凳子，冬天的时候，还帮着捅两下火炉。

日子就这么平平淡淡地走过。

2008 年春，郭明义再次发动捐献造血干细胞活动。刚开始的时候，他不好意思找李艳丽宣传，因为他从来没有买过一个馅饼。所以，每当准备开口时，总是迟迟疑疑的。

李艳丽主动问："大哥，看你说话吞吞吐吐的，有什么心事吗？"

"妹子，我有一件事，想给你商量商量……"

听他说完后，李艳丽犹豫了一会儿，慢慢地却坚定地说："我报名吧。"

从此，郭明义的队伍里又多了一位馅饼店的女老板。

后来，李艳丽说："我没有多少文化，也不看报纸，不知道这事到底怎么样，但我相信，郭大哥是一个好人，他号召的事情肯定没有错！"

电影《郭明义》中有一个情节：老郭每天早上买两个馅饼。那是剧作者从画面语言的要求而编造的，其实，现实中，生活节俭的郭明义从来没有在这个馅饼店买过一个馅饼。

"我是一个普通人，没有什么能力，只能用这种方式去服务社会，帮助别人。"李艳丽说。

是的，长不成一棵树，长成一株草也行啊。

只要心是绿的。

39　把春天寄给你

苹果放在桌子上，大家都没有吃，红红的，像一颗颗心。

几年过去了，大家心里都平静不下去了。身边有这么一个活雷锋，咱们不做好事，心里过意不去啊。

齐大山镇上有一家樱桃园邮政所，是郭明义向外汇款的必由之地。

邮政所里的几位女邮政员都很纳闷，这个人寄钱的地址多而散，又经常变换，且大都是农村和学校。有一次，邮政员冯渤就问："这些都是你亲戚？"

"不是啊。"

"那是谁啊？"

他的脸红了，含含混混地说是自己资助的几个穷孩子。

几个女孩子的眼睛都瞪大了，真是亲眼见到活雷锋了："这么多穷孩子，你也是一个穷工人，有能力啊？"

"尽力呗。"郭明义叹一口气，平静地说。

他仍是经常来寄钱。相互点点头，看着他，来了，走了。

几年过去了，大家心里都平静不下去了。后来，不知谁提议，咱们也捐助几个孩子吧。身边有这么一个活雷锋，咱们不做好事，心里也过意不去啊。

于是，她们就从希望工程办公室提供的贫困孩子名单中选定了几个，进行长期捐助。

后来又响应郭明义的倡议，主动献血，一下子就去了6个女邮政员。郭明义知道后，特意送来一兜苹果，询问："第一次献血，有没有不适应？"

"没有什么啊。"女孩子们轻轻松松地说。

"那就好，那就好，其实献血对身体有好处的。"说着，就让大家猜他的年龄。的确，他50多岁了，却显得年轻很多，他经常说那是献血的原因。不过，最主要的是，他有一颗年轻的心。

苹果放在桌子上，大家都没有吃，红红的，像一颗颗心。

后来，凡是郭明义倡议的活动，只要有时间，只要有条件，她们全参加了。邮政所长王亚军，还有韩晓威、冯渤等9个女邮政员，都加入了郭明义的爱心团队，希望工程、献血、捐献造血干细胞、捐献遗体……

40　咱们的爱心团

送人玫瑰，手留余香。而爱心就是一株永远盛开的玫瑰，四季翠绿，竞相绽放，永不凋谢。

　　所以，爱是可以再生的。奉献越多，幸福越多！

　　郭明义最早资助的"女儿"王诗越已经大学毕业，找到了一份满意的工作。王诗越早早地就加入了他的爱心团队，长期资助着2个贫困学生。

　　王爽，是郭明义资助过的一个工友的儿子，也是郭明义众多的"儿子"之一。他于1996年考入大连海事大学，大学三年级时就开始学着"爸爸"义务献血了。2010年，王爽被上海一家大型船舶企业录用，参加工作后的第一件事，就是申请长期资助几名特困学生。

　　还有十多个"女儿"和"儿子"大学毕业后，从第一个月的工资里拿出300元，交给郭明义，请求他帮助选定资助对象。

　　2010年12月，郭明义收到两封来自新疆的信，是一位叫辛亮的退休教师写来的，还寄来两张500元汇款单。辛老师承诺，今后每个月从退休金中拿出500元，请郭明义代捐给最需要的人。

　　对于郭明义，张国斌真是无以言谢啊。他说，过去听到有人说郭明义是"傻子"，自己曾在一旁看热闹，可等到真正遇到困难，才体会到这样的"傻子"是多么珍贵，多么难得！

　　张国斌夫妇一直琢磨着用什么方式感谢郭明义，可他们太知道他的脾气了，给东西不要，请吃饭不去，怎么办呢？最后，夫妻俩商量，咱们跟着郭明义一起去献血吧！

　　除了献血，夫妻俩还加入鞍山市义工团队，到街道上打扫卫生，到公园里捡垃圾……

　　以前坐公交车从没有意识到让座，现在张国斌见到老人上车，就会不由自主地站起来，浑身总有一种帮助别人的欲望。

张国斌说："以前总觉得雷锋离我们很远，现在才体会到，你只要伸伸手，弯弯腰，你就是雷锋，你就是郭明义……"

这几年，郭明义陆续组织了 7 个爱心团队：

希望工程爱心联队成员已达 8000 人，总捐款超过 200 万，资助了 2000 多个贫困孩子……

无偿献血联队已有 10000 多人，累计献血超过 1200 万毫升。

捐献造血干细胞志愿者已有 4000 多人，为中华骨髓库增添了 4000 多个血液样本。

还有，捐献遗体（器官）队伍、慈善义工、红十字急救队等等。

齐大山铁矿共有职工 2400 多名，凡符合条件的人，基本上全部参加了郭明义的爱心组织。

我采访时，齐大山矿宣传部的时部长告诉我，他的岳母是一个没有多少文化的农村妇女，听别人说郭明义，始终不肯相信，后来看得多了，听得多了，也信了，就主动报名了——捐献眼角膜。

郭明义的爱心团队，像滚雪球一样越来越大。

我们希望他的团队越来越大。

我们希望全国的 13 亿公民，都能参加他的团队……

（节选自李春雷《幸福是什么》，春风文艺出版社 2011 年出版）

"贾立群牌 B 超"

◎ 星河

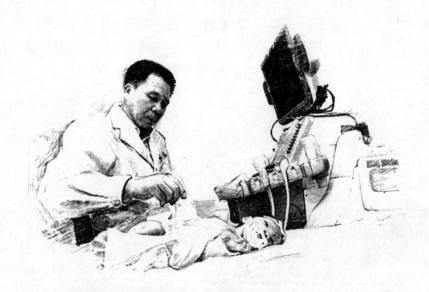

引　子

1977 年。

对于中国人民来说，这是新旧更替的一年，也是感情复杂的一年。已中断了 10 余年的高等院校招生考试得以正式恢复。在这一年的最后一个月里，570 万考生走进考场，试图靠知识改变自己的命运。

让我们选取 12 月底年关岁末的一天——

这一天，22 岁的曾津津、20 岁的沈颖和 20 岁的孙宁都在焦急地等待着高考成绩。大约 2 周之前，他们都参加了恢复高考后的第一场考试。在延庆插队 2 年、返城后在丰台医院做卫生员的曾津津还不知道，她很快就要被北京医学院医疗系录取；正在顺义插队的沈颖也不知道，她很快就要被北京第二医学院儿科系录取；而在东城一家街道小厂做钳工的孙宁同样不知道，他注定会因为家庭政审不合格而重考一次，半年之后才会被北京第二医学院儿科系录取。

这一天，13 岁的部队子弟张潍平正在北京十一学校初中部就读，他已经意识到未来的大学选拔之路必然会通过考试；8 岁的北京女孩焦莉平和 9 岁的黑龙江男孩倪鑫分别在北京和黑龙江的小学准备着期末考试，焦莉平尚不知道自己长大后要做些什么，而生于医学世家的倪鑫却已坚定了学医的信念。

这一天，王玉和王佳梅还都没有出生……

还有……

上述这些人并不知道，在未来的岁月里，他们的生命轨迹将在某个空间点交汇。而同样是在这一天，一名刚满 24 岁的年轻人已提前来到了这个交汇点——北京儿童医院。

北京儿童医院位于北京市西城区西二环西侧，医院自 1955 年"六一"国际儿童节迁入现址后就再也没有挪过地方。不过 1977 年二环路尚未修建，更没有巍峨气派的金融街，在医院东墙内堆满了一年前抗震救灾的剩余物资，所以医院的正门向西开在南礼士路上。

这一年，正好是这名年轻人的第二个本命年。此时他还不知道，从这一天起，他在这里一干就是 30 多年——在这里度过他的青春时光，在这里度过他的中年岁月，在这里度过他第三个、第四个、第五个本命年。

他，名叫贾立群。

在日历上压缩两个月

正所谓"三十八年过去，弹指一挥间"。35 年同样是一晃而过，甚至不及"弹指一挥"的瞬间。此时此刻，已是 2012 年 3 月初的一天。

35 年前贾立群万万想不到的是，北京儿童医院会拥挤成现在这个样子：清晨，挂号队伍像长龙一样一直蜿蜒到西二环路上；入夜，医院草坪上搭满了挂号者栖息的大小帐篷。这一幅幅画面，已成为京城这方土地上一道令人尴尬的风景。

贾立群走进门诊楼大厅。就算电梯前没有无数患儿和家属的拥堵，他也不会去乘电梯，因为他的工作地点就在二层北侧。贾立群是影像中心的一名医生——1977 年刚入院时他被分配到放射科，而现在他在超声室负责 B 超检查。贾立群在放射科干了足足 10 年，医院超声室成立时他参与了创建。1989 年 10 月超声室晋升为包括超声室、心动图室、心电图室、肌电图室和脑电图室在内的功能检查科，贾立群担任副主任，一干又是 10 年。贾立群刚当上主任没两年，功能检查科又于 2003 年 6 月并入以放射科为主的影像中心，孙国强任主任，贾立群任副主任。让贾立群做回副主任，院方本有担心，院长专门来做工作，但贾立群表示毫无问题，保证把工作干好。再后来，比贾立群晚入院的曾津津做了影像中心主任，贾立群还是副主任，他仍表示毫无问题，对老同事曾津津说："咱们肯定能合作好。"

超声室外，同样麇集着众多的患儿和家属。北京儿童医院日均门诊量 8000，暑期飙升到 10000，使得年门诊量超过 250 万。这其中，至少有十分之一的患儿需要做 B 超检查。

贾立群开门进去。迎面有一些玩具，以备哄逗患儿之需。贾立群来不及穿上白大褂，先把几个写有"医用超声耦合剂"的塑料瓶摆上暖气。其时刚刚入春，天气乍暖还寒，依照国家规定，北京市仍在集中供暖。

这是贾立群的一项发明。做过 B 超的人都知道，检查时要涂上冰凉的耦合剂，天冷时会让人不由打一个激灵。成人尚且如此，孩子更会害怕，所以在寒冷时节，贾立群总是先把耦合剂用手捂热，后来为了节省时间，改为事先用暖气加温。

贾立群这样做，缘于一位家长的启发。大约在 20 世纪 90 年代中期，一位父亲抱着尚未满月的婴儿来做 B 超，看到贾立群要往孩子身上涂耦合剂，便请求他先把耦合剂挤在自己手上焐热，以免孩子受到惊吓。贾立群理解父亲的爱心，自此每逢天凉都要先焐热耦合剂。

这看起来只是一件微不足道的小事，但这种细心却让人想起北京儿童医院早年的传承。在医院院史上，记载着创始人诸福棠在创办医院时对医护人员的教诲："冬天给孩子叩诊或触摸身体的时候，要先在热水里或暖气上温温手。"诸福棠于 1942 年创办北平私立儿童医院，1949 年将医院献给国家并继续担任院长。此后在他的一手策划下，于 1955 年又建成了如今的北京儿童医院。可以说，诸福棠把一生都献给了北京儿童医院，他的精神影响了一代又一代"儿医人"。1994 年 4 月诸福棠谢世，次年 6 月贾立群与很多人一起在医院西门的海棠树下参加了诸福棠院士铜像的揭幕仪式。自诸福棠之后，北京儿童医院又经历过胡亚美、樊寻梅、李仲智三任院长，他们始终保持着诸福棠的优良传统。

事实上早在贾立群来院工作之初，就与诸福棠有过一次近距离接触，那次给他留下了深刻的印象。一天科里通知贾立群去查房，他有些不解：我一个放射科医生查什么房啊？到了病房才知道，年近 78 岁的诸福棠院长亲自带领几名不同科室的年轻医生查房，而且指名要求放射科医生参加。诸院长询问患儿病情，查看检查结果，同时考察年轻医生对病情的了解和判断。在看 X 光片时，诸福棠反复强调如何才能照得更清楚，如何才能使影像效果更好，如何才能更准确地判断病变，这对贾立群来说无疑是生动的一课。

8 点就要到了，贾立群迅速换好白大褂。他知道，马上就要进入一个没有片刻喘息的阶段，甚至连喝水如厕的时间都没有。

第 1 号进来了。后面可能还有 50 个号，或者 70 个号。

贾立群检查得非常仔细，不过效率还是很高。回想自己刚接触B超这一新技术时，从早忙到晚也看不了几个患儿，而现在竟能达到近70例的纪录，实在有些不可思议。但有时家长却很急，不是因为孩子哭闹，也不是因为病情严重，而是源于心底的焦虑。他们总是催问："做好了吗？做好了吗？"每逢此时贾立群只得无奈地笑笑："您不能着急呀。这就跟蒸馒头似的，您不能老是揭盖去看它。"

无论家长如何焦虑，贾立群依旧按部就班，认真细致。贾立群有一个好习惯，不管医生开出的B超单要求检查哪里，最后总要在孩子身上全方位地再横扫三下，由此发生的故事不是一两个。

2003年初春，一名6岁男孩来到北京儿童医院，症状是说不清原因的腹痛。此前孩子已在其他医院就诊，疑似阑尾炎，但经过检查阑尾又没问题。家长放心不下，送到北京儿童医院。

二话不说，先上"贾立群B超"——北京儿童医院的品牌检查项目。有了先入为主的概念，贾立群自然先看右下腹的阑尾。男孩是个小胖子，腹壁偏厚，贾立群找得满头是汗，还是没找到阑尾。凭经验贾立群知道，化脓的阑尾肯定没有，但是否有轻微炎症就不好说了，必须看见才敢确证。10多分钟后，贾立群到底把阑尾找着了，确信没有问题。事情本来到此为止了，但贾立群依照习惯，沿着孩子的身体习惯性地又横扫了三下——

左侧一扫，没事；中间一扫，没事；右边一扫……当天医院行政值班的影像中心主任曾津津正好站在B超机前，她不禁"哎哟"了一声。

——贾立群凭借自己的良好习惯，终于发现孩子肝下的一个同心圆包块。诊断结果：肠套叠。这种病一般出现在1岁半以下的孩子身上，症状是肠管与肠管嵌套在一起，虽说不是大毛病，但时间久了会因缺血导致间歇性腹痛。最后，外科医生没用手术就解决了问题。

第 10 号进来了。后面可能还有 40 个号，或者 60 个号。

在贾立群为患儿做检查的同时，一位家长抱着一名 5 岁的发烧患儿走进医院。从挂号大厅到分诊台，再从候诊大厅到诊室，奔波忙碌，一刻没有停息。

始终有一个人默默地跟在后面，跟踪注视着全部过程，并记录下每一步花费的时间：挂号 25 分钟，测体温和分诊 20 分钟，候诊 20 分钟。折腾了一个多小时，进入诊室后不到 5 分钟就出来了：医生开出两张血化验单。接着，抽血和等结果又是 15 分钟，再回来重新排队候诊。

看完这一切，这个人没有说话。他在思考。

这个人，就是北京儿童医院第五任院长倪鑫。

倪鑫，1991 年毕业于哈尔滨医科大学临床医学系，进入北京同仁医院做耳鼻喉医生，后相继攻读了硕士和博士学位。2004 年，36 岁的倪鑫成为北京市最年轻的医院副院长。2012 年 3 月 5 日，倪鑫来到北京儿童医院出任院长。前任院长李仲智看了看日期："来了个活雷锋。"

面对这位活雷锋，李仲智也请他做好心理准备，儿童医院有四大难题：相当辛苦，待遇偏低，孩子不会自己表述病情，家长期望值过高。上任第二天倪鑫就领教了儿童医院的特色：由于门诊量有限，医院只能"限号"，结果他一下车就被号贩子截住，对方对医院专家了如指掌，诸如临床专业、主攻方向、出诊时间全倒背如流，给倪鑫留下深刻印象。

那么目前的门诊量是否还有攀升的可能？倪鑫想起上任之前，

当时的北京市领导对这 6 位即将上任的医院院长讲话，要求就是一个字："变！"所以上任第一周，倪鑫决定微服巡视。第一天他在候诊大厅只站了 10 分钟，孩子的哭闹就让他觉得头都大了。而今天的情形又让倪鑫陷入困境：究竟该如何"变"？

——既然所有的发热患儿都要化验，为什么不能在候诊时把检查先做了？

第 20 号进来了。后面可能还有 30 个号，或者 50 个号。

时间已近正午，门外的家属变得焦躁不安，患儿更是啼哭不止。贾立群打开门，安抚那些焦急的家长：只要你们能等，午饭前我肯定给你们做。家长自然不信——这么多人午饭前怎么可能做完？只有贾立群知道，他一定能做完——事实上近 20 年来，只要是在班上，贾立群从来不吃午饭。很多患儿的 B 超检查需要空腹，那些忍受病痛折磨的孩子从早晨饿到现在，贾立群不忍自己去吃午饭。所以贾立群一天的第二顿饭往往要等到下班以后，有时甚至要到晚上 8 点。

不管贾立群吃不吃午饭，下午的工作都要继续。长期的饮食不规律消耗着贾立群的身体，有时他在 B 超单上签字时手都在颤抖。有一天上班前贾立群就感觉腹痛，疼得直不起腰来，他一手捂肚子、一手拿探头，坚持着把当天的检查做完。晚上到其他医院就诊时，医生很不满意："亏你也是医生，来这么晚，阑尾都穿孔坏疽了，相当危险。"医生给贾立群做了急诊手术，但没过几天贾立群就回来上班了。由于尚未完全恢复，贾立群严重腹泻，一米七八的个子显得异常消瘦。

第二天倪鑫就布置医护人员对照实验，发现"先检查再看病"的新程序比原来节省了 36 分钟！不要小看这 36 分钟——挂号队伍变短了，家长情绪好多了，票贩子不敢说完全没有，但近乎绝迹了。与此同时，倪鑫还实施了诸多改革措施，包括科室扁平化、管理立体化、小夜门诊、特需门诊，等等。而在 3 月底的一天，倪鑫找到了贾立群。

目前 B 超的预约时间是两个月，倪鑫希望贾立群缩短这一周期。贾立群回去筹划了一番，报送了"五个工作日"的计划（相当于一周时间）。一周后主管副院长沈颖找到贾立群，告诉他还要提前：必须限定在三天之内。贾立群感到为难，甚至掉了眼泪。这种感情颇为复杂，有激动也有无奈。目前所有医生都已超负荷运转，再提速实在很难。不过贾立群也知道，来院就诊的大部分患儿来自外地，拖家带口，大包小包，每多住一天就意味着一笔不小的开支；而预约时间每缩短一天，就能为家属减轻不小的负担。

贾立群不仅是一名优秀的医生，也是一名执行力很强的领导。于是，一系列举措得以实施：挖掘内部潜力，实行"三班倒"——早班提前到 6 点，晚班延长至 22 点；与病房沟通，在检查时间上把病房患儿与门诊患儿的高峰错开；成立集中预约大厅，优化超声检查流程。与此同时，医院也给了他足够的政策：4 月 10 日超声科影像中心独立，同时任命贾立群为主任。

提速还有一个问题：以前积压的预约怎么办？贾立群决定，利用一个月时间加班。那段时间被医生们描述为"恐怖"，正常班也要上到晚上 8 点。但贾立群安慰大家：坚持完这一段就好了。最后在 5 月 10 日前，终于将积压的检查全部处理完毕。

按照新规则，B 超检查争取当天就做，如需预约最多不超过三天。事实上，超声科独立后人员和机器并没有增加太多，真正起作用的还是全新的制度与管理模式，以及在贾立群带动下的一种奉献精神。

半年后，新模式运行良好，贾立群在 2012 年年底的述职报告中承诺：三天变两天，2013 年春节后开始实施。

最终统计下来，过去一天满打满算也就做 270 例，如今最多能做 650 例以上。现在的状态，基本上是"人转机器不停"，从 6 点到 22 点随时可做 B 超检查。

那年 9 月：分子量 126 的神秘物质

按照院长倪鑫的说法："像贾立群这样的先进典型应该大力宣传，否则院里就对不起人家。"自 1992 年至 2007 年间，贾立群获得过众多的奖励和荣誉，除去本院的各种先进，还有市卫生局、市总工会和市委宣传部的诸多荣誉称号。

而作为一名资深的 B 超专家，贾立群精湛的业务水平在同事中更是有口皆碑。北京儿童医院前党委副书记蔡红曾问肾外科教授、主任医师张潍平："你最佩服贾立群什么？"张潍平未加思索就答道："业务。"张潍平对贾立群相当佩服，他在给学生上课时，课件的第一张图片就是贾立群的 B 超图像，下面的标注则是"没有什么不可以"，以此来表达 B 超技术可以把问题解决到一个什么样的程度。而在一次临床医师考试中，面对"典型阑尾炎的临床诊断标准"的考题，一名医生以"贾立群 B 超"代替了"转移性右下腹疼痛、恶心、呕吐、低烧"的标准答案。这也许是一个下意识的回答，但确实反映出一定的事实——为了准确起见，很多医生在疑难病患儿的检查单上会特别标注：贾立群B超。甚至连主任会诊时都会习惯性地问上一句：贾主任B超做了吗？

这一说法的最初源头，应该来自20世纪90年代中后期的某一天。一名在外院被诊断为胆囊结石的5岁女孩，来到北京儿童医院进一步确诊。贾立群检查后，正常；不放心，再查；检查了三遍，贾立群确信没有结石。贾立群递给家长一张胆囊正常的报告，不料家长严肃地指着机器问："您这是'贾立群牌B超'吗？"贾立群听罢——又想笑，又不敢笑。说"是"也不好，说"不是"也不好。不愿让家长失望，又不愿让回答脱离事实。

这个故事传到最后则演绎为：一台普通B超机＋贾立群＝贾立群牌B超。

孙宁则更强调贾立群的人品。按照孙宁的说法，整个医院他真正佩服的只有两个医生，其中之一就是贾立群。孙宁认为贾立群属于"真正的医生"。所谓"真正的医生"，应该对这一事业有一种宗教般的虔诚。

不管是人品还是业务，贾立群真正进入公众视野，还是源于2008年秋季发生的一起重大事件。

首先要追溯到这一年的春节——

2008年2月22日，正月初六，最后一班客机自黑龙江牡丹江起飞。机上有一名3岁男孩：他先天只有一个肾脏，又多日未排一滴尿，牡丹江、哈尔滨三家大医院都做出了同样的诊断——"肾实质损害合并肾积水；急性肾衰竭"，同时患儿家长接到孩子"病危"的通知。

进京看病之举本有争议：既然已宣判"死刑"，父亲担心孩子死

最美奋斗者

在外面；母亲却坚持要来，就是死也要做最后的努力。抱着赌一把的心态，父亲抱着孩子来到机场。当时孩子几乎奄奄一息，父亲生怕人家不让登机，加之天气寒冷，他用被子把孩子捂得严严实实。

深夜，父子俩从机场乘出租直接来到北京儿童医院。

深夜，刚刚入睡的贾立群被电话叫醒。

B超机旁，贾立群手持探头，沿着孩子唯一的输尿管向下移动，脑海中不断闪现出可能的种种病因，再一个个予以排除。就在这时，贾立群突然发现输尿管远段堆成柱状的沙砾样结石——无尿的根源找到了。贾立群明确告知患儿父亲：孩子肾脏没有病变，只是输尿管堵了太多的结石，造成尿路完全堵塞，就像大坝截流一样，尿排不动了，导致孩子"无尿肾衰"；只要及时疏通尿道，肾衰即可治愈。

这位已经47岁的父亲没想到孩子能在北京捡回一条命，双腿一曲就要下跪，被贾立群一把搀住。没等走出B超室，这位父亲就给家乡打了平安电话，而远在北方家乡的亲人一起向南磕头……

检查结束开始治疗。先是腹膜透析，接着孩子被送进泌尿外科手术室。没有开刀，医生把膀胱镜插入输尿管，用导管振捣结石并疏通尿路，"哗"的一声，结石与积蓄已久的尿液俱下，孩子的肾积水、肾衰和全身中毒症状迅速缓解……

诊断正确，治疗及时，但贾立群依旧陷入沉思：此前夜间他也经常被叫，但涉及肾结石却很少。事实上这类泌尿系结石在婴幼儿中十分罕见，近来却骤然增多，原因究竟何在？莫非与饮食习惯有关？贾立群与临床医生详细询问了数十名同类患儿的喂养史，发现他们都吃同一牌子的奶粉……

数月之后，"××奶粉事件"正式爆发。北京儿童医院小儿肾病专家沈颖临危受命，被卫生部任命为婴幼儿泌尿系统结石诊疗专家组组长。

沈颖，北京儿童医院副院长，小儿内科主任，教授，主任医师。1977年考入北京第二医学院（后更名为首都医学院，现首都医科大学）儿科系，1982年毕业即来到北京儿童医院。

在沈颖的印象中，以前小儿肾结石并非没有，但是极少，可自2007年底2008年初开始，类似症状的患儿急剧增多。因为结石患儿肯定要做B超检查，所以沈颖与贾立群接触，继而与北京儿童医院小儿外科主任、小儿泌尿专家孙宁商讨，三人都觉蹊跷。沈颖和贾立群专门去看孙宁的手术，发现这类结石并非真的"石头"，而是仿佛黄金海岸的细沙一般，从患儿尿道喷涌而出。贾立群的描述是：好像什么东西把这些沙子粘到一起了。于是他们开始两条腿走路：沈颖与孙宁寻找结石原因，留好样本，并在6月间送往一家研究所鉴定；贾立群继续进行影像筛查。好在贾立群一向注意观察和积累，留有很多第一手材料，同时他对疑难病例具有极为敏锐的观察力。

2008年9月11日，"××奶粉事件"进入国家视野，卫生部召开紧急会议应对危机。会上很多专家感到茫然，因为谁都没有见过，很难确定方案。但是参会的沈颖和孙宁见过，沈颖在发言中大致介绍了自己了解的情况，卫生部领导当即要求专家制定出一个"××奶粉致婴幼儿泌尿系结石诊疗指南"，7点30分就要。

散会已是下午5点，沈颖和孙宁匆匆赶回医院，与贾立群商讨方案。"诊"的部分要靠B超，贾立群当场口述，沈颖的研究生打字记录，一二三四……立刻成文。根据医院半年来接诊数十例患儿的经验，特别是贾立群所总结的该病症的超声影像学特点，他们仅用两小时就制定出了超声筛查肾结石流程及诊断的详细标准。7点上报至卫生部，8 点卫生部便将此方案放到网上。

当晚 9 点，沈颖和孙宁随卫生部调查组前往石家庄。接着便组建全国专家组，沈颖任组长，孙宁与另外两名专家任副组长，另有专家组成员 30 名，贾立群名列其中。

一般来说结石分两种：阳性结石通过 X 光时可看到一个强回声团，而阴性结石透光，所以 X 光看不出来。××奶粉造成的结石就属于后者，密度低，X 光很难检测，但用 B 超却能看到。当然用 CT 也可以，但就当时的情况而言，与其他手段相比，B 超检查具有方便、快捷、安全、无创等特点，所以这一方案当即被卫生部采纳，并迅速向全国推广。此后在这一事件中所有筛查医院都采用了 B 超检查，却很少有人知道这一标准的最初制定者是贾立群。

9 月 12 日上午 10 点，卫生部通知贾立群开会，但贾立群一时难以抽身，就通过电话介绍了一些情况。说来也巧，恰好在这一天，研究所在历时两个多月之后，终于发现了 15 例结石样本中都含有一种分子量为 126 的化合物，所长肖宏展打电话告知沈颖：现在正在进行光谱分析，以最终确定其成分。最后研究所终于确定这种物质就是三聚氰胺（$C_3N_6H_6$），其分子量正是 126。

9 月 13 日，贾立群前往卫生部，在全国电视电话会议上为各地医生讲解诊断标准。

9 月 14 日是中秋节。一大早贾立群便与张潍平以及刚从石家庄赶回的沈颖随卫生部人员前往首都机场，自北京飞往兰州。贾立群开始还以为只是普通会诊，后来才得知卫生部部长陈竺正从上海飞来甘肃。陈竺一下飞机就在车里听取了情况汇报，同时汽车直接开进兰州解放军第一医院。这里显然是重灾区，几家医院的病房里都住满了结石患儿。当晚陈竺召开专家会议，讨论应对办法。就是在这次会上，决定启动面向全国的筛查政策，标准就是贾立群制定的标准。

9月20日，国家免费筛查政策出台，北京儿童医院成了筛查的首要阵地。前来筛查的患者从原来的数百人增至二三千人，把医院挤得水泄不通。不管吃不吃奶粉的，吃的是不是问题奶粉的，还有已经上学的，甚至连大人都来了。面对增长了近10倍的患儿，医院设备和B超医生严重不足，市卫生局紧急调配20多台仪器和40多名医生前来支援。贾立群立即行动，协调人员、找房子、收机器、铺线路、定流程、贴标识、安装、调试……一切准备就绪，已是凌晨3点。

清晨6点，40多名B超医生就位。临时抓差，水平难免参差不齐，为使大家尽快掌握筛查技术，贾立群分组培训，重点讲解这类结石的性能和形状等指标。

上午8点，20多台超声机准时开启。筛查地点是门诊楼一层刚被搬空的2间数百平方米的旧急诊观察室，每间20张床，每张床还要配备1张桌子、2把椅子、1个桶。2名北京儿童医院的B超医生负责巡查，被戏称为"看场子的"。已经连轴转了3天的贾立群也没能得空休息，他必须总揽全局，对每天的疑难病例和筛查结果逐一核实，以免漏诊误诊。与此同时，日常的B超检查还得做，贾立群一刻都歇不下来。那段时间北京儿童医院每晚都灯火通明，晚11点结束时贾立群让大家乘出租回家，结果连出租车都很难叫到。

在贾立群及其团队的努力下，最终完成了3万多例患者的筛查，查出905例肾结石患者，76人住院治疗。事实上，贾立群他们完成的不仅仅是3万多例筛查，而是及时化解了3万多个家庭的幸福危机和社会信任危机。

筛查本来只针对××奶粉所致肾结石，但贾立群不允许自己放过一个疾病特征。有些患儿没有肾结石，却查出了其他疾病：480多例肾脏器官畸形、180多例恶性肿瘤。有些恶性肿瘤隐蔽性很强，一般在三四期才能发现，但贾立群却在一二期就发现了，为患儿提供了最佳治疗时机。这些患儿家长流着泪表示感谢。

除了劳累还有不快。有些家长拿着国家免费筛查之前的检查单要求退费，有些家长要求反复做B超检查，有些家长要求免费治疗，有些家长把对××奶粉的怨气撒到贾立群身上……面对这些误解和要求，贾立群始终微笑着耐心解释。

这段时间贾立群奇忙无比。作为专家组成员，贾立群要在全国电视电话会议上培训上万名各地儿科超声医生，为大规模筛查提供技术支持；作为医院B超室负责人，贾立群要协调日常工作；作为B超医生，贾立群还要亲自为患儿检查。一天下来，贾立群累得连胳膊都抬不起来，在筛查间隙靠在B超机上都能睡着。与此同时，贾立群还要随专家组奔赴河北、甘肃、辽宁等地指导筛查，会诊救治重症患儿。3个多月下来，贾立群基本上没睡过安稳觉，连续工作12个小时以上更是常事。贾立群去了贵州3次，却根本不知道贵州是什么样——晚上从机场直接到医院，工作结束后直接从机场回京。有时贾立群刚返回北京，就又接到了外出培训的电话，有时一天就要跑三四个城市，甚至来不及准备洗漱用品，经常胡子未刮就出现在会场。有一天，已是傍晚6点，贾立群正在给患儿做检查，突然接到卫生部紧急通知，要他连夜赶赴广东处理疑难病症。贾立群连家都来不及回，安排好科里工作便匆匆出发，这个时间京城必然大堵车，结果贾立群没用单位派车，自己乘地铁赶往机场。随后几天，贾立群转战两省三市，连续工作四天四夜，困了就在车上眯一会儿，一到目的地就开始工作。连中秋节和国庆节贾立群都是在外地度过的。

张潍平记得，那一段曾与贾立群一起出差，旅途劳顿，每天大概也就能睡三四个小时。大家下了飞机全都回家睡觉，只有贾立群直奔医院，按照预约给患儿做 B 超。事实上这些 B 超在贾立群上飞机之前就已一一约好，他的两个手机一直响个不停，直到起飞前关机。

——专家组成立之时，根据奶粉的销量预计全国有 25 万左右的患儿。筛查了 3000 多万后，最后的统计结果是 28 万。在公布诊疗方案之后，全国再没有一例患儿死亡。按照沈颖的说法："贾立群在其中功不可没。"

"精确制导"

目前，B 超检查是临床医学中非常普遍的基本检查项目之一，但真正能说出 B 超到底是什么的人却不多。那么，究竟何谓 "B 超"？

超——单位时间内完成振动的次数被称为频率，单位是赫兹。声波源自振动，所以声波也有频率。一般来说，人耳能听见的声波介于 20 赫兹至 20000 赫兹之间，在此范围之外的声波就听不见了。低于 20 赫兹的声波被称为次声波，而高于 20000 赫兹的声波被称为超声波。与普通声波一样，超声波可以定向传播，穿透物体，遇到障碍也会产生回声，而遇到不同的障碍则会产生不同的回声；通过仪器将这些回声收集并显示出来，即可用来了解物体的内部结构。利用这一原理，人们同样可以用超声波来了解人体。"B超"里的"超"，就是指"超声波"。不过用于医学的超声波频率通常更高，达到数兆乃至数十兆赫兹。

B——医学超声检查技术源自国外，而国外习惯以 ABC 表示123。所谓"B超"就是"二维超声"，其结果可以构建出一个二维平面图像，在显示器上清晰显示出各脏器及周围器官的横断图像，图像富于实体感，接近解剖学的真实结构。相比之下，所谓"A超"则指"一维超声"，属于只有一个维度的反射超声，在临床上用于定位，比如定位积液或囊肿，但无法形成平面图像，如同心电图一样是线条图，不如B超更加直观。事实上现在已经有了三维甚至四维超声，但没有再按照原来的习惯称为"C超"或"D超"。

医学超声检查的历史并不长。这一技术在 20 世纪 50 年代兴起于国外，70 年代末引入我国。作为一种辅助手段，B超在医学史上曾立下汗马功劳。在外行眼里，B超机显示屏上黑乎乎的一片，什么都看不出来，就连没受过训练的临床医生也未必能看明白；B超医生则不然，一眼就能看出有病没病，是什么病，等等。但随着医疗技术的不断发展，CT（Computed Tomography，电子计算机 X 射线断层扫描技术）、核磁共振等检测手段已成为医学新宠，B超似乎正在被边缘化，在一些医学院校的教科书中甚至找不到相关内容。当然，就医疗资源和医疗费用而言，B超仍具有一定优势：对于某些病症，一些不必要的大检查也会导致医疗资源的浪费；而与B超相比，CT、核磁共振的费用相对较高，会在无形中加重患者的经济负担。B超医生王玉说得更直白：只做B超的话，家长也许每天能吃上一碗方便面；假如非做 CT 的话，家长这碗方便面可能就吃不上了。

然而，B 超最本质、最独特的优势还不在这里。

在宣传贾立群事迹时，曾有记者写过"比 CT 还准的 B 超"，这就难免引起业内争议。从纯医学角度来看，这样说并不准确，因为就清晰度和分辨率而言，B 超明显不如 CT。但两者的不同之处在于：CT 由技术员来做，结果由医生诊断，技术员的工作只是单纯操作；B 超则不然，它不但具有动态和实时的特点，而且是一种带有个性化的技术手段，需要操作者具有丰富的经验和敏锐的判断力。事实上，B 超检查的效果很大程度上取决于操作者的水平——不同的人看到的图像都不同，报告结果更是大相径庭。

所以贾立群最大的贡献在于，他发掘了 B 超的优势，弥补了 B 超的不足，将这样一个相对传统的技术手段——用到了极致！

具体到儿童来说，B 超还有两重优势。第一是身体本身：成人肉厚，B 超效果自然不明显；而孩子肚皮很薄，当然就容易看清，只要患儿别哭、别闹、别胀气，效果往往非常好。第二是患者表述：婴儿不会说话，即便是会说话的幼儿，有时也说不出自己哪里不舒服，所以很多儿童疾病无法由医生问诊，而要靠 B 超确诊。

B 超检查的最基本要求，自然是以描述清晰为目的。为了让其他医生在手术前对患儿病情能够了解清楚，贾立群总是尽最大可能将肿瘤与其他器官的关系、肿瘤周围血管走形等情形在诊断报告中描述得极为详尽。

肾内科接诊过一名 4 岁患儿，她在外院做完疝气手术后出现血尿，做了各种检查仍找不出原因。来北京儿童医院，上"贾立群 B 超"。检查后贾立群发现：当初的疝气手术伤及膀胱，甚至能看到漂浮的线头。在检查报告里，患儿膀胱壁的损伤程度以及线头长度被描述得一清二楚，几乎还原了整个手术过程，为下一步治疗提供了重要信息。

关于 B 超检查，贾立群积累了相当丰富的经验。有些经验源于主动钻研，有些经验源自医生或患儿的要求。自 2009 年至 2012 年，贾立群与同事一起开办全国儿科超声培训班，迄今已 4 期，学员逾300 名。贾立群对学员讲："咱们 B 超，除了头发不看、指甲不看，其他都看。"话音刚落，就有患儿出现这种状况：此前掉进膀胱的头发找不到了，请贾立群帮忙在输尿管里找。膀胱里好找，输尿管里可就难了，首先得憋尿，然后再折腾半天——这下头发也看了。没过几天，一名患儿患甲沟炎，医生要看脚指甲吃进肉里多少，再决定是否先拔指甲——这下指甲也看了。

假如仅仅做到"描述清晰"就止步，那贾立群就不是贾立群了。贾立群真正的功绩在于，他使 B 超不再是一项辅助的检查手段，而是变成了一种有效的诊疗手段。

先说"诊"。贾立群被誉为"B 超神探"，同时有一种说法："贾立群的超声技术可以用'炉火纯青'来形容，贾立群的诊断结果可以用'板上钉钉'来概括。"假如觉得这样的称赞过誉，不妨以"中国 B 超医生在美国"的故事来佐证。

王晓曼也是从放射科转来 B 超室的，现在是主任医师。就对 B 超的感情而言，王晓曼很像贾立群。她特别钟情于 B 超检查，也要把它用到极致。有过一个"王晓曼带病上班"的故事——她一边挂着点滴一边做 B 超。不过据说不止一个人有过边打点滴边做 B 超的经历，据说还会经常看到。

为了学习前沿技术，2012 年 4 月王晓曼来到超声技术一流的美国费城儿童医院进修，为期 3 个月。与北京儿童医院相比，这里的病人凤毛麟角。医院 B 超由技术员来做（很像中国医院的 CT），照出片子医生再看。每人每天做 8 例就到顶了，5 个技术员一天也就 40 例，还经常不满额——想想北京儿童医院的 600 多例，简直不是一个数量级。

一天美国专家从电脑中调出一张 B 超图片，王晓曼当即指出："梅克尔憩室。"美国专家十分惊讶，他不知道王晓曼如何仅凭一张 B 超图片就做出如此判断。王晓曼告诉他："这种病我们见多了。"

所谓"梅克尔憩室"，是一种先天性消化道畸形。由于患儿肠道细小，在国际上用 B 超诊断儿童肠道疾病始终是个空白。检查梅克尔憩室一般会用同位素扫描，准确率 90%，但有一定的辐射性和假阴性。在贾立群之前，没人用 B 超做这种诊断。但贾立群喜欢钻研，一开始他能看出比较典型的，对照临床手术，发现自己从无错判；结果临床医生有了"贾立群能看梅克尔憩室"的概念，遇到类似情况就直接开 B 超检查单，这样一来无论是否典型，贾立群都必须查了。开始贾立群要做很久，恨不得一小时才查一个，经过反复琢磨，逐渐有了感觉，在患儿腹部压那么几下就能找到，时间大大缩短了。再后来其他 B 超医生也掌握了这项本领。

类似的还有结肠息肉。在美国只要发现小儿便血，就会借助结肠镜诊断，同时切除息肉，但准确率只有 8%，患儿还要经历住院、洗肠、全麻等一系列痛苦，即便在我国治疗至少也要花费 5000 元以上。经过摸索，贾立群找出肠道息肉的 B 超图像特点，单用 B 超就能做到 100% 确诊。这样做的缺点是耗时较长，需要患儿反复排空大便，往往要一两个小时才能完成。贾立群自己耗时受累，却做到了让孩子少受罪、让家长少花钱。

在 B 超检查中，患儿的腹部急性疾患较多，肠套叠最为常见，相对容易把握。但肠梗阻就不那么容易诊断了，国外都要靠 CT 确诊。而贾立群不仅能判断是麻痹性肠梗阻还是机械性肠梗阻，甚至能细化到后者梗阻点的位置和造成原因。孩子肠道里的东西千奇百怪：电池、戒指、游戏币、硬币等，大多是因为好奇误食；贾立群还在患儿肠道里发现过一大团蛔虫，因为挤压无法通过，继而引发绞窄性肠梗阻。总之，贾立群的 B 超检查结果将直接影响到后续治疗——如果是麻痹性的肠梗阻，如肠道蠕动减慢，就可先由内科治疗观察，服用药物；如果是机械性的完全性肠梗阻，就需要外科手术，假如肠壁血流不畅或者已经坏死，必须马上进行手术。

一名 1 岁多的患儿不停呕吐，B 超检查判定为机械性肠梗阻。但贾立群不放心，发报告前又把患儿叫回来，拿着探头一次次清查，终于发现梗阻点处有多个弧带状强回声团。贾立群想了想告诉家长："孩子可能吞进了吸铁石。"因为人的肠道是呈回字形，假如吃进吸铁石，两段肠子里的吸铁石就会吸在一起，造成肠道闭合，从而导致肠梗阻。最后医生果然从患儿肠道里取出 8 块吸铁石——原来孩子偷偷把家里一个按摩头上的吸铁石拆下来吃了！

贾立群用 B 超诊断梅克尔憩室、结肠息肉和肠梗阻这样的国际难题，已经让人叹为观止了。而贾立群还用超声诊断阑尾炎，这就更不可思议了。

阑尾不同于其他器官。首先阑尾位置偏深，加之肠气干扰，B 超很难找到，那个患肠套叠的小男孩就是明显例证。贾立群最早做此尝试，也是在 20 世纪 90 年代初。后来他不但可以通过 B 超诊断阑尾炎的类型，还能看出轻重程度以及是否穿孔，甚至以 0.5 毫米的微小差别来判断是否有炎症。

此外对于胆道闭锁等疾病，"贾立群B超"同样准确有效。这其中最具学术价值的梅克尔憩室和非囊肿型肠重复畸形的B超诊断，在国外医学界也鲜有提及，而贾立群已经成功地总结了这两种疾病的B超诊断标准和方法，每年都有数十例患儿要靠B超确诊。总之在消化道方面，北京儿童医院的B超相当厉害，直接就能诊断，而且所有B超医生都能做到。

2012年，北京儿童医院外科给美国《北美小儿外科》杂志投稿，文章为《小儿结肠息肉临床特点和B超诊断价值》，其介绍了外科在结肠息肉方面独特的诊治经验，因为这里的手术量堪称世界第一。可审稿人对稿件提出质疑——用超声诊断结肠息肉，在美国儿科医生看来绝无可能。其实在北京儿童医院，贾立群用B超诊断出了上千例结肠息肉的患儿。事实上，王晓曼与贾立群已在《中华医学超声杂志》2011年1月号上共同署名发表了论文《超声在儿童结肠息肉诊断中的应用价值》，总结分析了2005年5月至2009年11月342例经病理证实的结肠息肉的超声声像图特征。后来外科方面补充了详细的数据资料，论文得以发表。

后来王晓曼又给一个1岁多的患儿做颈部B超检查，直接诊断为淋巴结炎，美国医生建议再做CT核实，结果与王晓曼的诊断完全一致。总之最后学生成了老师——王晓曼用带去的B超图像，为医生和技术员讲解诊断标准。

以上是所谓"诊疗"中的"诊"——B超不再是一个辅助工具，在很大程度上也起到了"诊"的作用。但贾立群更进一步，在"疗"上同样做出了非凡的成就。贾立群凭借他用到极致的B超技术，推动了临床医疗技术的发展，在他的B超引导下创新了一系列临床治疗手段。如果说手术就是用精确制导武器对病灶敌手进行准确打击，那么"贾立群B超"就是这颗导弹上的高精度制导系统。

阑尾脓肿是儿童常见病之一，排脓是治疗的第一步。过去外科的治疗方法是腹腔引流：在腹部做一个切口，把腹腔内的脓液引出来。弊端是孩子至少要接受一次麻醉，挨一次刀子，脓液还要几天才能排净，恢复时间也较长，给孩子增加了很多痛苦。在国内，北京儿童医院最早改进方法，改为注射器穿刺：无须开刀，直接用注射器把脓液从腹腔吸出来。这样一来，大大简化了治疗手段，减少了患儿的痛苦和家长的经济负担。但这一方法的关键，在于贾立群精准的B超定位。因为在腹部做穿刺风险很高，稍有不慎就会扎着肠管等脏器。

有一次医院收治了一名患儿，"贾立群B超"确诊是阑尾脓肿。在贾立群的引导下，医生一针下去，果然抽出一管恶臭扑鼻的黄色脓液。紧接着一管又一管，浓液装满了600毫升的可乐瓶子，整个B超室弥漫着挥之不去的臭气。医生看看被熏得够呛的贾立群，有些过意不去，但贾立群则说："我倒没关系，就怕其他病人受不了。"后来医生根据贾立群的建议，把阑尾脓肿穿刺安排在最后。

除了阑尾脓肿穿刺，依靠"贾立群B超"的精准定位，医院还开展了多种超声引导穿刺手术，如肾脏穿刺、肝脏穿刺、肺脏穿刺等。仅肾穿一项，一年就有300多例，10年来从未发生过一例失误，这其中贾立群的功劳极大。

对于肾内科副主任医师焦莉平来说，每周三下午都是肾穿手术的固定时间，而这就需要B超的配合。

尽管焦莉平在北京儿童医院工作20年，有着丰富的经验，但还是觉得肾穿是一个相当麻烦的手术，不仅在于它复杂，还在于孩子与成人的区别。因为是局部麻醉，患儿还有感觉。大一点的孩子还能配合，10 来分钟就做完了；四五岁的孩子疼得厉害，会哭闹不止。穿刺手术中最怕孩子哭闹，这样会导致脏器位移，造成误伤，所以要等、要哄、要稳，时间一拖就很长。焦莉平知道贾立群不吃午饭，每次都显得异常疲惫，但也只能为贾立群倒上一杯水，看着他在做B超中间稍微休息会儿。有时一做就是 8 例。

面对哭闹的患儿，贾立群总是有足够的耐心。一名 4 岁女孩被倒下的课桌砸中后总喊肚子疼，经诊断是脾脏受损，需要用注射器吸出积液，具体的下针点需要 B 超定位。女孩刚躺下就开始哭，不让爸爸妈妈离开。贾立群小心地点好穿刺位置后，和蔼地告诉她："把脏水抽出来，明后天就能出院了。"由于囊肿较大，总共抽出 400 毫升积液，当抽完第四管后，刚才还在喊爸爸妈妈的孩子突然喊起了爷爷，而且不要爷爷离开。贾立群则说："你攥住我的手，我不走，摸我就不疼了。"不到 20 分钟的时间，孩子已把贾立群当成了亲人，最后还要爷爷抱。

即便事先的 B 超结果十分清晰，手术中还是有可能出现问题。

2010 年春节前夕，一名 8 岁的甘肃女孩来到北京儿童医院。她的肚子断断续续疼了 6 年，在当地开刀两次都没找到病因。上"贾立群 B 超"，发现患儿十二指肠肠壁上有一个黄豆般的囊肿——这就是病因，需要做十二指肠重复畸形手术。

术前外科医生做了充分准备，可腹腔打开后却怎么也找不到病灶了。贾立群赶到手术室，将消过毒的 B 超探头经切口直接放入患者腹腔，终于发现小囊肿的位置在胰头后面，被胰头包着。外科医生认为手术难度很大，一旦损伤胰腺或者碰了胰管形成胰瘘，危险极大。贾立群艺高人胆大，凭借探头影像进行准确定位，找到一处距离囊肿 5 毫米的部位作为手术切点，引导手术刀一点点划向深层组织……两个小时过去，刀尖终于碰到囊壁，手术获得成功。

有一次，一些来自新疆和广西等边远地区的进修医生学成离去，在送行宴上张潍平叮嘱他们，回去一定要把小儿泌尿外科尽快开起来，他们说没问题，但只有一个条件——把贾立群调过去。

24 小时听班的"缝兜大夫"

自 1987 年起，贾立群一直住在离医院 300 米的职工宿舍，房屋使用面积只有 43 平方米。当初与贾立群一起分房的职工，早已搬进宽敞明亮的大房子，但贾立群怕自己住远了，医院找他无法及时赶到就一直没搬家。平时贾立群外出都很少超过 5 公里，春节时老同学聚会都被安排在他家附近。有一次贾立群与妻子到妻妹家拜访，都走到人家门口了，一个电话又把他召回医院。有一天是休息日，贾立群正在理发店理发，突然接到医院的电话，只好顶着理了一半的头发来到医院。至少有两次，贾立群穿着两只不同的鞋出了门，走到医院才发现。虽说都是黑色皮鞋，但鞋跟略有不同，感觉有点儿瘸，贾立群这才发现自己穿的不是一双鞋。

贾立群从不抽烟，但偶尔喝酒，而且酒量不小，只是习惯慢饮。2010 年的世界杯，贾立群曾与朋友们一边看电视一边喝到天明。不过为了随时听班，贾立群酒也不敢常喝，免得这边刚放下酒杯，那边一个电话，一身酒气地给患儿做 B 超，家属不喜欢。

周六日、节假日和夜间，医院的中层干部都有行政值班任务，每班两人，被戏称为"代理院长"。而在值班时贾立群晚上基本休息不了，始终在忙——这是所有中层干部与贾立群一起值班的感觉。而每逢节假日或夜间，医院除了值班制度还有听班制度。值班容易理解，所谓"听班"，就是"二线值班"——该回家回家，该吃饭睡觉吃饭睡觉，但别出远门，随时待命，一旦有突发事件，招之即来。值班、听班，一般一个人每月轮上一次，最多两次。但贾立群不然，他是一年365天全天候随时听班。

早在B超科"三班倒"之前，加班对贾立群来说就是一个常态。暑期是北京儿童医院的高峰期，各科医生都忙，B超检查同样如此，忙到午夜时分也是常事。但再晚也还算是白班——夜间怎么办？

由于人员短缺，北京儿童医院的B超检查没条件开设夜班急诊，但许多病症又不得不做，于是贾立群就自觉承担起这个不算夜班的夜班。贾立群曾向同事承诺：只要自己在北京，24小时服务，随叫随到。这一承诺始于20世纪90年代初，至今已践行20多年。20多年来贾立群却从未报过一个夜班，从未索过一份报酬。如今科室扩充了，但贾立群心疼手下那些年轻同事："他们辛苦，他们家远，他们事多，他们孩子小……"总之贾立群依旧独自承担着这个夜班。

这可不是一个象征性的夜班。贾立群常常被半夜叫醒，而且还一夜数次，刚一躺下电话又来了。最多的一个夜晚，贾立群竟被叫起来19次之多！1992年，医院破格给贾立群家装了电话，很多老医生至今记得那个782的分机号码。有了手机后，找贾立群更方便了，而贾立群偏偏还把电话铃声设成"医院来电话了"。为了及时赶到科室，贾立群把白大褂放在从家到医院的车里，后来干脆就把一件白大褂放在家里。

其实贾立群如此，不仅仅出于医德，还与他的性格有关。从内心里讲，他是一个总为别人着想的人。举几件与医疗毫无关系的例子，贾立群的为人和处事方式可见一斑——

大约在 2010 年夏天，护士部主任张琳琪换新车后不熟悉操作，在医院停车场倒车溜坡，撞了后面的车辆，车主正是贾立群。张琳琪到保险公司报险，保险公司要求拍现场照片。偌大的医院停车场，第二天很难找到原位。张琳琪对贾立群说了，贾立群一口答应。第二天早晨不到 7 点，张琳琪还堵在路上，就接到同事电话，说贾立群一直在车场等她。她到达停车场，发现贾立群把车停好后，站在车前，为张琳琪占了预留的前方车位，以便保险公司过来拍照。张琳琪十分感动。这个感动可不是一般的客气说法，她确实由心而发。

20 世纪 90 年代初，贾立群与同事前往张家界参加全国小儿泌尿外科会议。时值旅游旺季，返程车票难买，一行人好不容易坐进了"加"字头的车厢。上车后乘务员告知，加车没有开水，要喝开水需要各车厢出人去打。没人去——谁去啊？但贾立群决定去，同事拦他："你又何必？"贾立群说："大家总得喝水。"于是，贾立群去了。开水打来了，车厢里的人纷纷抢在贾立群与他的同事之前来倒水。说实话，贾立群为患儿诊病不收钱物，至少在患儿家属心里落一个"好"字，但是打水这件事，不会有人知道他是谁，更不会有人记得他。

还有一件事在医院几乎尽人皆知，贾立群的孩子 1 岁多时，有一次去医院幼儿园，大冬天没穿鞋只穿着袜子，同事问他怎么回事。一般人会以为是因为忙、忘了或男人粗心，结果贾立群从书包里拿出鞋来——车上人多，怕孩子鞋上的脏土弄到别人身上。按曾津津的说法："这事也就贾立群能做得出来。"

——这样一个在日常生活中尚且如此的人，在医德方面还会有问题吗？

大约 2 年前的一个晚上，外科接诊了一名 8 个月大的患儿。孩子从早上 8 点开始呕吐，送来时已处于昏睡状态。医生怀疑是肠系膜内疝，这种病病情进展迅速，病死率超过 70%，需要立刻开腹检查。但家长不愿给这么小的孩子做手术，一再追问值班医生："能保证是内疝吗？不能保证就不同意手术。"老实说，在许多疾病面前医生也难下保证。这时值班医生想到贾立群，但那时已是凌晨 1 点，贾立群在郊区开会，本该次日返回。不过值班医生最终还是拨通了贾立群的手机，结果贾立群二话没说就往回赶，在寒风凛冽的大冬天开了一个多小时车。经贾立群确诊后，家长才在手术同意书上签了字。

还有一次，贾立群正在做 B 超检查，做着做着眼看床上的孩子就不行了，贾立群连忙抱起孩子往急救室跑。把孩子放到抢救床上，贾立群告诉医生："孩子严重血性腹水，需要马上抢救。"此时孩子已经休克，急救后马上实施手术。打开患儿腹部一看，里面全是鲜血，原来是肠系膜血管破裂，裂口竟有 1 厘米长。主刀医生感慨："多亏贾立群把孩子及时抱来，再晚一会儿可能就没命了。"这时贾立群才向家长解释，给孩子做 B 超时，原本怀疑孩子是腹水，但检查发现腹水浑浊，仔细一看竟是腹内出血，所以顾不得向家长说明情况，争分夺秒地送孩子来抢救。

对于红包，大多数医生是拒绝的，但有时医生不要而患者坚决给。很多有职业道德的医生选择了无奈的办法：先收下，手术后再退还。首先这样做也未必合适，另外并非对所有医生都适合——并不是所有医生都做手术。

自从贾立群成为一名 B 超医生，就有患儿家长给他送红包——为了加号，为了得到精心诊断，更多的是为了感谢。

　　10 年前，一名来自秦皇岛的患儿要在当地做盆腔肿瘤手术，为此先到北京儿童医院检查，当地外科医生随诊。贾立群用探头一扫，不到一分钟就推翻了此前的诊断，认为只是阑尾囊肿。随诊医生当即与贾立群争执起来，但贾立群坚持自己的判断。他征得家长同意，一针扎下去，脓液喷涌，随诊医生顿时叹服。家长不知该说什么好，掏了半天兜拿出五元钱要给贾立群当零花，简直让他哭笑不得。

　　屈指算来，几十年里贾立群只收过一个患儿家长送的礼物——一包自家炸的面食"咯吱盒"。面对如此盛情，他实在推脱不掉，却马上打电话让妻子买了一个生日蛋糕送还孩子——那天刚好是这个孩子的 7 岁生日。

　　20 世纪 90 年代初，来了一名河北大厂的 4 个月的女孩。她生下来肚子就大，就诊时腹部高度隆起，好似一个球，肚皮被撑得发亮，一条条静脉清晰可见，孩子平躺下来张着嘴都喘不过气来。贾立群见孩子病情危重，就加班为她做了检查，发现腹内有一个巨大肿瘤。可是贾立群反复探查就是找不到右肾——肿瘤挤走了肠子，而肠子里又充满了气体，严重影响观察；而让婴儿俯卧的话，由于肿瘤的存在，孩子的呼吸就更困难了。半个小时过去了，依旧找不到。贾立群让孩子趴着，然后让妈妈托住孩子的肩膀和大腿，孩子整个悬空，终于从后背发现了右肾——已经被肿瘤压成了"扁片"，被推移横置于右膈下。这下就可以排除肿瘤与右肾的关系了。这个畸胎瘤实在太大了：两侧紧贴左右腹壁，上边直顶剑突，下缘达耻骨联合，有如婴儿头大小。需要马上住院手术！但手足无措的家长一时慌了，贾立群一边安慰一边帮忙挂号和联系住院。当孩子出院时，家长将 1000 元钱塞给贾立群。他却婉言拒绝："我是医生，这是我应该做的。孩子看病需要钱，这钱你留着吧。"

"红包现象"让贾立群十分头疼。拒绝，再给；再拒绝，硬给；又拒绝，直接塞进白大褂口袋。这么三拉两扯，耽误功夫不说，口袋总是被撕烂。2006 年的一天，一名患儿家长非要把 2000 元钱塞进贾立群白大褂的口袋，钱推掉了，但一只兜却被扯破了，耷拉着十分难看。无奈之下，贾立群干脆把白大褂下面的两个口袋拆了下来。拆下来也麻烦，没口袋的白大褂怎么看怎么像厨房大师傅，再说医院对着装也有要求，总不好擅改样式。贾立群只好请同事王景丽把两个兜又缝上，但这次把下面的口袋全都缝死，缝线在兜口下 2 厘米处，从外表上看和没缝一样。再有人往贾立群兜里塞钱，塞不进去，贾立群就告诉他："兜缝着呢。"为此贾立群被称为"缝兜大夫"。

白大褂不能没有口袋，否则连支笔都没地方插，所以贾立群的上口袋还保留着，但能装的东西却少多了。这都是一些不必要的麻烦，但是却没办法。这不算什么，还有更极端的。

首先是检查过程。贾立群再耐心，也有哄不住的孩子，无论怎样都会哭闹不止，于是就产生了一些"非正常"要求，能满足的话贾立群都尽量满足。

经历过医疗过程的孩子都怕白大褂，因为白大褂意味着无穷的检查、痛苦的吃药以及难受的打针。早年间很多孩子一见到食堂的大师傅和理发馆的理发员都会大哭，因为这种服装的样式和颜色让他们引发联想。有一次，面对大哭的孩子，家长恳求贾立群："能否把白大褂脱掉？孩子见到白色就害怕。"贾立群脾气很好地脱下白大褂。但孩子还是哭个不停，家长向贾立群指出："您羊毛衫上也有一块白色，能否把它也脱掉？"贾立群再次满足了这一要求，又脱下了羊毛衫。所幸贾立群里面的衬衣是蓝色而非更为普遍的白色，否则他恐怕真要赤膊上阵了。

再有就是加号的要求。患儿家长为了加号，无所不用其极。一名来自内蒙古的肾积水患儿腹部经常疼痛，需做B超检查，但预约时间较长，于是家长在贾立群去厕所时尾随其后，估摸着贾立群正要开始，拽住他的胳膊猛摇："贾主任求您了，给加一个号吧！"贾立群只好请他撒手："给您加就是了。"这位家长得了便宜还卖乖，逢人便介绍经验："你去厕所摇他就给你加号，比摇车号容易。"过了一段时间，又一位家长跟进厕所"摇号"，结果他去早了，贾立群还没开始，家长只好拿着B超单看着贾立群。贾立群叹口气道："我给您加就是了，您看着我尿不出来。"这位家长更卖乖："现在更省事了，连摇都不用了，你就看着他他就给你加。"

兄弟医院经常和沈颖合作一些关于肾脏方面的课题，大多数需要B超筛查或制定标准，贾立群总是全力帮忙，从不拒绝，而且不要求署名。与他合作过的人都深有感触，有位经常合作的北大医院教授对贾立群赞不绝口。

为方便职工喝水，贾立群把自家的饮水机搬来；当恋爱的职工与恋人闹别扭时，他会亲自打电话帮同事向对方解释；职工家中遇到困难时，他会登门探访、解决问题。

作为一名医生，仅仅有医德是不够的，还要业务精深。贾立群就是一直在追求更高层次，进行不断的钻研与探索。

贾立群很爱琢磨，从他小时候装收音机起就是如此。据说贾立群一天只睡三四个小时，经常通宵研读学术期刊，以印证自己在实践中获得的经验。B超医生王玉是贾立群非常器重的年轻人，有着自己独特的专长，他感觉贾立群最高兴的时候就是———一个疑难病，大家都没想到，他突然灵机一动，会不会是这个？最后手术证实了，确实是这个。那就是他最高兴的时候。

一位旅法华侨曾带患病的孩子前来就诊，此前法国医生的诊断是肾母细胞瘤。贾立群做了两次检查，总觉得诊断有问题。在做手术的前一个晚上，贾立群又给患儿做了第三次检查，最终推翻了肾母细胞瘤的诊断，确诊为神经母细胞瘤，而第二天的手术证实了他的诊断。还有一次，一名医生接诊了一名出生仅23天的患儿，申请单上的症状是严重呕吐，连胆汁都吐了出来——这是典型的上消化道梗阻症状。再看B超图像，一个肿物把肠腔彻底堵死了。B超医生的第一反应是肠道息肉，一种最常见的儿童肠道占位性疾病。但他不确定，把诊断报告交给贾立群审核。贾立群感觉不对，不像是肠道息肉那么简单。贾立群又给孩子做了一遍B超，随着探头移动，贾立群的表情日趋严肃，得出不一样的诊断——肠道恶性肿瘤。病理结果出来后，果然与贾立群的诊断一致——绒癌，一种源自胎盘的恶性肿瘤。根据医生提示，患儿母亲也做了检查，发现体内也有绒癌——世界罕见、国内唯一的母婴绒癌转移病例，在贾立群手下得到了准确诊断。

还有一个许多报刊都介绍过的典型病例，更有助于我们了解贾立群。

1993年，一对双胞胎姐妹降临在河北石家庄。仅2个月后，姐姐就被抱到北京儿童医院。孩子的肚子比正常孩子大，在当地医院做了B超，诊断是：重度肝肿大；良性肝脏血管瘤——而且医生说没法治。多年之后孩子的祖父回忆说："当时难到什么程度？孩子这个脑袋就不能直着，光是这么背着，睡觉也整个这么背着，成一个反弓形。前面是一个大肚子，这样睡觉，受罪着呢。我除了给她们俩送饭，平时也不敢见我孙女，一见就难受……"说着说着眼泪就流了起来。

外科医生做了初步检查，开出一张 B 超检查单，并特别注明："请贾立群主任做 B 超。"当时本该下班了，但贾立群主动提出给他们加号检查："让他们进来吧。"这一查就是 45 分钟。

从 B 超显示屏上看，孩子重度肿大的肝脏上布满小结节。贾立群判断有两种可能：一种是良性的肝脏血管瘤，一种是恶性肿瘤肝转移——后者会致命。问题是在这两种病的 B 超图像上几乎没有区别，唯一不同的是：如果是恶性肿瘤肝转移，会有一个"元凶"——原发瘤。贾立群手拿探头，一遍遍地在患儿腹部划过，终于在无数的小结节中，发现一个直径不到 1 厘米的小结节——在孩子哭闹时，它不随着肝脏移动！贾立群意识到，这就是"元凶"。

在这张 1993 年 8 月 7 日出具的 B 超单上，贾立群写下了"左肾上腺神经母细胞瘤，肝转移"的诊断，任何医生都理解它的意思：神经母细胞瘤特殊四期。后来的手术和病理检验证实了贾立群的判断，这是一种恶性但可治愈的肿瘤，及时的治疗挽救了孩子的性命。

一个月后，家长又抱来了双胞胎妹妹。两个孩子病情完全一样，妹妹的肝内也弥漫着微小病灶，可贾立群反复探查就是找不到原发瘤。于是，贾立群钻进文献堆研读了几天，终于找到了答案——国际上确实有过报道：双胞胎同患此病，原发瘤在怀孕时就已出现，一个胎儿肾上腺神经母细胞瘤，不但本身肝转移，还通过胎盘转移到另一个胎儿的肝脏内！换言之，姐妹俩得的是一种病，只是病根不在妹妹身上，而在姐姐身上。这种情况在中国仅此一例，世界罕见。

自此，姐妹俩经常来北京儿童医院治疗和复查，贾立群的 B 超检查伴随着她们长大。她们家中保留的全部 B 超单上，都写满了贾立群工整的笔迹。1996 年 6 月，妹妹来医院做最后一次复查，祖父母以全家名义送给贾立群一面锦旗："火眼金睛缉病祸，孪婴奇疾被侦破，求实进取讲奉献，医术精湛称楷模。" 1999 年 8 月，姐姐来医院做最后一次复查，自此彻底康复。如今姐妹俩都已长大成人。

贾立群其人

1953 年 11 月 29 日，贾立群生于北京中关村的一个知识分子家庭，父亲是农电局水电专家，母亲是中科院微生物所科研人员。贾立群排行老大，还有一个妹妹。

或许是由于家庭的影响，或许是由于中关村一小学同学的影响，有一段时间贾立群疯狂迷恋无线电，喜欢照着线路图安装半导体收音机。当时从中关村到西直门的公交票价是 1 角，但贾立群经常徒步从家走到西直门，用省下的车钱在那家半导体元器件处理店购买所需材料。小学毕业后贾立群进入人大附中，继续他的"无线电事业"，最高成就是安装了一台四个管的收音机。贾立群本想继续提高境界，上山下乡运动开始了，他只好带上他的无线电元器件动身了。

1969 年 8 月，年仅 16 岁的贾立群来到黑龙江生产建设兵团，被分配到一师六团。深夜到达后，贾立群被拉到了汽车连，地点在德都县（现归五大连池市）。开始贾立群被分配去烧锅炉。贾立群做什么都认真，只要他当班热气就充足——冬天要烤车，没问题；大家睡暖炕，都满意。烧了一冬天后，贾立群被调去开车，这让他很兴奋。贾立群不但学会了开车，还学会了修车——在冰天雪地的东北修车可是苦活儿。遗憾的是没过多久，没人烧锅炉了，大家想起把锅炉烧得格外热的贾立群，又把他调了回来。这一烧就是3年多，贾立群年年都是模范。后来张潍平曾问他："为什么别人有啥事求你，你都答应？"贾立群说："我一直就这样吧。"

说是汽车连，农忙时节也要参与农业生产。麦收时节下雨，地上泥泞一片，收割机无法使用，贾立群他们拿着大扇刀呼啦啦割倒一大片麦子；开春时给大豆除草，小跑着跟不上当地人，除草一天除不到一垄——据说那一垄足有28公里长！吃5个馒头都不觉得饱。不过贾立群始终没有放弃文化学习，这在很大程度上得益于他的父亲。贾立群的父母身在干校——父亲在四川，母亲在河南，但仍关心着儿子的成长。父亲不知从哪里找来一些数理化参考资料，把那些习题逐字逐句地抄下来寄给贾立群。父亲这份辛苦，贾立群觉得不该辜负，就在锅炉房上面搭了一个矮棚，每天晚上就着台灯窝在那里解题。

1974年9月，贾立群被选送上大学。当时的原则是：自愿报名，群众推荐，领导批准。同时也有一个形式上的报名，填志愿时贾立群按照自己的兴趣写了"华中工学院无线电系"。不过贾立群没能如愿。9月25日，贾立群走进北京第二医学院儿科系。

北京第二医学院坐落在丰台区右安门外，当时只有一栋教学楼和两栋宿舍楼，周围全是农田，这种状况一直持续到20世纪90年代。贾立群非常珍惜这一学习机会，成了每天学习到很晚的人之一。不过这时贾立群再次显露出自己在学习上的特点：他更喜欢钻研式的学习，而对死记硬背的东西有些怵头。但很多医学知识就是需要死记硬背的，比如人体器官的名称。为了学好解剖，贾立群曾把头颅骨借回住有6个人的宿舍，抱在怀里反复琢磨，记忆进出血管和神经的不同小孔。看着看着就进了梦乡，再醒来时发现自己与那具头颅骨同榻而卧共枕而眠。

1977年年底，贾立群自北京第二医学院毕业，并被分配到北京儿童医院。此前儿科系60多人都在北京儿童医院实习，但最终仅留下了20人。原定报到时间是1978年1月3日，但大家担心这样一来将来的工龄会少算一年，于是改在1977年12月提前报到。

入院后，学儿科的贾立群被分到放射科。按照一般理解，放射科是服务于临床的辅助科室，而且有辐射，很多人不愿意去。开始贾立群也不看好这项工作，不相信在这一岗位能做出什么成绩。他至今也不知道，是不是档案里"华中工学院无线电系"的志愿影响了这次分配？但带他的老师告诉贾立群，这里面还是有很深的学问的。

贾立群在放射科一干就是10年。

1982年，当贾立群在放射科干了5个年头之后，毕业于北京医学院（后更名为北京医科大学，现北京大学医学部）的曾津津来到放射科，此后与贾立群共事多年。开始曾津津也不喜欢这一职业，甚至想找后门儿离开，但老一代医生胡亚美告诉她，这里的资料最全，放射科主任徐赛英是相当有造诣的前辈专家，还是能做出一番事业的。

当时徐赛英比较喜欢3个年轻人：孙国强，曾津津，还有一个就是贾立群。原因是他们3个人都很爱学习，工作起来非常认真。徐赛英有一种观点：检查报告能说清就应该尽量说清，不要模棱两可。这一点对贾立群影响很大。

据曾津津回忆，从那时起就能看出，贾立群工作从来不急躁，凡事一定要认认真真，力求尽善尽美。贾立群看片子都与别人不同，别人插在灯箱上就看，而贾立群不同，他看得非常细致——远看，近看，正看，反看。那时的片子不像现在这样能在电脑上看，只能凭肉眼看；而且当时片子是水洗的，冲洗的不是特别干净，有水印，有时会有"伪影"干扰。别人可能就看一眼，但贾立群看得很细，先插在灯箱上，往后退。房间也就三四米，后面有个水池，贾立群经常退着退着就碰上了，然后他再往前走回来看。

不管是造影还是透视，只要落到贾立群手上，一定要看清楚、看明白。而且贾立群写的每一个报告都很细致，从来没有烦的时候。后来曾津津写论文，需要总结以往的病例，发现只要是写得特别认真的，署名一定是贾立群。

1988年，根据张金哲院士的建议，北京儿童医院添置了第一台黑白B超机，贾立群被抽调组建超声室。此前贾立群从没见过B超机，儿科B超在国内也是一片空白。1989年9月，医方选派贾立群前往中国人民解放军301医院学习，为期1年。

贾立群抓住机会努力学习，很快便掌握了B超检查的基本技能。但成人B超与儿童B超毕竟不同。比如从一些症状可以准确判断成人得了什么病，但对孩子却不行，因为孩子在不同年龄段有可能得不同的病。1990年10月，贾立群学成归来，他白天做检查，晚上则到手术室观摩手术，与临床医生交流，反复检验自己的诊断，查找实际病例与诊断之间的差距，不断积累经验。当时国内资料奇缺，只能从难以获得的国外资料中采撷点滴。贾立群脱产学了半年英文，借助字典通读了英文版的美国超声学专著《儿科超声学》；贾立群还自学了日文，研读了日文版《小儿外科》杂志的"胎儿型结肠专号"。此外贾立群还把手术中切下来的标本拍成照片，对照B超图像仔细比对。多年之后，B超设备早已更新换代，但贾立群跑手术室的习惯却保持至今。

给孩子做B超难度比较大，尤其是腹部检查，探头压在孩子身上重不得、轻不得——重了孩子会哭，轻了又看不清病变。为了提高检查速度，贾立群在自己身上实验，最后发现用小器官探头比用常规探头效果更好。这种给成人检查甲状腺等器官的高频探头，虽然穿透力差，但清晰度高，特别适合为孩子做腹部检查——孩子腹壁薄，前后径小，小器官探头可以看到许多不易看到的病变和微小病灶。

高频探头不仅有效，还能减少患儿的痛苦。一名刚满月的患儿反复呕吐，瘦得皮包骨头，像个小老头儿，医生怀疑是先天性幽门肥厚性狭窄。确诊方法是去放射科做钡餐检查。所谓"钡餐"，就是把石灰粉一样的硫酸钡粉末加水冲成奶状让孩子吃下去，这种物质在X光下可以看到，从食道跟踪到幽门，观察通过的情况以做出诊断。因为孩子的幽门本身已经受阻，胃里再积蓄了这些外来物，在强烈蠕动后就会把它们全吐出来，甚至是喷射状呕吐；而且在呕吐过程中，还可能把硫酸钡呛进肺中，造成吸入性钡剂肺炎。贾立群来自放射科，他知道这一检查有多痛苦：孩子哇哇大哭，家长默默流泪。自1991年起，贾立群开始用高频探头为孩子做腹部B超检查。只要怀疑是先天性幽门肥厚性狭窄，不做钡餐，直接上B超，而且诊断精准。确诊后外科再施腹腔镜手术，孩子痛苦减少，预后也好。

使用高频探头，加温耦合剂……这些看似微小的改进，减少了对孩子的刺激，使检查速度明显加快。后来贾立群把经验介绍给同行，这些做法很快在各家医院推广开来。如今用高频探头给儿童做B超检查已成为国内儿科通例，但应该记住它最早的发现者和实践者——贾立群。

就这样，贾立群在B超机前一干就是20多年。但在这20多年里，被电话影响的不仅是一个人。所以在贾立群日复一日的忙碌与奉献中，不应该忘记贾立群背后的妻子和儿子。

贾立群1982年结婚，妻子贾京燕与他同姓，是进修学校的一名教师。贾京燕白天要上课，晚上要休息，夜间反复叫贾立群，不可能不影响她。尽管手机铃声调成振动，但起床总会影响到别人。被叫起19次那次，妻子难免有些抱怨："你这一宿光在这儿做仰卧起坐了。除了你医院就没人能做B超了？"后来贾京燕为贾立群建了一个微博，注册的名字就是"西城夜猫子"。

贾立群太忙了，所以贾京燕一生都在等待贾立群。等他哪天不那么忙了，周末陪自己出去遛遛弯，哪怕只是去趟超市；等他哪天不那么忙了，假期陪自己出去玩几天，哪怕只是北京郊区。说到激动处，说到动情处，贾京燕不禁抹起眼泪。但她从不敢奢求，因为她知道贾立群每天有多累，有时吃完饭恨不得坐在沙发上就睡着了；而贾立群同样不敢有任何承诺，他怕承诺后自己做不到。

2011年贾京燕退休后，每天的一项重要任务就是为贾立群预备早餐。她知道贾立群不吃午饭，晚上也很难按时吃饭，下午可能会随便泡块方便面或找些熟食凑合。贾立群的妻子还担心贾立群有高血糖和高血压，在膳食上也尽量控制。

对于妻子所做的一切，贾立群由衷地感到愧疚，自知对不起她的事情不是一两件。2011年夏天，雨天路滑，刚退休的贾京燕不慎摔倒，左腿腓骨骨折，在家卧床休息。贾立群本来说好中午给她从食堂买饭，结果她等到晚上 8 点都没看到贾立群的影子——贾立群一忙就给忘了。贾京燕哭着打来电话："你要饿死我呀！再不来送饭，我就要打 110 报警了！"不过贾立群脾气很好，有时夫妻俩难免吵架，但只要一吵架，"医院来电话了"的手机就会响起，后来贾京燕才知道，贾立群用另一部手机给自己打电话，以便借机逃之夭夭。

贾立群是一名孝子。有一段时间，贾立群的母亲身体不好，他要经常回中关村那边照顾。有一次他去母亲家，安排好一应饮食，刚匆匆忙忙回来，结果母亲打来电话，说水杯盖打不开，贾立群只好又匆匆忙忙回去，帮母亲打开水杯盖，再匆匆忙忙赶回医院。

贾立群夫妇在 1984 年有了儿子贾悦。夫妇俩是双职工，没时间照看孩子，孩子生下来 56 天就在医院幼儿园给他报了名——56 天！几天后就入园了。贾悦上幼儿园时，贾立群还没住上医院宿舍，蜗居在六铺炕的一栋筒子楼里，距医院至少 10 公里的路程。为了赶时间，贾立群在鼓楼地铁站和复兴门地铁站各放了一辆自行车。路上十分惊险，现在想想都有些后怕——贾立群一手扶把一手抱孩子。当时地铁里没有本次列车和下次列车到来的时间提示，但贾立群已经掌握了规律：感觉一阵风迎面扑来，说明有车进站，连忙抱着贾悦紧跑两步。假如时间掐算得准，半小时即可抵达医院。

贾悦上学了，贾立群也没时间过问，主要是贾京燕在管。每天上学、放学，贾悦在家和学校之间的往返时间至少两三个小时。每天六七点钟，儿子从中关村上 320 路公交车，贾立群骑车在玉渊潭公园接他。但因为加班，忘接的事情不止发生过一两回。

一天下午将近 5 点，肾内科一名 3 岁的住院患儿病情加重，多日少尿，初步诊断是急进性肾炎。这种病的特点是发病快，可能在数日或数周内急剧恶化，最终导致肾功能衰竭。病情紧急，需要立即做肾穿活检以确定发病原因，这就需要 B 超定位。孩子偏胖，加之哭闹不止，图像不清晰，穿刺不顺利。贾立群一边哄孩子，一边用探头引导医生进针。与此同时，窗外下起瓢泼大雨。穿刺成功后已近 7 点，贾立群突然想起，儿子还在车站等着呢！贾立群伞都没拿，骑车冲进雨里。小学一年级的贾悦正孤零零地站在暴雨里，浑身湿透，连书包里都灌满了水。贾立群又心疼又生气："你傻不傻啊，不知道躲雨啊？"贾悦委屈地大哭："上次你忘了接我，我差点儿走丢了，你说以后就让在车站等着，不准动！"贾立群的眼泪当即就止不住了。

时光荏苒，光阴似箭，当年与父亲一起打篮球的小男孩上了大学。读计算机专业的贾悦经常在电脑上为父亲总结病例，制作课件。贾悦学习非常用功，出国读书也非常节俭，只在随导师来京开会时才回家探亲，平时通过网络与父母联络。贾悦在国外获得了硕士学位，还想再继续攻读博士，但贾立群实在没能力再供下去了——一个从来不肯收一分钱红包的医生，自己孩子的博士学业却无力去供。好在贾悦非常争气，获得了足够的奖学金，同时为导师兼职工作。

贾立群不仅自己钻研，还注意培养年轻人一起进步。从某种意义上说，贾立群把那些年轻的手下当作自己的孩子，而那些年轻人也把他视为父亲。王佳梅每次看到贾立群，都觉得他十分疲惫，头发乱糟糟的，肯定夜里又被叫过来，"说心里话挺心疼他的"。王佳梅出于一种对长辈的心疼，很希望他能好好休息休息，同时自己应该好好工作。贾立群对下属并不严厉，从没发过脾气，但他以身作则的态度却是一种无声的激励。

王佳梅刚来北京儿童医院的时候，也不喜欢做 B 超医生。她认为做 B 超检查不像一名正经医生。学医的人都有一种情结，希望挂着听诊器、手持手术刀为病人看病，她的一些同学宁可选择小医院，也要做一名真正的临床医生。不过在贾立群的影响下，王佳梅渐渐了解，B 超也能打出一片天地。

刚开始独立值班时，王佳梅心中多少有些忐忑，生怕出现自己处理不了的情况。贾立群对王佳梅说："你别害怕，有事电话找我。"有一次科里送来一名刚出生的男孩，B 超显示阴囊里没有睾丸，但腹股沟处却有一个大包。这有两种可能，一种是肿瘤，一种是睾丸扭转坏死。若是前者可以等待时机再手术，若是后者则必须马上处理，否则睾丸可能彻底坏死。王佳梅判断是后者，但这么大的事她不敢轻易做主，马上向贾立群求助。从电话里王佳梅就能听出贾立群的疲惫，知道他前一个晚上肯定熬夜了，但他还是匆匆赶来了。贾立群检查后肯定了王佳梅的判断，但后来王佳梅才知道，贾立群昨晚又被叫来多次，心里特别过意不去。

随着贾立群的悉心培养，北京儿童医院的 B 超医生除了能应对各种 B 超检查，还都各有专长：王晓曼擅长诊断肿瘤，王玉对髋关节颇有研究，王佳梅专攻胃肠道疾病，其他诸位也都各有千秋。现在出现在临床医生笔下的，除了"贾立群 B 超"，还有了"王晓曼 B 超""王玉 B 超""王佳梅 B 超"等，产生了新一代品牌检查项目。目前北京儿童医院超声科拥有高档彩色多普勒超声诊断仪 12 台，医生 15 人左右，年检查量超过 15 万人次。据说现在儿科系毕业生对超声科也不像以前那么拒绝了，一个很重要的原因就是这里有贾立群。

尾 声

2013 年 4 月 8 日，在北京"深化中国梦"宣传教育座谈会上，中共中央政治局常委、中央书记处书记刘云山对贾立群同志说："你是超声科的医生，你的事迹我知道，很感人！"

是的，贾立群的事迹很多人都知道：三十六年如一日，接诊患儿超过 30 万人次，明确诊断出 7 万多例疑难疾病，挽救了 2000 多名急危重症患儿的生命；连续工作最长达 36 小时；超声查一个患儿最长耗时 2 个小时……按曾津津的说法："认真地对待每一个病人。"这话说起来简单，真要数十年如一日地这么做，却相当不容易。

作为北京儿童医院超声科主任医师，贾立群至少是包括中华医学会北京分会超声医学专业委员会等至少 10 家学术委员会的委员，在有些学会中还是理事或常务理事，此外贾立群还是《中国超声医学杂志》编委，并在首都医学院教授与超声有关的课程。

贾立群在学术上贡献颇丰：主编《实用儿科腹部超声诊断学》，参与编写《实用儿科学》《小儿泌尿外科学》《现代小儿肿瘤外科学》《实用儿科放射诊断学》《小儿内分泌学》中的超声章节，在核心期刊发表学术论文 20 余篇，其中《超声在诊断肾盂输尿管连接部梗阻的应用》一文曾获北京市科学技术进步三等奖。

贾立群说："我在报告单上写下的每一个字，都要对得起我的良心，对得起家长的信任。虽然我手里拿的只是一个小小的探头，但我希望不要有一个孩子漏诊误诊。"

北京儿童医院是国内规模最大的三级甲等综合性儿科医院，也是国内最大最权威的儿童医院，有着长达 71 年的历史。这里每天要接诊患儿 8000 多人次，其中 60% 以上是来自全国各地的患者。像贾立群一样的医生还有很多很多，他们在平凡的岗位上默默奉献着，默默实践着"公慈勤和"的院训，默默实践着院歌的歌词："我们是白衣天使，我们是护花的神，为了儿童健康成长，我们要奉献青春。"

多年来，贾立群经常收到家长送来的感谢信和锦旗，也获得过不少荣誉，但大多不为公众所知。但近几年来，荣誉突然接踵而至，获得了"全国医药卫生系统先进个人""群众心目中的好党员""北京市先进工作者"等诸多称号。2013 年贾立群荣获"首都十大健康卫士"和"首都道德模范"荣誉称号，并当选为第四届"全国敬业奉献道德模范"。

面对这些纷至沓来的荣誉，贾立群有些应接不暇。他只想平静地生活，只想默默地继续做好自己的本职工作。

贾立群出名之后，曾津津也表示：不希望贾立群成为一个带着光环的人，很多人出名后一宣传，"就好像不是人了似的"。她希望贾立群就是一个普通人，一个北京儿童医院的普通医生，一个 B 超机前的普通操作者，一个共事多年的普通同事与朋友。

事实上，作为一名荣获了各种荣誉的超声专家，贾立群无疑是一名相当出色的医生；但与此同时，他仍是芸芸众生中极为普通的一员，普通得不能再普通。但正是这许许多多普通个体的努力，构成了我们民族与国家的恢宏历史，构成了"中国梦"的一个个具体章节，构成了整个人类文明向上奋进的一步步阶梯。

（《北京文学》2014 年第 3 期刊载）

"我是导游，请先救游客"

◎ 李朝全

她最大的特点是爱笑。这使她格外讨人喜欢。她是一名导游，她的名字和她的长相一样美，叫文花枝。2005年，在一场意外的车祸中，她毫不犹豫地选择了先救游客。她失去了左腿，但是由于她危难时刻仍然忠于职守、先人后己，人们依旧称她是"中国最美的导游"。

17 岁的打工妹

文花枝，1982年11月出生于湖南湘潭市韶山大坪乡一个普通的农民家庭。她是家里的长女，下面还有一个妹妹、一个弟弟。父亲在村里开拖拉机，在农闲时也去拉沙石、运煤。妈妈身体不好，要操持农活和家务。由于家境贫寒，花枝从小就很懂事，6岁起就开始帮家里择菜做饭、打猪草和照顾弟弟妹妹。

小花枝是一个乐于助人的孩子。读小学三年级时，有一天，雨下得很大，她回到家里，衣服完全淋湿了。父亲看到了，火冒三丈："宝崽，你的雨伞呢？你不是带了伞吗？"要知道，那时候对于穷人家，一把伞可是一件重要的财产。父亲以为孩子把伞弄丢了，生气是可想而知的。才8岁大的文花枝吓得直往妈妈的怀里躲。

第二天，隔壁村一位年轻的阿姨送回了雨伞。她对花枝的妈妈

幸福是什么

说："昨天下大雨，花枝看我挺着个大肚子，就把伞借给了我。她说，我肚子里的小毛毛可不能淋了雨！花枝真是个懂事的好孩子。"

父母这才知道，原来孩子的雨伞没丢，她还做了件好事。

村里有个盲人，家里就他和一个生病的老母亲。为了给母亲挣钱买药，盲人每天都要到村边的河里去捞沙石卖钱。

那时候，小花枝每天上学都要路过那条小河。有一天，她看到爸爸开着拖拉机来拉沙石，就对他说："爸，这个盲人叔叔好可怜啊！你每次少拉一点，或者多给他一点钱，他的日子就会好过一些。"

爸爸回答："宝崽，你的心眼真好！但是，爸爸如果少拉或者多给他钱，买这个沙石的建筑老板都不会答应的。"

"爸，那你也得想办法帮帮他呀！"花枝恳请道。

"好，孩子，我就帮他捞捞沙石。"说完，爸爸卷起裤脚就下河捞起沙石来。花枝放学后，也下河学着捞石子。她想，自己多捞一点，盲人叔叔挣的钱就会多一点，日子也就会好过一点。

1997 年，花枝初中毕业，考上了一所中专——湘潭工程学院旅游管理专业。

2000 年，还没满 18 岁的她中专毕业。为了减轻家里的负担，让弟弟妹妹都能有机会上大学，她选择了外出打工。

17 岁的文花枝开始走进社会，经亲友介绍，到浙江丽水的一家酒店当客房服务员。开始时，她每月的工资 300 元，除了留下 18 元自己花之外，她将其余的钱全都寄回家。她长得美，也很爱美，但却舍不得花钱买漂亮衣服。在浙江打工 3 年，她都没有回过家，因为回家得花一笔路费。另外，春节加班还有加班费赚呢。

因为她特别敬业，很快就被提拔为酒店领班。

请先救游客

2002 年，文花枝通过自学，考取了职业经理人证书。这时，她的堂兄文雷在老家开办了湘潭天地旅行社，特别需要一个得力的帮手。花枝辞去了酒店的工作，回到老家参加堂兄公司的创建。

开始的时候，花枝只是公司的一名普通的业务员。但是她特别勤快，完成的业务量占公司很大比重。文雷很倚重她。

花枝还是像以往一样，非常节俭。旅行社的同事平常都是吃 3 元钱一盒的盒饭，她却舍不得花这个钱，每次啃个馒头就算一顿午餐。

"她真的太苦自己了！"同事们都这样说。但文花枝自己却毫无怨言。令她倍感欣慰的是，自己的弟弟妹妹很争气，相继考上了大学。她自己也打算继续去大学深造，提高自己。

2005 年 3 月，文花枝考下了导游证，可以独立带团了。

花枝为人热情开朗，非常爱笑。对待游客很有耐心，因此深受游客喜爱。每带一个团，她总是信守事先的承诺，处处真心实意地为游客着想。她带团时，不带他们去商店购物自己拿回扣，而是尽量安排他们多欣赏风景。游客自己去购物时她还要提醒要谨慎不要上当受骗。旅程中出现点小问题，游客间有了什么争执或疑问，她都热心地帮助排解。而每到吃饭的时间，她都先安排好游客，自己最后才吃。

幸福是什么

没想到，不幸会在突然间降临。

2005年8月，文花枝带着湘潭电化集团"红色之旅"旅行团一行20多人赴西安、延安等地旅游。28日上午，大家刚开心地参观了黄帝陵、轩辕庙。吃过午饭都坐回大巴车上，要冒雨前往延安参观。他们来自毛主席的家乡，下午就要到毛主席当年领导革命的陕北去，大家的心里都很激动。

因为上午走了半天，游客们都有点累了，阴雨天人又特别容易犯困，大伙儿就陆陆续续地靠在椅背上睡着了。

花枝手里紧紧地抓住装着3万元旅费的棕色坤包，也靠在椅子上休息。

这时，雨下得更大了，视线模糊。司机把车速降了下来，在雨中稳稳地沿着210国道向前行驶。

大约在14时35分左右，文花枝他们的旅游大巴正行驶在洛川县境内，突然，弯道前方有一辆载重40吨的运煤大卡车由于雨天路滑，加上严重超载，在超速车道突然改道，速度飞快地朝着大巴斜冲过来。

大巴司机使劲往右打轮，想躲避运煤车，可是哪里还来得及？只听见"哐咚"一声巨响，两车撞到了一起，大卡车由于惯性，一直顶着大巴向后退了几十米才停住。卡车车头都撞进了大巴驾驶室1米多。大巴司机当场死亡。

出事时文花枝正坐在车门右侧的座位上。两车相撞后，她被死死地卡在座位上，动弹不得，人一下子便昏迷了过去。

几分钟后，花枝清醒过来。她听见车厢里满满的都是哭叫声、救命声和痛苦的呻吟。她根本顾不上疼痛，艰难地掏出手机拨打110求救，并努力地扭过头去，用尽全身力气大声喊道："大家一定要挺住，救援人员很快就要到了！"

"大家不要慌，坚持住，我们一定要活着出去！"

她又赶紧给公司经理文雷打电话："文总，我们的车被撞了。"说完，就又昏迷过去了。

文雷闻讯，感觉如晴天霹雳，使劲地追问："你们在哪里？现在情况怎么样？警察来了吗？"然而，电话那头却久久没有回音。

获救游客谢冬华事后反映："正是小文的鼓励，让大家坚定了求生的欲望。但她是所有受伤者中最重的一个啊。这么坚强的姑娘，实在少见！"

8分钟后，洛川县3名交警赶到了现场。车祸现场惨烈的程度超过了他们的想象。大巴车损毁得很严重，玻璃全碎了，车门变形得厉害，根本无法打开，车上的28人都受了伤。

交警一面打120电话求救伤员，一面和附近赶来的农民一道，破窗进去救人。

救援者一进车厢，就看到门边被卡在座椅上的文花枝。她的左腿翻转，血流不止，脚底板都被扭反过去朝着自己的脸，露出了白森森的骨头。他们拿着棍子，要敲开椅子先救她。

这时，花枝清醒过来了，她对救援者说："我是导游，我没事，请先救游客！"

听见这话，车上的游客才知道，刚才一直在给他们打气鼓劲的原来就是他们的导游，她也受伤了动弹不得。

听到女孩自己这么说，老交警王刘安带着其他人就先到车厢里去救伤员。

在长达一个多小时的救援时间里，文花枝一次次地昏迷过去，但当她一清醒过来，就不停地为其他游客鼓劲："挺住！加油！"

"大家一定要坚持住！我们一定要活着回去！"

因为每抢救一个人都要花很多时间，许多游客因为伤痛都昏迷了过去。听到文花枝不停的鼓劲声，大家才不至于昏睡过去。车祸的幸存者万众一事后说，当时要不是小文不断鼓劲，自己可能一口气上不来就完了。

王刘安带着救援者最后来到了文花枝身边。看到她的左腿几乎断成了三截甚至都快被扭断了还如此地坚强，交警们都被感动了。他们小心翼翼地撬开座椅。当王刘安把她抱下车去时，文花枝手里还紧紧抱着装钱的坤包，用虚弱的声音问道："车上还有伤员没有？"

闻听此言，看到这个 20 岁出头的小女孩在身受重伤的情况下，竟然如此的顽强，关心的还是别人，王刘安被感动得一下子眼泪都流下来了。

这一起严重的交通事故，共造成 6 人死亡、14 人重伤和 8 人轻伤。文花枝是其中受伤最重的一位。

一被抱下车，花枝便被紧急送往洛川县医院。

直到上手术台清创前，她才将装着 3 万多元旅费的小坤包交给了院长保管。

医生经过会诊发现，她胸右侧第 4、5、6、7 根肋骨骨折，右股骨骨折，骨盆骨折，左腿有 9 处以上骨折。由于失血过多，她脸色苍白，一次次地昏迷过去。因为病情危急，文花枝被连夜转送往西安的解放军第四军医大学附属的西京医院。

第二天上午，文花枝的父母、文雷等也都赶到了西京医院。他们看到的花枝已面目全非，整张脸都肿起来了，左小腿扭转了 180℃，除了脖子和头部外，全身都严严实实地裹着纱布。

一看到亲人们来了，苏醒过来的文花枝嘴唇动了动，好像要说点什么。

文雷凑过去，耳朵贴近她的嘴边，听到她微弱的声音：

"客人怎么样了？"

文雷再也抑制不住，眼泪滴落到了花枝绑着的纱布上。

伤口感染严重，文花枝随时都有生命危险。现在已回天乏术，为了保住性命，只有将她的左腿截除。

手术进行了九个半小时。

手术结束后，主治医生李军不无遗憾和惋惜地摇摇头说："太可惜了！如果早点做清创处理，不耽误宝贵的抢救时间，她这条腿是能够保住的。"

而这时的文花枝，还只有 22 岁，正是花枝招展、风华正茂的年龄啊！

截肢以后，病人在一段时间里会产生"幻肢"的错觉，以为自己的腿脚都还好好的。在半个月的时间里，文花枝都没发觉自己的左腿没了。直到 9 月 13 日，亲人们才告诉她截肢的事实。文花枝根本就不相信。但当她看到了自己的腿部 CT 扫描照片，再摸摸自己已经空出来的左腿时，她才不得不相信。她捂着脸哭了，从纸巾盒里抽出一张又一张的纸巾抹眼泪。

她本是一个爱美的漂亮女孩，美丽的人生才刚刚开始，而今命运却给了她这样一个严酷的现实，她的心里哪能不难过呢？！

过了好久，她止住了哭泣，揉揉眼睛，对围在身边的亲人们说："没事的，我没事！"

洛川县交警大队的领导到洛川医院去看望事故中的伤员。一位交警对伤员周密群说："你们的导游真不错，少见的顽强啊！我们在勘察事故现场时，她的左腿翻转，脚板底冲着自己的脸，露出骨头，右腿血肉模糊。可当王大队长把她从事故车上抱下来时，她还问：'车上还有伤员没有？'这是令我们一辈子也忘不了的一句话。"

当得知文花枝被截肢的消息时，周密群等幸存的游客们纷纷表示："这样的好妹子，等我们出院了一定去看她！"经历了这次不堪回首的车祸，花枝在她们心目中已不仅仅是一名导游，一位美丽善良、天真无邪的小姑娘，她更是一位患难与共的朋友。出院后，他们曾多次去看望花枝。每次见到她，印象最深的，还是她脸上那依然绽放着的灿烂的笑容。

随着女儿病情一天天好转，在身边看护花枝的父亲忍不住问她："宝崽，你怎么那么傻啊！别人要先救你，你还推开，让他们救别人？"

花枝回答："爸，我只做了自己应该做的，我不后悔！"

治疗过程是异常痛苦的。文花枝夜里经常都要痛醒过来五六次。但在人前，她从来不掉眼泪。

经过先后四次手术，身体内四五处地方都打着钢板和钢钉。花枝终于逐渐康复了。

花枝先人后己、恪尽职责的事迹被媒体披露以后，人们纷纷以电话、信件和网络留言等方式，表达对她的钦佩、理解、安慰和支持。

当年12月，文花枝即被授予"湖南省模范导游员""湖南省优秀共青团员"等荣誉。

2006年1月26日，袁新华主编的《中国女孩文花枝》一书由湖南人民出版社出版。这天，众多媒体蜂拥而至，采访花枝。

文花枝显得特别平静："少了一条腿，让我学会了什么叫坚强。也就从出事那天起，我总是用微笑面对一切。"

接着，由尹智博、范林采写的《花枝俏：阳光女孩感动中国》一书由中国友谊出版社出版。后来，影视《花枝的故事》也推出了。文花枝越来越被全社会所广泛了解。

2006年5月，国家旅游局授予她"全国模范导游员"称号，并为她免费安装了最好的假肢，让她重新站立起来。这一年她还获得了全国三八红旗手、全国五一劳动奖章、全国十大杰出青年等称号。同年9月，在党和国家领导人的关心下，她被推选进入湘潭大学管理学院学习。

2007年9月，文花枝当选首届全国道德模范。

2008年，她被选为十一届全国人大代表。

2009年9月，她当选"100位新中国成立以来感动中国人物"。

淡 定 依 旧

尽管获得了诸多的荣誉，长时间地被鲜花和掌声所包围，但是，花枝始终淡定地看待这一切。她说："其实所有荣誉都是授予那种精神的，我只是幸运地成为载体。""期盼不少年后，人们想起文花枝，不再是当年那个救游客的导游文花枝，而是一个更优秀的文花枝，我不想永远活在当年的光环里。"

在博客上，她诚恳地写道："我还是原来的文花枝，不是英雄，也不是名人，只是亿万人中普通的一个。"

因为左腿高位截肢，依靠安装的义肢行走，腿脚不便，她也不

幸福是什么

敢上人多的地方，常常宅在家里，上网淘宝。但是，开学后，她都是自己搭乘公交车去上学。

老师和同学特别照顾她。每天总是有同学帮她带早餐。

重新回到自己向往已久的校园，文花枝十分珍惜这一来之不易的学习机会。上课时，她总是第一个到教室，坐到第一排认真听讲，认真记笔记。老师提问，她总是积极抢答。遇到没弄懂的内容，课后及时向老师请教，或者自己跑图书馆去查资料。

为了帮助她补习基础薄弱的数学，学校专门成立了一个辅导小组。同学们也都自发地帮她补习功课。到假期时，她还留在学校用功，力争把学习搞上去。凭借顽强的毅力，她的期末考试终于取得了高分。

在生活中，文花枝依旧活泼开朗，热情大方。同学李安然说："无论在哪儿，只要有她在，就会有欢乐和笑声，她的乐观精神时时感染着我们。学习中的花枝姐，勤奋上进，踏实刻苦。走进人群中，她会平凡得让你注意不到她的身影。"

花枝对待同学就像对待自己的兄弟姐妹。当她得知班上部分北方的同学对学校的饮食不很适应，便常常邀请他们去自己家，让妈妈亲自下厨，给他们改善生活。班上有位同学手骨骨折，花枝马上请妈妈熬了一罐母鸡汤送给这位同学。

她常说："对于现在的我而言，做每一件事情的时候更多的是出于对社会的一种责任，我只希望尽我自己最大的力量为社会做些事情，回报那些关心、爱护我的人。"

她每天都会收到来自全国各地的信。即使再忙，她都要给那些参加高考的学生、军人和牢役人员回信，因为学生高考，关系到其一生的前途命运，牢役人员性格容易抑郁古怪，要多加鼓励，而军人保家卫国，则是她最崇拜的。

在校园的各种活动中，也总能看到花枝的身影。在篮球场上，能听到她热情的加油声。在开学时的迎新点上，她热情地关心那些新生。在新生才艺大赛上，她又积极登台，激情放歌……

2008 年初，文花枝被湖南省推选为第十一届全国人民代表大会代表。作为最年轻的全国人大代表之一，她开始积极履行代表职责。

她说，几年来自己受到了全社会的关怀和爱护，虽然没能力做出什么惊天动地的事，但这并不妨碍自己回报社会。通过走访韶山市的一些旅游单位，进行深入调查研究，她提交了一份关于做大做强韶山市红色旅游的建议。

这一年，她又被推选为湖南省的奥运火炬手。6 月 5 日，在韶山参加了火炬接力。她一路潇洒地快步走着，脸上带着优美的笑容，完成了 200 米左右的圣火传递。

2010 年，四年的大学本科学习毕业后，文花枝又接着读研究生。

"舟曲之子"王伟和"最美导游"文花枝的成名与成功，源于他们恪守自己作为一名武警、一名导游的职业道德。他们信守承诺，始终认真履行自己的义务，尤其是在生死关头，他们还能表现出如此的淡定和坚决，因此感动了亿万人。职业道德与职业操守，是我们每一个在社会上工作和谋生的人所应该坚持并遵循的基本规则，也是社会主义核心价值体系的必然要求。

时代楷模徐立平的家与国

◎ 赵韦

引　言

"药，就是这样的。"徐立平从展示架上取下一块青灰色的长方形固体，比矿泉水瓶的体积稍大，看着像砂轮，捏着却如同橡胶，压在手里沉甸甸的。

这种"药"不治病，而是含有巨大能量的"火药"，学名叫作"固体复合推进剂"，导弹的专用燃料。徐立平几乎每天都要跟它打交道。"这是模拟药，里边不含燃烧剂，质感跟真药一样，学徒工练习整形时用的。真药根本不能放外边，一丁点儿火星就能引着。"

"如果这是块真药，被引燃，有多大的威力？"

徐立平挠挠头，"这个屋子里的人，肯定都跑不了。封闭空间，热量和气体没法迅速扩散。"

这是一间三十多平方米的休息室兼会议室，十几名穿着宝蓝色工作服的工人刚开完当天早晨的例会，准备开始一天的工作。他们端起各自的茶杯，将杯中茶水一饮而尽，再将杯子放回硕大的会议桌上。因为任何私人物品都不能带进操作间，连水杯都不行。

徐立平是他们的组长，他们的工作，是将发动机内的推进剂切割修整到要求的形状和尺寸。有人曾形容他的工作是"雕刻火药"，听上去颇为浪漫，但对推进剂稍有了解的人都知道，这是以生命为代价的"浪漫"。

"在整形组工作，首先要知道危险性，分配到这儿，就得先去看

幸福是什么

一次销毁残药。"当年徐立平刚参加工作时，师父就带他见识了推进剂的威力。"整形铲下的废药，是那种薄片状的药条，攒到几百克就要销一次。我参加工作时，单位还在蓝田的山里，山坡上有块专用的空场，废药放在 8 号铁丝做成的托架上，人撤离到十几米外。废药被引燃时，轰的一下热浪打过来，眼前一片白光，不到一秒钟就烧没了，冲起一团蘑菇云。就那一下，8 号铁丝做的托架都融化了，剩下几根插在土里的支腿，像烧过的蜡烛。"

"被引燃的推进剂，能扑灭吗？"

"扑不灭，推进剂就是由燃烧剂和氧化剂组成，不需要外部氧气，把它放在水里、真空环境里都能燃烧，只能由它自己烧完。"

"发生过意外吗？"

"发生过……那次是小型发动机整形，有个同事操作时，推进剂突然烧着了，人就没了……推进剂燃速特别高，零点几秒的时间，整个药面都会引燃，人根本没有反应时间，跑不了。"事故原因是，整形刀在金属壳体上碰出一颗小小的火星，引燃了敏感性极高的推进剂。

"你们整形的发动机里，有多少推进剂？"

"各种型号的都有，小的几十公斤，大的十几吨。"

"如果十几吨的被引燃……"

"整个厂房肯定就没了……干我们这行，不能有一点差错。"

工匠、楷模

准备间的门外，是通往操作间的走廊，就是那个都是"真药"的地方。窗外，是高大的防爆墙。说是防爆墙，其实是一圈经过精准设计而保留的山坡。厂房建在山坡深挖下去的一块平地里，连房顶都露不出来。

这片山坡内，高大宽厚的防爆墙之间，"陷"落着几十座厂房，每座都相隔几十米的距离。一条战壕般深陷山坡内的 U 型道路将它们连接起来，开车走一圈，需要十几分钟。山坡被高大的围墙紧紧围住，墙头上密布摄像监控，任何人进入厂区，都必须持有特许的通行证。这里是 7416 厂的生产区，制造固体火箭发动机的地方。

山坡周围，密集分布着几家研究所和工厂，它们和 7416 厂一样，都是中国航天科技集团公司第四研究院所属的单位，分别承担火箭发动机研制的不同任务。职工家属生活区就在不远处，被围墙隔成几个小区，依然保留着"军工厂大院儿"的痕迹。但大院儿以外，很少有人知道这里的研究所、工厂是制造什么的。

事实上，这个位于西安市东郊的航天四院，是中国规模最大、历史最久、水平最高、实力最强的固体火箭发动机研制、生产基地。固体火箭发动机技术是世界级的高科技，能自行设计制造固体火箭发动机的国家屈指可数，各国都将其制造技术列为最高机密。

因为这种特殊性，航天四院被列为中国保密级别最高的单位之一。几十年间，航天四院的科技工作者和技术工人们都必须隐姓埋名默默工作，外界甚至很少知道有这样一个机构、这样一群人的存在。但徐立平却是一个特例，他"意外"地成为全国知名人士。

那是 2015 年 10 月 1 日国庆节，中央电视台推出《大国工匠》系列专题片，第一集《大勇不惧》便是讲述徐立平的故事。电视画面中，身穿航天蓝工作服的徐立平专注铲药的场景，震撼了所有观众。这部收视率极高的专题片播出后，徐立平便走入了公众视野。

徐立平是航天四院 7416 厂的一名药面整形工，所谓药面整形，就是在固体火箭发动机制造过程中，将药柱端面上多余推进剂铲除，并修整为设计要求的形状和尺寸精度的工序。这是危险性极高的技术工种，在国家标准中，被列为一级危险岗位，全国从事这一工种的不到一百人。

从 1987 年进厂到 2016 年，徐立平多次获得省部级、国家级"技术能手"称号，夺得"中华技能大奖"，被评为国家高级技师、航天特技技师。他参与过所有国家重点型号的研制攻关和批量生产任务，几乎每一台大型固体发动机，都经过他的整形才出厂装备，为国家的航天事业和国防建设作出了重大贡献，也因此获得过"全国五一劳动奖章"。即便获得过众多奖项，外界也不知道他的存在，长达 29 年的工作生涯中，他和四院所有的同事一样默默无闻。

《大国工匠》系列专题片播出后不久，航天四院政工部接到通知，推选一位有感人事迹的优秀职工，参加中央电视台《感动中国2015 年度人物》的评选。"收到这个挺意外。"政工部部长王玫说，"以前，我们这儿根本不能参加这类公开评选。"

"推选谁，真是一个难题。"王玫说这番话的时候，其实带着自豪感。航天四院有 1.2 万名职工，其中包括国际宇航科学院院士 1

名，中国科学院院士 1 名，中国工程院院士 1 名，国家级、省部级航天专家近百名。技术工人中，全国技术能手 14 名，省部级的技术能手上百人。"我们这儿，高水平的科技人员、技术工匠太多了。每个人都为中国的航天事业作出过重大贡献，即便是最普通的职工，都有感人的事迹。"

经过几轮筛选，最终决定，还是推送徐立平参评。但整理好申报材料，王玫却再度犹豫起来，"当初央视来拍《大国工匠》时，我们就担心画面中出现泄密的问题，这次推他参加'感动中国'评选，还是担心保密的问题，心里特别没底。"她压着那份申报材料考虑了几天，才"把心一横，送上去了"。此后很长时间没有收到任何回音。"我们觉得，应该是出于保密，上面没有批准。我们都习惯了。"

2016 年年初，颁奖典礼即将举行的前几天，王玫突然接到通知，"徐立平当选了，立刻去北京，参加颁奖典礼录制。"

2016 年 2 月 14 日，"2015 年度《感动中国》人物"颁奖典礼在中央电视台黄金时段播出。徐立平依然穿着那身航天蓝工作服，在转播大厅里高高举起奖杯，这一举，更让他名扬全国。

各级媒体蜂拥而来，有时，他正在车间里工作，就被叫出去接受采访。四院的各项大型活动他也必定列席参加，并且每一次，都会被记者拉住，单独对着摄像机镜头说上一段。

但每次采访，徐立平都像是在背诵课文，记者们试图再"挖出"些更有意思的细节，而徐立平所说的，仅限于那些已经背诵过的"课文"，于是，有记者说他"不善言谈"。事实上，他不能随意说什么，这是"特殊的地方、有保密纪律的地方，不该听的不听，不该看的不看，不该说的不说"。并且每位记者的采访资料和稿件都要经过严格的保密审查。

幸福是什么

从隐藏在山坡下的厂房默默无闻地工作，到站在镜头前成为媒体关注的焦点，徐立平完全没有了在车间里修整推进剂的从容，他觉得自己根本不属于那个"曝光"在公众面前的世界。

他也不曾想到，更大的荣誉会接踵而至，2017 年 3 月 30 日，中央宣传部再度发布徐立平的事迹，并授予他"时代楷模"荣誉称号。这让徐立平觉得很不安，"我只是做好自己的本职工作，与'时代楷模'的称号还有很大差距。我觉得，这个荣誉，是给四院全体职工的"。

王玫也曾对媒体记者说过，"我们四院，绝不是只有一个徐立平。"让她无奈的是，他们没法把每个人都树成典型，只能选出一个代表人。

而徐立平也确实具有代表性，他的工作，他的经历，甚至他的家庭，都是典型的四院人的生存状态。

留 守 儿 童

徐立平的父母也在航天四院工作，他是典型的"航天二代"——出生在大院儿里，上学在大院儿里，工作在大院儿里，结婚生子也在大院儿里。对他而言，航天四院的大院儿才是真正意义上的故乡。

但这座大院儿并非一个固定的地理位置，它总在不断地迁徙。从 1956 年北京近郊成立固体推进剂 3 人研制小组，到 1996 年坐落于西安东郊拥有上万职工的专业研究院，航天四院 40 年间经历了 7

次搬迁，行迹遍布北京、泸州、呼和浩特、湖北襄阳、陕西蓝田、西安等地，成为国内规模最大的固体发动机生产机构。

徐立平的父母，便是在四院不断搬迁的过程中，融入这个群体的成员。徐立平的母亲温荣书是 1964 年四院驻扎泸州时期招收的职工，她被分配到发动机装药车间工作，负责发动机浇注后的推进剂烘干工序。

徐立平的父亲徐桂林 1966 年从部队转业到四院工作，那时已搬迁至内蒙古呼和浩特郊区。徐桂林曾服役于 543 部队，那是中国第一支导弹防空部队，曾多次击落美制 RB-57D、U-2 高空侦察机。徐桂林是一名汽车兵，负责驾驶地空导弹转运车，还能熟练吊装导弹，退役后便被分配到四院。

和那个时代所有人一样，徐立平的父母经组织批准结了婚。1968 年 10 月，徐立平在呼和浩特郊区的四院大院儿里出生，几个月后，他就被父亲送回了四川泸州长江边的姥姥家，那时候他还不会走路。

当时的中国，正面临着一场全面战争的威胁。靠近中苏、中蒙边境地区的单位职工，必须将子女、家属向内地疏散。

那时节，中国从东到西的边境线附近，开往火车站的卡车接连不断，车厢里挤满了抱着孩子的家长，数以十万计的儿童、少年被送往内地。徐立平和四院职工的孩子们也在此时，被疏散回各自的老家。那是中国第一代留守儿童，他们的父母，必须在国家危急时刻坚守自己的岗位。

徐立平的母亲没能亲自送他回姥姥家，已经调到检验组的温荣书正参与一项重大任务，根本脱不开身。

她正负责检验一台发动机的推进剂浇注状况，这台新型发动机就要进行热试车试验，北京的总体设计部急等试车数据，用于计算运载火箭内弹道参数。这款发动机为中国卫星发射计划专门研制，将用于"长征一号"运载火箭的第三级，发射中国第一颗人造卫星——"东方红一号"。

温荣书和同事们在检验中发现，发动机药柱头部出现了裂纹缺陷。这会影响推进剂燃烧方向和速度，造成测试数据不准，而产生的超量燃气，甚至会引起发动机爆炸。

按常规，这台发动机只能报废销毁，重新制造。但卫星发射任务紧迫，销毁重做的周期漫长，必然导致多个相关部门工作进度受阻，研制工作将因此拖延。

发动机设计室主任崔国良和装药车间工艺员陈明义等人提议，将推进剂开裂部位挖掉，用"灌浆法"修补，先解决试车的当务之急。有人坚决反对，认为这是不合规范的冒险之举，双方争论激烈难以决断。

主管科研生产的副院长杨南生，通过力学理论分析了开裂原因，又听取陈明义"用带水钢刀挖药"的建议之后，认为可以尝试，最终拍板决定挖药。陈明义第一个站起身，"我自愿报名，示范挖药！"杨南生点点头："我陪你一起挖！"见此情形，众多技术员和工人也纷纷报名，一支由副院长率领的挖药"敢死队"迅速组建起来。队员们都知道，如果稍有闪失，就会与那一千多公斤推进剂一起灰飞烟灭，但没人因此退缩。

冒险奋战一个多星期，"敢死队"挖出 32 公斤推进剂，重新灌浆固化后，产品符合设计要求，并且取得了试车成功，卫星发射计划得以继续进行。但第一个报名挖药的陈明义，却因为长时间操作导致中毒，被送进医院救治，休养半个多月才康复。

此事在温荣书记忆中留下深刻印象，那时，她时常思念远在千里之外泸州老家的儿子徐立平。她根本不曾想到，二十年后，徐立平也会经历同样的事情，并且情况更加严重。

子 承 母 业

徐立平五岁时被接回呼和浩特，四年多未曾见面的父母，在他眼里就是陌生人。弟弟徐凡平已经三岁，妹妹徐艳平刚出生，他们很幸运，一直跟着父母生活。

虽然徐立平很快习惯了与父母相处，但像弟弟妹妹那样可以跟父母随意撒娇耍赖的亲近感却始终未能建立。与他年龄相仿的那一代四院职工子弟，因为同样的原因，都与父母有着或多或少的疏离感。那些小学毕业或初中毕业后才被接回大院儿的孩子，甚至对父母的"无情"还带有一丝怨恨。这是老一辈航天四院人心中的痛，"哎，当时也没办法呀，形势所迫必须送回去啊。"一位航天老专家说，"但是，孩子们毕竟接回我们身边了，总能照顾到。最感到愧疚的是……我们离家乡上千里，工作又忙……没机会在父母身边尽孝啊。"

自古忠孝两难全，四院的职工们为了国家的航天事业，辞别父母远离家乡，在中国广袤的大地上不断地迁徙。搬迁，是那个年代军工单位的常态。

1974 年，徐立平兄妹三人跟着父母离开呼和浩特，来到位于西安市 50 多公里外的蓝田县，那里是秦岭山脉的边缘地区。父母是为即将搬迁至此的四院营建新大院儿和厂区，其实，四院的大院儿很松散，下属的几个单位，分别位于蓝田县山区的几条山沟，每条山沟里，都要建厂房、办公楼、职工住宅，还要自建医院、学校、商店、粮站、食堂、锅炉房，每条山沟都是一个独立的"小社会"。

徐立平和那一代四院孩子们一样，在子弟学校读完了小学、中学。1985 年，因为对自己的语文和英语成绩实在没把握，跟父母商量后决定放弃高考，报考了四院自办的航天第一技工学校。1987 年，徐立平以化工班第 3 名的成绩毕业，分配回四院工作。

在老一辈儿职工们的眼中，四院是一个矛盾的存在。"搞化工的就没什么好工作，要么是易燃易爆，要么是有毒有害。"但真要让子女去外单位工作，他们还真不愿意，因为"各方面情况都熟悉，并且，国家需要的单位，不可能倒闭"。

与天下所有父母一样，他们自己可以毫无畏惧地面对危险，却不愿意自己的孩子遭遇任何风险。为子女选择工作时，都想挑个远离危险的岗位。徐桂林也提前为儿子看好了一个"安全"岗位。可是，到了分配的时候，却因各种原因没去成，"安全岗位"实在是稀缺资源。

徐立平选择了 7416 厂三车间整形组，这个三车间就是妈妈温荣书当年曾工作过的装药车间，徐立平还问过妈妈，那里怎么样。可温荣书已经调离十几年，当年在那儿工作时，还没有端面整形这道工序。她也只是听别人说，"这是缺不了的岗位，能学到技术"，觉得是个不错的工作。

报到那天，温荣书亲自将儿子送进三车间，在四院，这并不是奇特的事，很多职工家庭都是两代人同在一个设计室、一个车间工作。温荣书知道三车间的危险，当年她曾亲眼见到推进剂燃烧事故，一位同事手指、耳朵当场被烧掉，那还只是一次小剂量的试制装药。

办完报到手续她对儿子反复嘱咐，以后一定要"注意安全"。

工 匠 修 养

徐立平报到的整形组，算上他这个新来的学徒工，也只有7个人。那时发动机生产任务不多，药面整形不需要太多人手，其他车间也有整形工，但全厂加起来也就十几个人。

整形组组长王广仁是徐立平的师父，药面整形的高手，其实从事这行也只有8年。他1970年进厂工作时还没有端面修整工序，干的是灌浆工，因为当时推进剂性能不高，常出现开裂现象，必须进行灌浆修补。去除开裂缺陷部分时，要使用铲刀进行挖除，跟后来的药面整形有些类似，只不过没有精度要求。

1979年前后，端面整形才成为发动机生产时的必备工序，王广仁那批灌浆工才开始探索整形技术。他们借鉴鞋匠的修鞋刀和木工刨刀，自制出修整刀具，边干边总结修整技术，终于摸索出一套工艺方法。直到1984年，"药面整形工"才被列入国家职业工种设置，王广仁便成为中国第一批药面整形工之一。那时，全中国也只有二三十人从事这一行当，四院就占了一大半。

徐立平参加工作时，正是军工行业最困难的时期，众多重点型号研制工作被延缓或取消，资金投入大幅缩减，军队装备采购量也被极度压缩，工厂里各车间都处于半停工状态。虽然厂里活儿不多，但对学徒工的培训却从来没有松懈。

进厂就要参加一个月的安全培训。"我们厂房里有逃逸通道，也有一些消防器材。我们新员工上的第一节课，就是推进剂发生燃烧时怎么办。第一个动作是什么？大家都猜不到。"徐立平说，"不是去救火，而是赶紧逃生！因为推进剂内自带氧化剂，只有全部燃烧完才会灭，根本救不了。其实，能逃生的还只是旁边的非操作人员，推进剂被引燃只有零点几秒，操作人员连反应时间都没有，更别说逃跑了。"

安全培训结束后才能跟师父学手艺，对于一个学徒工而言，跟高水平的师父学技术，是一件值得庆幸的事情。学徒期只有一年，徒弟要跟着师父一起干活儿，学会基本技术和车间里的各种规矩。如果徒弟干出了废品，罚款和处罚都落在师父头上。在车间里，"师父"与"师傅"虽然发音相同，但意思完全不同。"师傅"前面必须加上对方的姓氏，而"师父"只能叫"师父"，绝对不能加姓氏。"一日为师终身为父"的传统在工厂里一直保留着，这种师徒关系会一直维持下去，出徒后遇到技术难题，依然要向师父请教。

徐立平带徒弟的时候，情况有了一些变化，"我们现在的工作方式比较多，有手工整形的、机械整形的、数控整形的，学徒们都要掌握，会有很多老师傅去教他。"

徐立平当学徒时，药面整形全靠手工操作。如今，各种机械化、自动化整形技术已经应用，但手工操作依然是不可缺少的手段。手工整形三项基本功——磨刀、铲药、手找平，全靠精细入微的手感。磨制铲刀时，刀型和角度需要手感掌握；铲药时，进刀速度、力度，以及不超过 0.5 毫米的铲削厚度需要手感控制；轻拂药面找平时，需要手感判断 0.1 毫米的起伏变化。最复杂的操作，都是在基本功的基础上进行变化，但刚接触这个行业的人，根本不知道需要的手感是什么，只能靠大量的练习才能获得。

徐立平按照师父教的基本要领，练习了半年多，磨秃了几把铲刀，铲平了几十块模拟药块，终于练出了精细入微的手感。师父一直暗中观察，对他的表现颇为满意，觉得他真是干这行的好料。

30 年后，徐立平已经成为全国知名的"大国工匠"，他将多年积累的技术经验毫无保留地传授给青年员工，先后培养整形骨干 30 多名，带徒 7 人，其中绝技绝招人才 1 人，国家级技师 4 人。他担任组长的整形组连续多年获得四院"金牌班组"、集团公司及陕西国防科工委"安全生产示范岗"、陕西省"工人先锋号"等称号。

徐立平依然记得第一次面对一台真正的发动机整形时的状况，"我在假药上练了几个月，才上手干正式产品，其实就是前期的粗加工，快到尺寸时，还是得师父干。粗加工也很紧张，下刀都提心吊胆的。师父一直站在旁边看着我干。干我们这行儿都这样，师父觉得你技术有把握了，才会让你去整发动机。我刚上班那时候，发动机都是单件生产，价值很高。就是因为价值高，才有了 1989 年的那次挖药，真的很危险。"

历练青春

1989 年 10 月初，徐立平和师父以及另外两名整形工从三车间抽调到五车间，参加一项重要任务，那时他工作刚满两年。参加这项工作的有将近 20 人，都是从各车间挑选出会铲药并且手巧心细的技术骨干。

入选的年轻人必须是四院子弟，只有四五个，徐立平是最年轻的。这并非照顾"自己人"，而是因为任务危险，可能发生不测，他们父母知道本单位的工作性质，万一出现意外，也能理智地对待——这项工作任务是，钻进一台大型发动机燃烧室内挖药。

那是四院正在研制中的某重点型号项目，一台用于全程热试车的发动机，出现推进剂脱粘的重大缺陷。技术专家们经过商讨，决定再度启用"挖药修补"的非常手段，检查脱粘部位，以便分析缺陷的成因。而另一个更现实的原因是，这台发动机里面装填了十几吨推进剂，价值数百万元，在人均工资只有一百多元的年代，这是个天文数字。那时研制资金紧缩，四院没有经费再重新制造一台发动机。

徐立平和所有参与这项任务的队员们一样，在入选挖药"突击队"时，为国效命的荣誉感和自豪感便油然而生。他当然知道这项任务的危险性，跟家人隐瞒了自己入选"突击队"的事。20 年前，母亲温荣书就曾检测出推进剂开裂，亲眼看着同事们冒着危险挖药修补。20 年后，儿子徐立平也入选挖药"突击队"，执行同样的任务。

两代人，为了国家的航天事业发展，从事着同样的工作，面对着同样的危险，拥有着同样的无畏精神。

20 年前，推进剂开裂部位出现在头部，站在壳体外就可以操作，并且缺陷部位只在推进剂表面。20 年后，情况却复杂得多；发动机增大了十几倍，脱粘缺陷出现在燃烧室的中间位置，必须钻进发动机内挖药，里面空气不流通，光线昏暗，操作难度极大。而且挖药面积更大，还要深挖到壳体衬层，发生意外的概率比 20 年前的任务高出几个数量级。

徐立平将要钻进发动机黑黢黢的芯孔时，"心跳不由自主就加快了，手心也不停地往外渗汗。"那台发动机的直径比他个子还高出一头，里面堆满了厚重的推进剂，他想起老师傅们开玩笑说的，"都小心点儿啊。不然这几百万的东西，就是你的豪华棺材，火葬场都不用去了。"

推进剂的芯孔仅比肩膀略宽，笔直地通向发动机另一端，芯孔的星角，如同巨兽口中的利齿，仿佛随时会将进入其中的人吞噬。"爬的时候特别小心，生怕摩擦出静电，这才是最可怕的。"一个小小的火星儿，就能引燃那十几吨推进剂。推进剂药面上铺着几层纯棉帆布，徐立平从里到外的衣物也都是纯棉制品，脚上穿着布面羊皮底的舞蹈鞋，脚腕上还系着一根静电导线。一切措施，都是为了防止产生摩擦静电。

脸上捂着的两层棉口罩，只能起到心理安慰的作用。"里面的化学品气味特别浓，熏得人呼吸困难，刚进去时眼睛被刺得不停流泪。"防毒面具无法使用，因为视野太窄，并且容易磕碰到推进剂，那反而更危险。

爬到操作位置，接过辅助人员从另一端递进的静电导线，绑在手腕上，才能开始铲药。发动机内空间狭小，只能侧身半躺半坐在里面，如此别扭的操作姿态下，还必须保持下刀、推铲的动作不变形。每铲五、六下，就要把废药递给外面的辅助人员。被十几吨高敏感度推进剂包围在狭小空间内，精神压力是巨大的。"闷在里面真是另一个世界的感觉，安静得让人恐惧。"徐立平说，"挖药时，能听见整形刀划过药面时的沙沙声，还有自己的心跳。"

偌大的厂房里，只有钻进发动机燃烧室中的操作者和站在发动机外的一名辅助人员，其他人都在厂房外山坡拐角处的麦田边等候换班。里面气味实在太强烈，每次进去只能坚持 10 分钟时间，铲下 100 多克废药，每人每天要轮班进去三四回。

徐立平越挖越觉得紧张，即便在寒冷的 12 月份，他钻进发动机就开始出汗。每次完成一班出来时，都觉得浑身瘫软，眼睛也被熏得酸胀难忍。此时，他的腰部和右腿开始隐隐作痛，并且痛感越来越明显。

两个多月的持续工作，共挖出 300 多公斤推进剂，脱粘部分被全部铲除，设计人员得以直接观察其状况，迅速分析出缺陷成因，为此后的研制工作排除了技术隐患。

灌浆修补工作也随即展开，同样由徐立平他们钻进壳体中进行灌浆，这项操作必须一气呵成。徐立平跟着老师傅们连续工作一天一夜，粘稠流体状的推进剂挥发出大量对眼睛刺激强烈的化学物质，完成操作走出厂房时，眼前仿佛蒙着一层雾一样看不清东西，两三天后才渐渐恢复视力。

重新浇注修补的发动机取得了试车成功，后续的研制工作得以继续进行。徐立平却被送进了医院。

英 雄 无 悔

结束了那次挖药任务，徐立平的腰腿疼痛越发严重，去医院检查了几次，都查不出原因，医生只能采用封闭疗法给他镇痛。但这样的治疗根本起不到作用，逐渐剧烈的疼痛让他走路都开始一瘸一拐，几个月后，竟严重到无法自主行走，被送进了医院。

女友梁远珍赶到医院陪护，两人相恋将近一年，正是热恋期，徐立平住院让她心急如焚。梁远珍也是四院的二代子弟，徐立平参加挖药前的两个月，刚从技校毕业，经朋友牵线，才跟徐立平开始了恋情。其实，她父亲跟徐立平的父亲还是很要好的朋友，那时，四院还在蓝田县山沟里，二代子弟们的恋爱，无论是自己追求，还是媒人介绍，选择范围都在这个半封闭的大院儿里。徐立平住院时，梁远珍刚考入职工大学，在西安市上学，听说此事，便请假去医院陪护。她只想照顾好自己的恋人，根本没考虑将来可能会面对怎样的状况。

徐立平住院一个多月，情况却越来越严重，上厕所都要由两个男同事架过去，医生依然查不出病因，推断他可能会因此而瘫痪。

温荣书认为，儿子生病，是钻发动机挖药时，吸入过量推进剂挥发出的毒性气体所致。20年前，同事陈明义就因挖药中毒住院半个月。而徐立平参与的这次挖药，持续时间更长，并且钻进了不通风的发动机内，环境更恶劣。为什么其他人没事，偏偏徐立平就不行了？因为每个人对化学品的抗敏性不同，20年前参加挖药的"敢死队"员中，也只有陈明义出现了中毒反应。但医生却无法做出这样的诊断，推进剂中含有多种化学物质，医院没有查出发病原因的技术手段，自然不能下诊断，更拿不出有效的治疗方案。

"医院也没办法，那就接回家来休养吧。"温荣书跟徐桂林商量。她不爱说话，遇事却有主见。

徐桂林开车将儿子接回家，看着他卧床不起的样子，心里说不出的难受。"哎！当年分配时，再找人说说，随便把你弄到哪个单位去都行啊！我是真后悔啊！"

"后悔有什么用。"徐立平低着头幽幽地说，"再危险的事情都得有人干啊。你跟我妈都干过危险的工作，你们后悔过吗？"

儿子的一句反问，让能说会道的徐桂林顿时没了词儿。是啊，虽然他只是个卡车司机，也同样执行过危险的任务。

那是 1969 年 7 月初，把儿子徐立平送回姥姥家还不到半年，徐桂林就接到一项紧急任务，驾车将一件大型货物运往北京。出发时，前车引路，后车压阵，他的卡车被夹在中间，司机楼里还坐着两名全副武装的解放军战士。

那个年代的公路大都是土石路面，呼和浩特到北京一路坑坑洼洼，每天最多行驶 200 多公里，晚上就住在部队兵站里。将货物送到北京南郊的一院，徐桂林便驾车返回呼和浩特，很快就将这次出车忘在了脑后。

第二年的"五·一"劳动节，徐桂林偶遇一位押车同去北京的技术员。"哎，老徐，现在正统计参与'东方红'卫星发射任务的有功人员呢，也有你一份呀！得给你报上去。"几天前，中国第一颗人造地球卫星"东方红一号"成功发射，举国欢庆。徐桂林却不知道这跟自己有什么关系，"我就是个开车的……哪参与那个事情了？"

"那次……你开车去北京，运的就是第三级火箭发动机！"技术员说，"那次出车是测试运输振动对发动机的影响，怕你压力大，就没跟你说。"徐桂林这才恍然大悟，难怪运输途中，带队领导走一段路就停车休息，这位技术员都要钻到卡车篷布里去查看一番。

发动机里填满了高敏感的推进剂，如果受到强烈撞击，或者里面有金属部件振落，磕碰出一个小火花，就可能引起爆炸！而这次出车任务，就是测试运输过程中会不会出现这样的状况。"里面 1.8 吨推进剂啊！"技术员说，"如果真出意外，你那辆车肯定没了，我们前车、后车的这些人也得一块儿不行了。"

徐桂林摆摆手，"嗨！跟我说了也没事，照样开得稳稳当当。我在 543 部队的时候，天天拉着导弹跑，啥时候怕过？咱就是干这个行当的嘛，一不怕苦，二不怕死的精神，还是有的。"

几天后，徐桂林因参加这次振动试验，获得了三等功嘉奖。

"咱干的这就是个行当。"这是四院职工们常在嘴边的一句话。他们都曾参与过最危险的任务，他们都因自己曾为国家利益舍生忘死而自豪。"我们都是争着去干危险的工作，为国奉献是最光荣的事。"温荣书说，"我想，他们年轻人也肯定和我们当年一样的。"但自己的孩子从事同样的工作，遭遇意外被病痛折磨，却实在令他们难过。

自从儿子住进医院，温荣书每天晚上都难以入睡，她怕儿子一辈子就这样瘫在床上，也怕因此耽误了梁远珍。徐立平被接回家，梁远珍也跟到家里来照顾，姑娘对儿子的尽心，温荣书都看在眼里，"照顾得太好了，连袜子都是她帮着穿"。可她知道，这不是长久之计，儿子必须重新站起来。便对梁远珍说："我来管他，你回去继续上你的学。"

劝走梁远珍，温荣书便开始实施自己为儿子制订的康复计划："从现在开始，所有的事情我们都不帮了，你自己做。"饭菜不再端到面前，要吃饭就得自己走到餐桌旁，上厕所也不再有人搀扶，必须自己走过去。

徐立平当然也不愿这样卧床不起，他知道妈妈的苦心，搬动双腿慢慢下床，抓紧床头强忍疼痛摇摇晃晃地站稳，扶着桌角、墙面，一步一步地缓缓挪动。他每一步都迈得艰难，挣扎几分钟，只挪出四五米的距离，急得满头大汗。

弟弟妹妹想去扶一把，被温荣书用严厉的眼神制止。当年儿子还不会走路就被送回老家，蹒跚学步时她没能陪在他身边，如今儿子站在身边，再次学习走路，仿佛给了她弥补那段缺失时光的机会，但这样的"弥补"，实在让她心如刀绞。

家中的康复训练进行了两个多月，不知是体内的毒素被逐渐排出，还是每天的行走锻炼强行"激活"了身体机能，徐立平腰腿部的疼痛渐渐减轻，又可以下地行走了。不过，这次原因不明的病还是给他留下了后遗症，右腿肌肉明显萎缩，比左腿细了一圈。"还是经常腿疼，疼得受不了，就吃点芬必得。"徐立平说，"后来我又去过医院，还是查不出原因。有大夫说是梨状肌综合征，但也不能确诊，我也就不去检查了，反正这么多年也就这样了。"

1990 年 8 月，徐立平病愈重新回到岗位上班，他的弟弟徐凡平也从技校毕业，分配到四院工作。徐凡平同样是学化工专业，安排岗位时，徐立平还在家中休养，前车之鉴就在眼前，父亲徐桂林自然不想再让二儿子去跟推进剂打交道。

按四院的分配政策，职工子女中有一个可留在家长所在工作单位，徐桂林便"动用"了这个名额，徐凡平分配到了父亲所在的 43 所。这里负责研究制造火箭发动机壳体和喷管上使用的复合材料，不必跟推进剂打交道，看上去安全得多，徐桂林心里也觉得踏实了很多。

徐立平回岗工作后不久，师父王广仁调任车间安全员，老师傅王安民担任了整形组组长，徐立平被任命为副组长，与他搭档。

外号"老黄牛"的王安民工作勤恳技术好，是钻发动机挖药的主力人员之一。他不光干活儿肯出力，还心灵手巧爱动脑，经常发明一些工装、工具，制作专用整形刀具。跟着王安民，徐立平学到了搞发明、创造的思维方法，"他是我半个师父"。

这让徐立平在后来的工作中获益匪浅，他针对不同类型发动机的修整要求，设计、制作出的 20 余种整形刀具，其中 2 项获得国家专利。被命名为"立平刀"的整形刀具，不仅实现了半自动化整形操作，杜绝了安全隐患，还使生产效率提升 50% 以上。"样板弧形刀"则解决了复杂型面整形尺寸不易保证的难题，确保了产品质量稳定性。"现在的刀具基本上都是我们自己画图设计的。"此后他多次获得省部级、国家级"技术能手"，很大程度上是因为发明了这些专用刀具。

浴 火 重 生

1994 年春节，徐立平和梁远珍举办了婚礼。梁远珍已从职工大学毕业，回到 7416 厂，分配在二车间工作，那是为发动机壳体内进行隔热层涂布的车间。

"我们厂里的工作，要么是有危险的，要么就是对人体有害的。"梁远珍说这句话时，面带微笑，仿佛在说别人的事情，"外面人可能会觉得太危险了，其实我们都习惯了。再危险、再有害，也总得有人干啊，我们就是干这行的嘛。"隔热层是含有多种有毒化学成分的耐热橡胶，进行涂布时，车间内便充斥着粉尘和化工品挥发出的浓烈气味。操作者必须戴着防毒面具，否则难以呼吸，甚至连眼睛都睁不开。她和同事们都知道，这些化学品可能会对健康造成损害，"跟装药的、整形的比起来，我们这工作算是安全的。"

弟弟徐凡平的工作比哥哥和嫂子的要好些，虽然也跟化工原料打交道，但毕竟气味没那么刺鼻。徐凡平的工作也颇为出色，短短几年间，便成为车间里的技术骨干。26岁的徐立平也因技术出众，被任命为整形组组长。徐桂林对两个儿子表现出的工作能力颇为自豪，"我们家的人，干技术活儿，都还不错的。"可他万没想到，当初为二儿子选择的"安全"岗位，竟然也发生了意外！

徐凡平的工作，是将化工原料在高温高压状态下抽丝成型，用于生产发动机复合纤维壳体。1995年初夏，徐凡平参加工作第五个年头，遭遇了意外事故。

那天，徐凡平与几位同事检修压力容器，一位工人操作失误，导致容器中的高温化工品四处喷溅，在场人员都被烧伤，徐凡平的伤势最为严重。

单位立即将伤者送往西安市东郊的唐都医院，伤者家属也被接到医院。温荣书见到被严重烧伤的徐凡平时心如刀绞，"我努力控制自己，没在他面前掉眼泪"。每遇大事，温荣书都出奇地冷静，她知道此时的眼泪会摧毁儿子，她不能让儿子感到绝望。

"他的烧伤情况很严重，你们家属要有思想准备。"医生对徐桂林、温荣书夫妇说，"前几天有一个烧伤百分之三十的，没抢救过来，你们这都百分之六七十了……"抢救室紧闭的大门里面，重伤的儿子生死难料，这是一个家庭最艰难的时刻。温荣书点点头："知道了，您尽力治疗。结果我们都接受。"

在手术通知书上签下自己的名字时，温荣书的眼泪止不住地涌了出来。夫妇二人默默工作几十年，一生最好的年华都献给了中国的航天事业。如今，儿子也为国家的航天事业负伤，命悬一线。在手术单上签名时，只有他们才能体会，"献了终身献子孙"是何等的悲壮。

经过救治的徐凡平奇迹般地熬过了危险期，并以超强的毅力挺过了漫长的康复期，终于走出了医院。被严重烧伤的面部和前身，经过多次皮肤移植手术，修复颇为成功，但也难以恢复从前那般英俊的相貌，身上移植的皮肤没有汗腺，每到夏季都颇为痛苦。和哥哥一样，徐凡平康复后便回到原岗位，依然在生产一线从事本职工作，依然是车间里的技术骨干，依然参与了各项重大任务的生产工作。如今，他已是国家高级技师。

多年以后讲述这段往事时，温荣书眼睛一直望着对面的墙壁："干我们这行的，就要有为国家牺牲的精神，国家才是第一位的，没有国哪有家？"墙面上挂着全家福，照片上11口人，除了三个还在上学的孙子辈儿，其他8口人都在四院工作，其中5口人曾参与过有害或高危工作，2人因此落下伤病。

在航天四院的大院儿里，面部、身体上留着烧伤疤痕的职工有几十位，肢体残缺的也有十几位。这些普通的工人，从事着危险的工作，忍受着巨大的痛苦。而他们，依然是幸运的，在60多年的固体发动机研制工作中，先后有某某人壮烈牺牲。

航天四院大院儿里随便敲开一扇门，屋里主人都会讲出常人难以想象的亲身经历。他们中的绝大多数人都没有获得过奖章，但他们都用自己的青春、自己的生命为中国的航天事业默默工作。他们用自己的心血和生命为代价，换来"杀手锏"的列装，换来"航母杀手"的服役，让中国拥有了近、中、远程导弹的全射程覆盖能力，拥有了维护国家安全的"打狗棍"。但时至今日，外界也不会知道他们的名字，更不知道他们曾为中国航天事业和国防安全做出了多少贡献，付出过多大的牺牲。他们是一群功勋卓著的"国家隐士"。

微信圈里曾流行一句——"哪有什么岁月静好，不过是有人替你负重前行。"四院大院儿里这些普普通通的职工，就是那些隐姓埋名负重前行的人，他们是这个国家真正的脊梁。

铸 剑 之 魂

1999 年 10 月 1 日，中华人民共和国 50 华诞，四院家属区的道路上空空荡荡，职工和家属们都守在电视机旁，观看天安门广场举行的盛大阅兵式直播。这场被称为"世纪大阅兵"的盛典中，一款最新装备部队的远程战略导弹引起世界的关注，它标志着中国拥有了高机动性的"杀手锏"。

那款"杀手锏"上，就装备着航天四院研制的发动机。虽然四院职工们距离天安门广场千里之遥，虽然只能在电视屏幕上看一眼他们亲手制造的发动机，虽然没人知道他们的存在，但那依然是他们最骄傲、最自豪的时刻。滚滚驶过天安门广场的"杀手锏"里，有他们的智慧、辛劳和汗水，有他们几十年隐姓埋名的默默奉献，有他们牺牲同事的英魂。

"导弹方阵出来的时候，我们家那口子（徐立平）一下就站起来，指着屏幕说，那个发动机就是我整的型！"梁远珍说着就笑了起来，"我当时就给了他一个白眼儿，跟他说，那里边还有我们贴的绝热层呢！"

徐立平当然知道，发动机从设计、到生产、再到试验，数十个环节、上千道工序，四院的每一位职工都为之付出心血，每一个岗位都不可或缺。但见到"杀手锏"隆隆驶过检阅台，他就难以抑制那种少年般的兴奋，因为他与这款发动机有着"最深入的亲密接触"。1989年，他钻进发动机壳体内挖药，并中毒卧床几个月，就是为了研制这款发动机。

这项研制工作艰难曲折，此后又耗费10年时间，一直到"世纪大阅兵"前几个月才取得成功。10年之间，徐立平又经历了多次类似的挖药过程，"都是因为出现缺陷，必须从内部挖药查找原因。我们组那时的任务就不单是整形修整了，所有的缺陷取样都是我们来完成。"

身为组长的徐立平要第一个钻进去画线操作，"那时候，我基本上感觉不到紧张了，如果带头的都紧张，这个活儿就没法干下去了"。事实上，与他第一次钻进发动机挖药的经历相比，后来的那些挖药取样经历更加惊险。

为了让设计人员分析缺陷问题，他曾在壳体和推进剂之间的绝热层上打孔取样，取样部位距金属壳体仅5毫米，稍有不慎就可能钻到壳体，产生的火星或摩擦热量将导致推进剂燃烧爆炸。他进行细致测量和试验，确定打孔部位及钻头安全转速，一次打孔即准确取出预定样块，顺利找到了病灶。他还曾将整块推进剂挖出来，以便设计人员进行缺陷分析。还曾从外部将非金属壳体打掉查寻脱粘缺陷……

挖药后对缺陷部位重新灌浆修补工作依然由他们操作，徐立平总结修补经验，研发出新的技术手段，解决了灌浆易产生气孔的难题。多年间出现缺陷的发动机，挖药及灌浆修补均一次成功，保证了研制工作的顺利进行。

2018年，徐立平已经从事药面整形31年。这期间，7416厂从蓝田县山沟搬迁到了西安市东郊，整形组也分分合合地调整重组了几次，不变的是整形组组长一直由他担任。这些年间，他参与了所有国家重点型号的研制、生产任务，每遇新型重点型号的整形，必须由他进行首件操作后，才能工艺定型。神舟飞船逃逸发动机药面整形时，他被指定为唯一的操作者。而经他整形的产品，合格率达到百分之百。

"发动机生产任务年年增长，型号也越来越多。现在整形组一个星期完成的工作量，就相当于我刚上班时一年的任务量。"徐立平也有感到累的时候，但"每一次看到神舟飞船上天、嫦娥探测器奔月，'杀手锏'武器走过天安门广场，心中那种自豪感是任何事情都换不来的，觉得自己付出的一切，都值得！"

随着科技技术的发展，药面整形也由全手工操作逐渐向机械自动化操作转变。徐立平并没有固步于手工操作，紧跟时代变化，积极参与新技术的研究探索。

神舟飞船逃逸发动机试制生产时，高燃速药柱整形采用手工操作，后来改为远距离机械自动化操作。徐立平全程参与这项技术革新，他上学和工作后就没有接触过电脑，此时也开始苦学数控机床编程语言，逐渐掌握了相关技术，实现了数控整形的实际应用，在提升操作安全性的同时，工作周期也缩短为原来的三分之一。

为实现大型发动机内孔复杂型面远距离机械整形，四院与相关厂家联合研制大型立式整形机。徐立平根据多年工作经验，提出20

余项改进建议，完善了设备安全保障系统，使该设备顺利通过集团公司技术鉴定。"我最大的愿望，就是自动化操作取代手工操作，增加安全性。所谓的工匠，并不是有精湛手工操作技术的人，而是有一颗不断钻研的匠心，能紧跟时代发展，掌握最先进技术，更快更好更精确地完成工作的人。"

2017 年 4 月，徐立平被中宣部授予"时代楷模"称号，而他却因获得这一称号而感到不安。接受媒体采访时，他说："我只是做好了自己的本职工作，与'时代楷模'的称号还有很大差距。我是'航二代'，父辈们参与了创业期的中国航天事业，他们经历了各种艰难困苦，才一步步走到现在。但几十年来，大家都是这样坚持了下来，没有人想着要放弃。我是在耳濡目染中，传承了'航天精神'。"

他这样说，并非客套谦虚。因为在他身后的航天四院大院儿里，有一群默默无闻的时代楷模。

（《时代报告·中国报告文学》2018 年 11 月刊载）

幸福是什么

信仰的力量

◎ 郑旺盛

在深入的采访和倾听中，我一次又一次感动。44载风雨岁月、94本工作日记，将燕振昌任职村党支部书记44年的奋斗历程和他73年的生命之路，定格在全村4000多口人的心中。什么是不忘初心？什么是心系百姓？什么是对党忠诚？什么是信仰坚定？什么是为民请命？责任和担当，大爱和情怀，无私与奉献，当老书记伏案长眠的那一刻，他想的还是老百姓的事、村里的事。而那一刻，生命成为永恒，成为崇高！

引　言

年复一年，日复一日。风雨无阻，雷打不动。

44年的沧桑岁月，记录着河南省长葛市坡胡镇水磨河村的一个"铁规"：早晨6点前，村干部都要到村委会来开会，会议一般在7点半之前结束，最迟也不会超过8点钟。这样做的目的，就是为了不耽误每个干部8点以后干自己负责的工作。

可是今天，村干部都来了，老书记燕振昌的办公室里，灯亮着，人却不见动静。等人们破门而入时，发现老书记伏在案上，笔记本摊着，手里还紧紧地握着笔……抢救无效。医护人员说，老书记是突发心肌梗死走的，时间应该是凌晨 4 时许。

2014 年 12 月 12 日凌晨，河南省长葛市坡胡镇水磨河村党支部书记燕振昌，因操劳过度导致突发心梗，病逝在工作岗位上。

燕振昌有写工作日记的习惯，44 年从未间断过。遗憾的是，这天的日记，他写到第 4 条时，后面却留下了空白。从 1970 年当选村党支部书记开始，燕振昌就把工作中的点点滴滴都记录在册。94 本日记，8000 多页，100 多万字。日记，见证着水磨河村从贫困村到小康村风风雨雨的创业历程，凝聚着燕振昌的一颗赤子丹心，饱含着他对党、对人民无限的信仰和忠诚。

2015 年 9 月 17 日，中共河南省委做出关于开展向燕振昌同志学习活动的决定，号召全省上下向燕振昌同志学习。

2016 年 1 月 25 日，中宣部授予燕振昌 "时代楷模" 荣誉称号。1 月 31 日，在 "时代楷模" 颁奖典礼的现场，中央电视台主持人敬一丹满怀深情地说："在寒冷的季节，我们迎接春天。在这里，我们真想说声感谢，感谢 '时代楷模' 给我们留下的精神财富。在迎接春天的时候，我们相信，他（燕振昌）给我们留下的这些精神财富，会让我们的村庄、我们生活的土地，焕发出更多生机！"

一

1942 年 5 月，燕振昌出生在河南省长葛市水磨河村一个贫穷的农家。

1964 年 4 月，燕振昌参加长葛市的"四清"工作队，那时也叫"社会主义教育运动"，俗称"小四清"：清工分、清账目、清财物、清仓库。燕振昌是高中生，有知识、有思路，工作很优秀，"四清"工作结束后，国家从参加"四清"工作的人员中选拔干部，燕振昌考试成绩列第一名。但名单报上去之后，他的三舅李玉宪，硬是把他的名字画掉了。舅舅说："你第一批转干，无论是对组织还是对群众，都不好交代，因为这项工作正好是我抓的，我是县里的领导干部，这机会咱还得紧着别人，你还年轻，以后还有机会。"

年轻气盛的燕振昌，正是充满理想抱负的时候，他一开始并不理解舅舅。舅舅劝导他："你是从水磨河出来的，你走出去了，可想想那些乡亲们，他们连饭都吃不饱，你回去只要好好干，在农村一样能干出一番事业。"燕振昌是个有志气的人，他辞别舅舅，下了决心，要在广阔的农村扎下根来，大干一场。他要让舅舅看看，他燕振昌到哪里都能干成事，既然如此，那就不再想当干部的事了。

燕振昌从此回到了水磨河村。在那个识文断字的人特别少的年代，他相当于村里的秀才。水磨河村是个大村，有 13 个生产队，回到村里后，22 岁的燕振昌被大队任命为第八生产队的政治队长。有的社员说，燕振昌是个文化人，虽说聪明能干，可这种地的活儿，他不见得行。

燕振昌是个聪明的人，也是个倔强的人。他虚心向老农学习，向父亲学习，很快就成了一个庄稼汉。套骡子、赶马车、犁地、种麦、收割、打场，燕振昌样样拿得起放得下，俨然成了行家里手。

那时候生产队的粮食产量低，一亩地小麦也就打个 300 来斤。燕振昌领着社员们割草积肥，发动家家户户想方设法多积农家肥，每家每户连小孩床前尿尿的土，都铲起来当肥料用。"庄稼一枝花，全靠肥当家。"有了大量的农家肥，第八生产队的粮食产量大幅增长，成了全大队的第一名，第八生产队也因此评上了"红旗生产队"。

1970 年 12 月，燕振昌接任老支书，当上了水磨河村新一任党支部书记。燕振昌当时是长葛市最年轻的村支书，有的党员和干部就有些担心，有人说，水磨河村这么大、这么穷、这么乱，现在叫个年轻孩儿当支书，这中不中啊？

一个生产队几百口人，一个村子几千口人，他能把第八生产队搞好，可怎么把水磨河一个大村搞好？燕振昌知道这绝不是简简单单的事。他也知道党员干部对自己善意的担心，他暗下决心：豁出去，也要干好这个村党支部书记，带领全村人过上好日子！

1970 年的水磨河村，每口人一年分得的小麦口粮只有 50 斤，一年中大多数时候，吃的都是红薯面、玉米面等粗粮，偶尔能吃上玉米面和麦子面揉一起做的花卷馍，那就是天大的幸福了。老百姓说："红薯汤，红薯馍，离了红薯不能活。"

此时此刻，燕振昌接手的水磨河村，可谓一穷二白，底子薄，基础差，集体没有存款，百姓没有余粮，人均土地不足 7 分。一年下来，社员们战天斗地，也不过是勉勉强强糊弄住肚皮。

"水磨河，水磨河，磨来磨去灾祸多；十年种地九年荒，男女老幼掉苦窝。"这是当地流传的一首民谣，说出了水磨河村的现状，也让人知道了水磨河村人的苦和难。穷则变，变则通。当了村支书的燕振昌深悟此理。水磨河村该变变了！

1970 年 5 月 12 日，他在日记本上郑重写下："留在农村，也能干出名堂。"燕振昌还在日记中写下铮铮誓言："党叫在哪儿干，咱就在哪儿干，不单要干，还要干好。既然不进城，就把水磨河的生活变得像城里人一样好。"

为此，他跟妻子张改真商量分工。他嘱托妻子说："村里事儿多，家里指靠不上我。你把地种好、家管好、娃儿教育好，我要让咱水磨河人过上有房住、走好路、能读书、有玩处的好日子。"

为了让燕振昌干好这个支部书记，张改真答应了他的分工，而且告诉他，家里的事情你就放心吧，地里的活儿、家里的事，我都能管好。张改真也是个要强的人，自从两个人分工后，她每天起早贪黑，锄地拔草，照顾孩子，将地里的活儿、家里的事，管理得汤是汤水是水，井井有条。村里人都说，张改真是真能干，真是给燕振昌争脸了。而自从分工后，燕振昌几乎没有干过家里的活儿，他全身心投入到水磨河村拔穷根、改穷貌的大事中。

水磨河村与他搭班子的老村委会主任张汉卿说，振昌自幼家贫，生活困窘，最知道苦日子的滋味儿，正是因为有这些经历，他当上支部书记后，最知道老百姓的苦、老百姓的难，也最知道老百姓心里想的啥。

新官上任三把火。燕振昌首先号召全村人深耕土地、填沟平垄，将小地块都并成了百亩大的地块，村里一下子多出来上百亩土地。"种地不上粪，等于瞎胡混。"燕振昌又发动群众养猪积肥、割草沤肥、扒掉土墙做肥料。为了多积肥、积好肥，水磨河村男女老少齐上阵，13个生产队明争暗赛。燕振昌还提倡科学种田，抓好"土、肥、水、种、密、保、管、工"。无论种小麦、种烟叶，还是种玉米、种红薯，都按科学的方法种，用科学的方法管。

水磨河村的党员干部群众跟着年轻的支部书记燕振昌，大干、苦干加巧干，村里村外，每天红旗招展，干劲冲天。

又是一年夏收时节，星星和月亮尚在天空闪烁，黎明前的大地上吹过凉爽的风。一望无际的金色麦浪此起彼伏，绵延而去，甚是壮观。此时此刻，水磨河村人几乎是全村出动，头顶星光脚踩露珠，手拿镰刀肩扛木杈，赶着马车、牛车，拉着架子车，拥向大片大片成熟的麦田。燕振昌和村干部们，也都在人群中，他们要指挥全村人抢收这几千亩成熟的麦子。

水磨河人就要迎来大丰收的年景了。耀眼的阳光下，麦田里一把把银光闪闪、锋利无比的镰刀，将一片一片的麦子收割，整整齐齐地码放在田野上，汗珠也一滴滴洒落，浸入迎风摇曳的麦子和脚下的土地。此时此刻，此情此景，只有最辛苦的劳动者，才能体会挥汗如雨的快乐。抚摸着那饱满而硕大的麦穗，望着那金色的丰收场面，呼吸着成熟的麦粒散发的清香，听着盘旋飞翔的鸟儿的鸣叫，水磨河村每一个人的内心都涌动着激动和幸福，灿烂的笑意洋溢在他们黝黑的脸上。

1972年的这个夏收季，水磨河村几千亩小麦，迎来了金色的大丰收，粮食大幅增产，一些地块亩产高达七八百斤。丰收的景象，让水磨河村人无比自豪、无比骄傲，也让他们从此吃上了白面馍。

水磨河村的粮食大丰收，让十里八村的人都羡慕，也成了长葛县各公社各村学习的榜样。但燕振昌对今年的大丰收，心里有清醒的认识。水磨河村的人流下了汗水、付出了劳动，再加上老天爷的风调雨顺，才有了这样的收成。如果天旱了呢？如果下大雨发生涝灾呢？水磨河村还能有这样好的收成吗？

怎么让粮食稳产、高产、增产，旱涝保丰收呢？燕振昌有了打井修渠的想法。修水渠离不了石料，石料从哪里来？水磨河村处在长葛、禹州、新郑三地交界之处，距离禹州无梁公社比较近。无梁这个地方有山，产石头。燕振昌和村主任张汉卿带上礼品来到无梁的一个小山村，找这个村的党支部书记，商量借石头修渠的事。最后竟然感动了人家，同意他们无偿来打石头拉回去修渠。就这样，水磨河村修渠的石料问题解决了。

那年的冬天，燕振昌和张汉卿带着水磨河村 150 名精壮劳力，顶着刺骨的寒风，冒着鹅毛大雪，来到无梁打石头、拉石头。那年的冬天，水磨河村的排水渠就修起来了。那年的冬天，水磨河村还新打了 19 眼机井。后来，全村又改造老土井 47 眼，每眼机井又都配上了抽水机，电闸一推，源源不断的水就流入了新修的水渠，水磨河村的耕地实现了自流灌溉。从此，水磨河村的几千亩地旱涝都能保收成。

汗水浇开幸福花，劳动换来大丰收。1973 年，水磨河村的小麦亩产量，平均达到了 800 斤以上，全村人均小麦口粮达到了 180 斤，是燕振昌上任之前最高标准 50 斤的将近 4 倍。从此，家家户户能吃上白面馍了，群众的心里乐开了花。水磨河村的许多人都对燕振昌竖起了大拇指，觉着这个支书选对了人。

水磨河村粮食增产增收，群众心里不忘国家。每年夏收之后，水磨河村群众首先把颗粒最饱满的"上风头"小麦，装袋装车，当作爱国粮上交给国家。人民公社时期，上交公粮分为夏秋两季。夏季公粮交小麦，秋季公粮交玉米、豆子、红薯干。从 1973 年开始，水磨河村每年一次性上交的小麦就抵了全年的公粮。13 个生产队统一交公粮时，马车、牛车、架子车，一辆接一辆排成了队，车上高插红旗，村里敲锣打鼓，那真是车水马龙、红旗飘扬、人声鼎沸、浩浩荡荡。水磨河村一时轰动全县。

水磨河村粮食旱涝保丰收，群众吃饱肚子已经没问题，可手里还没有余钱，生产队和大队也没有多余的钱。到底如何才能发展经济，让群众家里有余粮、手里有钱花，小队和大队的集体经济都搞起来？燕振昌连续几次召开党员干部会，讨论水磨河村发展经济的大事。燕振昌引导大家说："咱水磨河村要一手抓农业生产，一手抓经济发展，咱不单要把粮食生产搞上去，今后还要办企业、办工厂，个人集体都有钱。"

从 1973 年开始，水磨河村抽调全村有技术、脑瓜灵、腿脚勤的能人，先后办起了农机配件厂、面粉厂、冰糕厂、机瓦厂、白灰窑、砖瓦窑等企业，靠着发展企业，赚到了钱。集体有钱了，家里劳力多的，多劳多得就有了余钱，一般的社员家庭，手头也开始有了零花钱。到了 1981 年，水磨河村已经拥有了十几家集体企业，从事企业管理、生产的党员干部群众多达三四百人，每年向村里上缴利润达 30 多万元。

水磨河村一手抓农业生产，一手抓经济发展，两手都硬，两手都成功，一下子成了长葛市的"明星村"。

二

水磨河村的村民现在有粮食吃了，不管是小队还是大队，也都有了余钱。但作为村党支部书记，燕振昌心里还装着一件大事，那就是改造村庄、建设新农村。正如燕振昌在他的日记中写的："要让村民过上有房住、走好路、能读书、有玩处的好日子。"

20 世纪 70 年代，水磨河村已经有 3500 多口人，宅基地十分不规范，东一处西一处，大门东南西北哪个方向都有，村里的路也没有一条正路，户与户之间的道路曲里拐弯、高低不平，加上村里的房子大部分都是土坯房子茅草顶，整个村子看上去破烂不堪、乱七八糟。

不仅如此，因为宅基地狭小，村民们有的五户一个院，甚至三代同堂、十几口人挤在一个屋檐下的现象也比比皆是。因为没有住房，水磨河村的年轻人娶不上媳妇的很多，每个生产队都有光棍汉，有的生产队光棍汉达到20多人。为争宅基地、争住房，兄弟反目、妯娌不和、邻里生气的事，经常发生。

村里有的大杂院，常年纷争不断。张家的母鸡跑到了李家，鸡子下蛋了，鸡蛋算谁家的？结果是，公说公有理，婆说婆有理，最后争执不下，甚至闹到大队上。燕振昌可没少处理这样的纠纷，这些情况都促使他有了改造水磨河村的想法。

1976年夏季的一天，下着大雨，燕振昌不放心群众，打着伞走街串巷查看。他走到村民赵国义家时，看见赵国义正端着脸盆，在门口泼水。燕振昌问："国义，你这是干啥哩？"赵国义一见村支书来了，又问他话，一肚子苦水便向燕振昌倒了起来。

赵国义说："这两天雨下得多、下得大，俺家那房子漏得都不行了，天天都得拿着锅碗瓢盆接着，时不时得往外倒水。一家人挤在两间破房里住不说，这一遇阴雨天，两间破草房也住不稳了，燕支书，你说俺家该咋办呀？"

这样的情况，当时不仅是赵国义一家，村里还有不少人家也是这个样。这让燕振昌不禁心酸落泪，他下了决心要改造水磨河村。这样的大事，燕振昌肯定要召开党员干部群众会。当他说出要改造水磨河村，统一规划、统一建设新村这个想法时，犹如晴空之雷，炸响在水磨河村几千口人的心头。大家议论纷纷，赞同者有之，反对者也不少。很多人认为，这简直是天方夜谭。大家心头疑窦丛生，不能理解村支书咋会有这样大胆荒唐的想法。

水磨河村有上千户，多数人家还比较穷，虽然有饭吃，有零钱，可盖新房不是一句话的事，也不是有点小钱儿就能办的事。说盖房就盖房，拿啥盖？统一规划宅基地，宅基地怎么分配？有的人家宅基地小，有的人家宅基地大，你能把大的宅基地给人家划走了，给宅基地小的人家？这不好办吧？统一建房、统一规划，先建谁家的房子，后建谁家的房？还有五保户的房子怎么办？

不但群众有疑问，党员干部也有不少疑问。建新村的想法，已经讨论了将近一个月，这件事还是没有定下来。而且有人直接向燕振昌提出了更尖锐的问题。在一次讨论会上，燕振昌说："新村建设我们一定要搞，三年不成五年，五年不成十年，总之，要把水磨河村建成一个全新的村庄。"听罢此言，有个叫李留德的生产队长大胆质问燕振昌："燕支书，你说三年不成五年，五年不成十年，我先问你，这村支部书记你能不能干十年？你不干村支部书记了，谁还会把新村规划继续搞下去？如果半途而废了，那咱村不就乱了套？问题更多，矛盾更大。"

对于李留德的质问，燕振昌理直气壮地回答："留德，我无私心，不贪不占，一心领着大伙儿干，凭啥不能继续干？"

事关水磨河全村的大事、难事，就要充分酝酿讨论，发动群众，发扬民主。一次次召开会议，一次次研究建新村的事，两个月的民主讨论，最后终于定下了新村建设的规矩。

新村的规划标准是：一户有一个男孩的，批准建四间住房；有两个男孩的，批准建五间住房；有三个男孩的，批准建六间住房；

有两个孩子，又是三代人同住的，也批准建六间住房。

关于建新房的先后次序安排上，住房特别困难户优先规划，不讲面子，不讲亲情；对于建新村思想不理解的人，由村干部带队到新乡刘庄村参观刘庄的新村，以事实说话，改变落后的观念；对于五保户老人，采取建敬老院集中供养的方法，让他们养老无忧，腾出他们的宅基地统一规划使用。

针对多数家庭没有经济实力建新房，采取集体补助（小队补助每户 50 元，大队补助每户 50 元）、各户备料、集体统一免费施工的办法解决。为了确保水磨河村的新村建设公开、公正、公平，村里专门成立了由群众代表组成的建房小组，负责按照村里的既定政策和方案进行工作，无论是党支部书记燕振昌、村主任张汉卿，还是其他村干部，一律不得干预建房小组的工作。

新村规划的思想是统一了，但还有最大的困难，就是新村建设缺少建房的材料，石灰、砖瓦，样样都缺。要是这些主要建材都从外面买，老百姓是负担不起的。怎么办？没有石灰，燕振昌就带领全村人拉着架子车到禹州无梁拉石头，自建石灰窑；没有砖瓦，燕振昌就发动 13 个生产队都自建砖瓦窑；没有施工队，大队就抽调全村的能工巧匠近百人，专门成立了木匠队、泥瓦匠队、石匠队三个专业施工队，负责全村的住房建设。为了减轻群众新村建设的负担，水磨河村还决定，属于哪个生产队的宅基地，哪个生产队负责出钱修道路，修路的钱不能让群众负担一分。

为了公正公平处理建房的事情，燕振昌拿自己的亲戚朋友"开刀"，宁肯得罪他们，也不能坏了村里制定的规矩。因为建房的事儿，燕振昌还把自己的"烟瘾"戒掉了。

其实燕振昌真正下决心戒烟，缘起于张海林家。张海林家 11 口人，老少三代住两间房子，他结婚后就住在烟炕屋里。因为家里人多，晚上睡觉就拉个帘子隔开。就这样，还是不够住，他最后只得把一个破架子车吊起来当床，让儿子爬高爬低睡上去。

新村规划开始后，张海林就想着把房子早点盖起来。一天晚上，他买了一盒"一毛找"的烟，去找燕书记，汇报他家的困难。燕书记对他说："你家情况确实特殊，我给村里的建房小组将情况讲一讲，尽可能将你家盖房的事情放到前面去。"

张海林从燕振昌家出来后，心里一点底儿也没有，他将见燕书记的情况跟一个朋友说了说。朋友说："你真傻，见村支书就拿一盒烟，还是'一毛找'！你这不是成事，是坏事，你这人看着聪明，办起事来就是个不开窍的货。"

张海林说："不是不开窍，实在是家里没有钱。"

朋友说："没钱你借钱也得买，买一条，给燕书记送去。这事或许能成。"

张海林想了想，回家就问媳妇要钱。媳妇抠抠搜搜，最后从床底下拿出几块钱，递给了他。张海林这回咬了咬牙，从村里的代销店买了一条烟，揣进怀里，又一次来到了燕振昌家。

燕振昌见到张海林，收下了他送来的这条烟，告诉张海林说："我知道，我不收你不放心，但我收了你这条烟，也还是那句话，最后要听建房领导小组的。"

后来，张海林家的宅基地按次序批下来了。张海林家的房子上大梁那天，燕振昌来了，他招呼大家停下来，突然从身上拿出一条烟，撕开了发给大家抽。他说："这条烟是张海林送给我的，我现在发给大家，恭喜张海林家的房子上大梁。我也在这里跟大家宣布一件事，从今天开始，我燕振昌戒烟了，今后谁要是看见我吸烟，就可以打我的脸，就可以罚我请吃饭。我还要宣布一件事，从今天开始，盖房的主家谁也不允许买烟让施工队吸，就是烟递过来，施工队的人也不允许抽人家一根。"

燕振昌的烟瘾大，在村里是有名的"大烟瘾""老烟枪"，从这天起，他却真的把烟给戒了，没有人见过他再抽一根烟。

针对戒烟这件事情，燕振昌在他的日记里，这样写道："就这一根烟，不仅坏了规矩，也给村民原本就不富裕的日子增加了负担。因为自己的习惯，让村民破费，太不应该。这烟以后不抽了！"

没有规矩，不成方圆；有了规矩，啥事都好办。千难万难的新村改造，就这样在水磨河村大规模地轰轰烈烈展开了。

1978年初春，水磨河村第七生产队的陈宪家，建成了全大队第一座坐北朝南五间房的"示范房"。从此以后，水磨河村每年都会有一批新房建成，300间、420间、520间、433间、480间……新村建设时，水磨河村还于1981年为孤寡老人建起了敬老院，是当时全河南省第一家村办敬老院，得到了中央人民广播电台的宣传报道。

1985年，新村改造基本完成时，燕振昌又开始领着全村人修路，有钱出钱，有力出力，要硬化全村的街道。

1986年，对于水磨河村来说，具有历史性意义。这一年，水磨河村历时近十年的旧村改造、新村建设大工程，终于胜利结束，全村1000多户村民都住上了青砖蓝瓦的新房子。

水磨河村新一任党支部书记郭建营自豪地说，新村规划建设完成之后，水磨河村大变样。大街宽敞，道路横平竖直，四通八达；房子青砖蓝瓦，纵成排、横成行，崭新一片，那真是社会主义新农村的景象。从此，全村1000多户人家，再没有因宅基地纠纷打架吵嘴的事了，而且没有一户留下"后遗症"。现在水磨河村群众的住房，除个别举家外迁户之外，都改造成了两三层的小洋楼。2016年农村宅基地确权时，水磨河村因无宅基地纠纷，此项工作在一天之内就顺利完成了。

有房住、走好路，这是燕振昌对水磨河村老少爷们儿的承诺。

三

土地联产承包责任制之后，水磨河村的集体财产一下子按政策分得一干二净。不少干部说，这以后是各干各的了，村干部也没有啥可管的事了。燕振昌说，现在只是生产方式不一样了，但党组织的领导永远不会变，如果没有党的领导，老百姓不就成一盘散沙了，还咋发展？

爱学习、爱思考，有思想、有觉悟，这让燕振昌犹如春天的燕子一样，总能最先嗅到冬去春来的明媚气息，最先听到冰雪融化的水流之声，然后不畏料峭的春寒迎风飞翔。

20世纪80年代初，广东沿海一带最先步入了改革开放的大潮，那里的民营企业、股份制企业如雨后春笋一样出现。虽然内地还没有多少地方多少人敢尝试创办民营企业、股份制企业，甚至连民营企业、股份制企业这些名词都很少听说，但燕振昌却为此心潮澎湃，他有一种感觉，水磨河村又遇上了千载难逢的发展机遇。

他悄悄地来到长葛市，找到了在工业局工作的一位老领导，恳请他为水磨河村找一个发展项目。他的这个大胆而热切的想法，令这位老领导吃惊，也让这位老领导感动，他觉得燕振昌这个年轻人是个实实在在干事的人，是个实实在在为老百姓谋利益的人。于是他答应帮忙，并找来了工业局负责项目的有关人员商量，最后决定帮水磨河村建一个造纸厂。那一天，燕振昌请人家喝酒，高兴激动的他，不知喝了多少杯。

从县城回到水磨河村，燕振昌急急忙忙就找老搭档、村主任张汉卿，满怀激动地向他说了这次进城的事情。然后又说："沿海都在干，咱也不能放跑了机会，咱要办造纸厂，办一家股份制企业。"

燕振昌这里热情如火，但张汉卿听了，直接就把一盆冷水给他泼了过来。张汉卿说："你说办股份制企业，哪有那么容易？你说四六入股，集体以土地入股占六，个人以资金入股占四，你这想法好是好，可一股3万块钱，谁有3万块钱？我是没有，就算入一股，我得找多少家才能凑齐这3万？再说了，虽然有工业局支持，但能保证造纸厂将来建成了有好生意？还有就是，现在这股份制企业在内地还没有兴起来，咱也没有办股份制企业的经验，要是办砸了，可咋办？"

张汉卿一下子不能接受，有点儿急躁。燕振昌听了反而冷静下来，他继续劝说张汉卿。燕振昌说："办股份制企业的事，我想了有一百遍，咱必须得办，咱不能不办。你也看到了，土地包产到户后，集体原有的企业也分崩离析，原来咱们村集体一年能收入30多万，现在几乎一分钱都没有。这么大一个村子，没有钱，咱咋给群众办事？如果不是原来集体还有一些钱，现在村上就没法办了，总不能连慰问个五保户，咱都拿不出一分钱吧？咱这么大一个村子，往后花钱的地方多着呢，如果不搞企业，断了集体经济收入，修个桥、铺个路、栽棵树，大事小事都办不成，咱村干部说话还灵不灵？老

幸福是什么

百姓还要咱这干部干啥？如果这样下去，那农村党组织不就完了？你是村主任，我是村支书，咱是村里的领头人，咱得敢担敢当，我想干，你得支持我！咱俩必须得拧成一股绳，拼上去把这件事干成了。咱得相信，跟着党和国家的政策走，这条路不会错！"

话说到这个份上，张汉卿知道，燕振昌这是下了决心要干。说句心里话，张汉卿对燕振昌也是信得过的，从他当村支书以来，他要干的事没有一件没干成的，这次搞股份制企业，燕振昌也一定在心里想了一百遍。

张汉卿最后终于表态："干，是死是活，跟着你干，赔了大不了拉棍儿要饭去！"

今天，早已退休的张汉卿说起这些事情，对当时的情景还记忆犹新。他说，当时完全就是被燕振昌逼到死角了，不干不中，其实心里对办这啥股份制企业，确确实实没有一点底儿，把所有的"宝"都押到燕振昌身上了，就信他！

就这样，在他们两个人的带头下，村里的党员干部群众入股资金几十万，在县工业局的帮助下，最后建成了水磨河村的造纸厂，成为水磨河村的第一家股份制企业。

水磨河村人当时并不知道，他们"史无前例""心有余悸""贼大胆儿"尝试着建起来的这家股份制企业，竟然是长葛市第一家、河南省第一批股份制企业。

造纸厂投产后，产销两旺，生意很是红火，不仅入股的人有了回报，也让村集体有了收入，更让水磨河村成为办企业的先进村。随着国家大力鼓励股份制企业的政策的推广，水磨河村股份制企业开始进入遍地开花的发展阶段。几年之间，全村党员干部群众，先后创办了铸钢厂、淀粉厂、瓷厂等股份制企业，入股资金达到 800

多万元，水磨河村一跃成为当时长葛市第一个工农业总产值超过亿元的村庄。

2014 年，全村企业总产值突破了 5 亿元。老百姓编了歌谣，表达他们对水磨河村美好生活的赞美之情：

> 住在水磨河，强似在长葛；
> 东西商业街，商品种类多；
> 孩子上学好，花钱又不多；
> 打工不出村，工资有着落；
> 老人晚年乐，家庭幸福多；
> 闲暇有地逛，跳舞又唱歌；
> 西游幸福湖，东看大运河；
> 环境空气好，夸我水磨河。

四

一方水土养一方人。千百年来，水磨河人不论生活幸福或是艰辛，都不忘歌舞娱乐，豁达生活。也正是因为这个传统，近代以来，水磨河村的戏曲表演非常有名，而且出了不少唱戏的名角儿，分布在河南省各地。在水磨河村，大人小孩都爱戏，不管是穷日子还是富日子，都能听到水磨河人在唱戏。

然而世事变迁，时代不同了，每个村子也需要随时代而变。在水磨河村，由于本村连一个完整的小学都没有，孩子们上几年小学就要到外村去上学，很不方便。很多孩子干脆就辍学，跟着戏班子跑，跟着戏班子学戏，都把学戏当成了正经事儿。

燕振昌当村支书以前，水磨河村就没有发现谁是通过学习考上大学成才的，只出了他和老伴儿张改真两个高中生。他任村党支部书记以来，打了粮，盖了房，修了路，种了树，办了企业，挣了钱，村子一天比一天好。但村子里戏风盛行，孩子们不爱上学爱看戏、爱学戏的现象，成为燕振昌的一块心病。

更让人难受的是，水磨河村和周边的村子，那时还流传着一首民谣："水磨河，路走错，光好唱戏不办学；台上假官假朝廷，台下真官没一个。"这首民谣，燕振昌过去听过，但无暇顾及。现在听到这首民谣，就像一把刀子剜在他心里，就像一个巴掌扇在他脸上。

燕振昌召开党员干部会，说出了他的想法和办法。他说："咱村人爱看戏，不上学，不光怨群众，也怨咱村里，怨咱村干部没把村里的事情办好。咱水磨河村到现在连一所完整的小学都没有，孩子们还要顶风冒雨跑到外村去上学，这也是他们不愿上学爱看戏的根源。上了岁数的人爱看戏，那是这么多年养成的习惯，谁叫咱村文化生活少呢。为了改变这种现象，咱要建文化广场，建学校，要买电影放映机放电影，要鼓励孩子们上学，鼓励家长们支持孩子们上学。只要咱把条件创造好，把风气引导好，就不怕撵不走戏班子，育不出人才来！"

水磨河村的电影放映机真的买来了，村里配备了电影放映员，天天晚上在村委会大院放电影。有故事片，有戏曲片，有农业科技片，内容很精彩，把男女老少都吸引到了村委会。

在村委会对面，村里做工作将两家企业搬出去，在那里修建了水磨河村的文化广场。这里有流水，有喷泉，有凉亭，还有花草树木，村民们可以来跳舞唱歌，也可以锻炼身体，一边看风景，一边谈天说地，每天吸引了不少人。

光有这些招数还不够，根本上是要建好学校，为孩子们的学习提供好环境、创造好条件。水磨河村原来只有一个不完备的小学，仅有4个教室，学生在这里只能上4年学，小学都不能毕业。1979年，村里为学校扩建10间青砖红瓦房，建成了一个完备的小学；1981年10月，水磨河村开始建设全县第一个"百米长廊"的两层教学楼，水磨河村小学成了全县农村最好的小学校；1990年，学校再次扩建校舍1200平方米，使水磨河村小学不但容得下全村的学生上学，还容纳了周围村庄的一部分学生。

村里有了小学，但还没有初中，孩子们上中学还要到外村去。1993年，燕振昌主持村"两委"开会决定："不管有多少困难，都要发动全村的力量，有钱出钱，有力出力，有东西兑东西，哪怕你兑上一根棍儿、一块砖，都算是你对水磨河村的贡献。"

在燕振昌的亲自主抓下，村里从第八村民组、第九村民组划出土地18亩，先后筹集资金45万元，全力建设水磨河村的中学。1994年，水磨河村终于建成了一幢1050平方米的三层教学楼，外加104间青砖红瓦房，后来命名为"坡胡镇第二中学"。

2004年，水磨河村对坡湖镇第二中学进行改造扩建，建成了长葛市第一所农村封闭式学校。至此，水磨河村从最初的草房、瓦房、平房，经过一次次重修学校，不但有了高质量的小学，而且将水磨河村的中学，建成了长葛市第二十三中学！

水磨河村的人都知道，每一次在建设学校的过程中，老书记燕振昌都特别操心。他几乎天天都往学校跑，每天晚上都骑着自行车，去学校查看两遍，有时还在学校工地上值班。

他的老伴儿张改真劝他说："你都这么大年纪了，半夜三更咋总是往学校跑？摔一下，磕一下，受罪的都是你。"燕振昌说："每一块砖、每一根钢筋，都来之不易，都是村民们的心血，我多跑跑、多看看，只有好处，没有坏处。"小学建好了，中学也建好了，还建成了长葛市农村最好的学校。为了建学校，燕振昌可以说是呕心沥血，操碎了心。

燕振昌认为，光有好学校好老师还不够，还要在村里树立一种读书、教书、育儿成才的好风气。他召集村委会研究决定，把每年的8月28日定为"欢送大学生"的日子。每到这一天，村里都要敲锣打鼓召开表彰会，为那些考上大学的学生发奖金，为培养出大学生的家庭发奖牌，而且让这些大学生和家长披红戴花，上主席台发言。

后来，村里又把欢送大学生的日子改为每年九九重阳节这一天，不光要欢送大学生，还要表彰"敬老孝亲""好儿子""好媳妇""五好家庭""十佳青年"，并给全村70岁以上的老人发米、发面、发补贴。九九重阳节这天，是水磨河村非常隆重的一天，村委会的院子里红旗招展，锣鼓喧天，被表彰的人披红挂绿，无上荣光。

五

2008年12月31日，水磨河村村民发现，全村浇灌农田的幸福湖的湖水突然莫名其妙地消失了，仿佛是一夜间蒸发了。幸福湖的水突然干涸，导致附近 3 个乡镇、23 个村、近 4 万口人的吃水和灌溉霎时出现了严重困难。水究竟去哪儿了？太奇怪了！

水磨河村从来不缺水，村西的幸福湖浇灌着全村 90% 的农田。但这一切却戛然而止，湖水神秘消失。那天，燕振昌焦虑地在日记中写道："村民发现，幸福湖突然干了……"

昔日的水磨河村，一扁担深就能提出一桶水的吃水井，最后打到 100 米、200 米甚至 300 米也见不到水的影子，4000 多亩庄稼地开始绝收。水究竟去哪儿了？ 2009 年，细心的村民张海林发现，这边幸福湖湖水凭空消失，而附近的平禹煤矿却在用 4 个大水泵 24 小时不间断地往外抽水。张海林突然想到，幸福湖的水没了，会不会与平禹煤矿有关？为什么他们能天天抽水，幸福湖却突然一滴水都没了？张海林立即将这个情况报告给了燕振昌。燕振昌推断，湖水消失，应该与煤矿的透水事故有关。

此后，燕振昌想方设法来到平禹煤矿暗中调查，发现张海林报告的情况确实属实，由此基本断定，就是平禹煤矿透水事故引起的幸福湖断水干涸。这个事情协调、解决难度很大。3 个乡镇、20 多个村的老百姓为水的事情都快要急疯了，很多村庄的村民暗中串联，甚至有几个村的支书还是挑头人。一场大规模的上访，眼看一触即发。

听闻消息的燕振昌，知道事态严重，他除了安抚本村的百姓，还不顾年近七旬的高龄，四处奔走，劝慰那些准备上访的村支书和群情激奋的村民。燕振昌说："咱们得相信党和政府。我向你们保证，无论多难，我一定把这个问题解决，请大家相信我燕振昌！无论如何，我们都会把幸福湖的水找回来，得给子孙后代留一方清水。"

为此，燕振昌开始一次一次给各级领导写信，一次一次到各有关部门奔走，汇报反映幸福湖的情况。燕振昌每次见到有关领导，态度都很诚恳，他多次说："我燕振昌是共产党员，我不是来向领导告状的，我是来为老百姓请命的。"

2013年夏，第一批党的群众路线教育实践活动开展时，燕振昌向前来调研的河南省纪委副书记齐新安汇报了长葛西部的吃水难题，引起了齐书记的高度重视。他告诉燕振昌："你在水磨河村和地方上继续做好稳定民心的工作，我会尽快处理这件事，你等消息。"

几天后，由河南省水利厅等几个部门组成专案组，来到长葛实地勘察论证幸福湖水无故消失的疑难问题。经过专案组专家们的认真调查、科学论证，平禹煤矿透水导致幸福湖湖水干涸的事实终于得到确认。

2013年10月，投资一亿一千万元的长葛市西部引水灌溉工程正式得到批复——该项目通过引平禹一矿矿井排水入长葛，注入幸福湖，同时配套建设两万五千六百亩田间灌溉工程。

2014年12月，此项关乎数万老百姓生产生活的水利工程顺利完工。干涸了6年的幸福湖，终于重回人间，碧波荡漾，生机一片。万千百姓，欢呼雀跃，奔走相告，热泪盈眶……

（《人民文学》2019年第7期刊载）

一个人和一座城市

记全国优秀市委书记秦振华

◎ 庞瑞垠

1986 年 9 月 16 日，对于张家港人来说，是个历史性的日子。这一天，国务院批准撤销沙洲县，设立张家港市（县级），市人民政府所在地为杨舍镇。它位于长江下游南岸，北滨长江，与南通、如皋、靖江相望；南临太湖，与无锡、苏州相邻；东连常熟、太仓，距上海 98 公里；西接江阴、常州，距南京 200 公里。全市总面积998.48 平方公里，约占国土面积的万分之一。改革开放以来，张家港取得了明显的进步。1991 年，在中国农村综合实力百强县（市）评比中，位列第七。不过，就经济总量而言，在苏州所属六个县（市）中，它仍排在后面。

一个设市才仅仅几年的蕞尔小城，对绝大多数国人来说还是陌生的，有一则流布甚广的传说：一年，有海外来信寄往张家港，半年之后才收到，颇令人纳闷，一看信封上面盖有张家界和张家口的邮戳，一时间，收信人哭笑不得。张家港的名头什么时候才能响起来呢？不用急，快了！

不久，张家港乡亲们的老熟人秦振华被任命为中共张家港市委员会书记，时间是 1992 年 1 月 24 日。

那年，秦振华已经 56 岁了。

打擂："三超一争"

　　尽管也有杂音，但无妨大局，秦振华被推上了张家港市委一把手的位置。他是个自信心极强的人，他没有奢望也不渴求，但当省委作出这个重要决定时，他也并不激动，似乎觉得是情理之中的事，自己毕竟花了14年时间管理杨舍镇，并让这个苏州所辖六个县的城关镇中最落后的镇发生了巨大变化，成了所有乡镇的排头兵。可以把张家港看成是放大了的杨舍镇，只要团结带领好市委一班人，紧紧依靠全市广大人民群众，他不信张家港搞不出名堂。

　　可是，冷静下来再想想，事情并没有那么简单。张家港的经济基础太薄弱了，他翻看了财政报表，去年年底，全市财政收入只有两亿两千五百万，可用财力除了要农村修桥补路外，还有三千万要付工资，是个吃饭财政，一分钱都不能用。要在这片土地上谋发展，求大变，谈何容易？但如果抱残守缺，循序渐进，那又要他这个市委书记做什么呢？他生就一副不服输、拼命干的脾性，困难客观存在，像张家港这样的现状必须超常规发展，必须让干部上紧发条，任务加码，破釜沉舟，背水一战。琢磨来琢磨去，他想好了一个目标，就在他被任命后的第一次市委常委会上，他亮出了底牌，宣布张家港三年奋斗目标为"三超一争"。

　　"具体来说，就是工业超常熟，外贸超吴江，城建超昆山，各项工作争第一。"秦振华说，"不这样，我们张家港只能永远落在人家后面，那就对不起老百姓，不配坐这个位置。"

沙洲宾馆二楼会议室内一片沉寂，除了他的说话声，就是他的指关节敲击桌面的声音，与会者瞠目结舌，"秦大胆"就这样，别人不敢想的他敢想，别人不敢说的，他敢说。他这个人谁都知道，从来是说一不二，会上没有人提出异议，可是，一个个心里都在想，这可能吗？

是啊，张家港与这三个县（市）差一大截子哩，"赶"都很吃力，还谈什么"超"？三个县（市）的实际情况放在那儿，那就看看吧！

常熟有 3000 年的历史（张家港自沙洲建县算起才 30 年），工业发达，基础雄厚，经济实力在苏州六县（市）中独占鳌头。1991 年，该市工业总产值比张家港多 14 亿元。

吴江，有盛产丝绸的传统优势，外贸出口已连续 9 年在江苏省夺冠。1991 年度完成外贸出口供货额 20.77 亿元，名列全国各县（市）榜首。是年，张家港市完成外贸出口供货额 17.8 亿元，与吴江有近 3 亿元的差距。

昆山，紧靠大上海，交通便捷，区位优势得天独厚，城建改造起步早，投入大。随着全国首家自费工业开发区的成功建设，一座现代化工业城市的格局已基本形成，全市 20 个镇也都改变了面貌。反观张家港即使是市政府所在地的杨舍镇还没有一条像样的路，像样的街，也没有个闹市区，干净是相当干净，但依然是原先零乱的布局。

显然，张家港要想超过这三个县（市）难度可想而知。至于"各项工作争第一"也就是全面争第一，这也不是轻易就能办到的。

秦振华的"三超一争"就是在张家港摆擂台打擂，他是主动挑战。然而，张家港的实力，仿佛是一个轻量级的拳击手挨个去打三个重量级的拳击手，不在一个档次，怕一两个回合就要被打趴在地。人们普遍感到担忧。

"三超一争"的口号很快不胫而走。常熟、吴江、昆山三地的头儿都坐不住了，普遍感到震惊，但反应各不相同。

有的说："他老秦以为我们在睡大头觉，由着他去'超'啊！我们也在干。"

又有人说："想超过我们当然好，可看看张家港那个样儿，可能吗？"还有人说："千万别低估了秦振华这家伙，他啥事都能干得出，我们一点都松懈不得！"

这时，高德正，这位原沙洲县委书记，现任省委常委、常务副省长拨通了秦振华的电话，大喇叭喉咙直喊："'三超一争'，关键是外贸超吴江，出口产品科技含量高，只要超吴江，其他都可以拿下来。一超带两超。张家港大有希望。"

"对，对，那是一定的，外资、外贸、外经，三外一齐上！"秦振华的嗓门也不小。

秦振华没有读过多少书，但他有丰富的实践经验，实践出真知。因而，他看问题触微洞幽，往往比别人深透。就以"三超一争"这口号来说，他事先就想到提出来之后会引起争议，但他不是一时心血来潮。不错，张家港不少方面不如人，但是，它却有其他县（市）不具备的优势，那就是它有一个"金喉咙"——张家港。

长江流经张家港市境，沿江顺直，水深贴岸，后方陆域平坦开阔。这一段长江岸线西起江阴的长山，东至常熟福山，全长63公里，其中深水岸线有35公里，是长江下游最好的港口之一。尤其是双山岛以下至西界港，江面宽阔，水流缓慢，长约32公里，江面宽

4 至 7 里，可以防风避浪，不冻不淤，是长江内陆难得的黄金江岸天然良港，可常年进行港口装卸作业，万吨级外轮可以进出自如。再说，张家港由于地处经济实力强劲的长江三角洲腹地，发展临港经济具有得天独厚的优势。

感谢母亲河长江的眷顾和恩赐。

事实上，1986 年撤县建市以来，张家港市奉行以港兴市和沿江开发战略，在基础设施建设和营造投资环境上面也做了不少工作，只因主客观条件所限，发展力度不大。秦振华上手之后，以港兴市和沿江开发是作为重大战略来谋划和实施的，这便是他"三超一争"的底牌。正是有了这张底牌，他才敢于向常熟、吴江、昆山叫板。常、吴、昆原本底气就足，自然是沉着应战，结局如何，让时间来回答吧！

到南方去"借东风"

改革开放，国门打开，南方成为一处强大的磁场，特别是厦门、深圳、珠海、汕头四个特区以及广东的顺德、东莞、中山、佛山等县（市），吸引着成千上万的内地人如过江之鲫纷至沓来。"深圳速度"世界第一，先行先试，成果累累，秦振华也按捺不住那颗躁动的心，1992 年上任才个把星期，他带领张家港市市委市政府负责人、市级机关主要领导、乡镇党委书记和企业经理 100 多人，南下广东，离开张家港时，还春寒料峭，到了广东已是春风扑面。

秦振华一行一鼓作气跑了 12 天，白天参观，晚上开会，分析、表态、总结、动员。他们从深圳开始，先后去了中山、珠海、江门、东莞、顺德等 7 座城市和 21 家企业。秦振华感到脚下的每一寸土地都热气腾腾，到底是改革开放的前沿啊！在深圳，市委书记厉有为接见了他们，还特地介绍他们去了蛇口工业园区，听了园区管委会主任袁庚的报告，招商局引入境外大项目的做法，尤其令他们神往，再看看工业园，外企云集，已有相当大的规模，而几年前这里还是一片不毛之地，他们看了还想看，流连忘返。秦振华不由得联想到此前杨舍引进的项目，数量少，规模小，跟这里比，差距太大了。再看顺德的电器，有冰箱、空调、微波炉；中山、东莞的来料加工；珠海的填海造田，各地都在大规模地修路。顺德区负责人说："大路大发小路小发，无路不发。"这话对秦振华触动太大，"要想富，先修路"，道理谁都知道，人家广东就是这么干的，反观张家港，多少年了，还是那几条路，怎么富呀！

记得那天在深圳就餐时，秦振华和厉有为挨着坐，两人谈得很投契。厉有为对他说："老秦，改革开放，不能搞一刀切，各地有各地的情况。中央的精神要结合本地实际来做。"

"哎呀，你说得太好了！这才叫实事求是啊！"秦振华很是兴奋地回应。

在珠海，市委书记梁广大向他们介绍了这座城市崛起的历程，语带感情，一身豪气。告诉他们产业配置、城市格局虽然与深圳有别，但都是放开手脚在干。

厉有为、袁庚、梁广大都是改革开放的风云人物、先行者，他们身上有许多东西值得学习。秦振华想：别人说我是"秦大胆"，比起他们来，我做的一切算什么呢？

白天紧张的参观行程，每个人都觉得很累，晚上想早点休息，可秦振华不放过他们，每晚开会交流参观、学习的认识体会，总要忙到凌晨 1 点多，有 7 个年轻人病了。会议的气氛依然十分活跃。

"干事业不能光是嘴上说得好听，实干兴邦，空谈误国。"秦振华说，"到南方，不是来玩的，要真心实意地学人家，把精神实质学到手。"

随行的市委办公室主任顾栋才悄悄地问："秦书记，你累不累？"

"怎么不累？"秦振华一瞪眼，"我又不是神仙。只是，到南方一看我的脚都发软了，我急，我们张家港跟人家比，少说也有十年八年差距，我累是累，能躺倒吗？在苏州，我提'三超一争'，在这里，倒是要下大力气来赶。"

紧锣密鼓结束了这次行程，秦振华一行转道广州回归，夜间航班。就在白云机场停机坪，紧急召开了市委常委会议，秦振华又拿起电话拨通了留守在家的市长沈澍东的电话：

"沈市长，来广东参观学习，他们一条重要经验是大路大发，小路小发，无路不发。"他绕到人少的地方，冲着话筒大声说，"刚才几个常委商量决定，张杨公路立即'上马'，你得抓紧筹备。"

"明天，你们不就回来了吗？等你回来再说吧！"沈澍东说。

"不行，等不及了，你连夜跟有关部门打招呼。"秦振华的目光转向舷梯，"好，就这样，我就要登机了。"他的心，此刻真是火急火燎。

第二天一回到张家港，顾不上休息，就找沈澍东交换情况，并一致认定：张杨公路要搞快搞大，新建拓建，确保质量。勘测设计，资金筹措等工作要抓紧进行。同时，两人还就港口开发、外向型经济、城市建设等事项议论了一番，等常委会上商定。

决　策

按照规划，张杨公路西起南沙镇、港区镇，经后塍镇、泗港镇、杨舍镇、东莱镇、乘航镇至鹿苑镇，全长 35 公里，双向六车道，两边另有人行道，70 米路基，50 米路面，两侧各为 2 米绿化带和宽 5 米的非机动车道，全线安装路灯，系实施城市街道式管理的高等级公路。按常规这条公路从施工到竣工通车，最快也得 3 年时间，可秦振华等不及，要求一年半完成，而且不是全封闭施工，不能妨碍车辆正常通行。

一年半新建这样一条高等级公路，不是嘴上说说就奏效的。秦振华本人也感到任务艰巨，是不折不扣的"负重奋进"，而整个工程的关键是人、财、物三大要素。

首先是人，这副重担交给谁挑？秦振华将市委常委一班人逐一在头脑里过，觉得点将点到谁，谁都会不辱使命，拼命去干。对此，他毫不怀疑。他殚思竭虑，权衡再三，挑中了市委副书记兼纪委书记顾泽芬，不仅因为她分管城市建设，更看中她的为人和素质。顾泽芬于 20 世纪 60 年代初参加工作，20 多岁就担任了乘航公社党委书记，可以说是出类拔萃。许多人至今还记得，那时，她爱人在部队，儿子寄养在别人家，她一心扑在事业上，短发，卷着裤腿，风尘仆仆，工作既有魄力又很细致，善解人意，做群众工作、思想工作有一套方法。纪委书记任上，反腐倡廉也颇有成效。拿定主意，秦振华跟顾泽芬见了面，两人之间谈话，从来是直来直去，不绕弯子。

"泽芬，又要给你压担子了。"秦振华说。

"让我抓张杨公路，是吧？"顾泽芬心领神会。

"还真让你猜到了，"秦振华笑道，"你当总指挥，重大问题我直接过问，再给你配几个得力助手，设立张杨公路建设指挥部。"

"行！"顾泽芬很干脆，"有你信任，我会全力以赴。"

"我让顾胖子、丁云桂跟着你干，做你的左右手。"

谈话时间很短，顾泽芬走后，秦振华又抓起电话分别给顾洪达、丁云桂通气。

秦振华先拨通了顾洪达的电话，声音很响："顾胖子，从今天起，你把手里的工作全放下，到张杨公路去，协助顾副书记，一年半给我拿下来。"

"好差事，好差事，"电话那头，顾洪达直笑，"我就知道一有苦活、累活，秦书记你就想到了我。"

"怎么，不想去？"

"哪能呢？不去，我的屁股不被你打烂才怪哩！"电话里又传来一阵大笑。

顾胖子，大名顾洪达，一米七八的个头，肥胖的身躯，走起路来像堵移动的墙。他跟秦振华是老熟人了，此人是工程兵出身，干了 20 年，正准备提副团时，1984 年"百万大裁军"，工程兵整建制撤销，他转业回到家乡沙洲，担任市政公司经理、书记，从 1984 年到 1991 年，公司党组织关系在杨舍，秦振华是杨舍镇党委书记，凡召开各单位支部书记会议，顾洪达都会出席。这样，就与秦振华认识了。他感到这位秦书记很厉害，工作要求特别严，人人都怕他。幸好市政公司行政上属市建设局管，这样，他与秦振华接触不多。不多就好，少挨骂。谁知1991年秦振华被任命为市委副书记兼杨舍书记，分管全市城建，这一来，两人几乎天天在一起。厕所改造、道路维修、路灯安置、绿化、自来水环卫所，他都得管，每天要到秦振华那里汇报，秦振华下令他执行。期间，秦振华还带领一批人到山东威海、泰安、青州参观城市建设，他也随行。秦振华说："天下无难事，只要肯登攀。我们张家港搞城建，需要的也正是这种精神。"顾洪达对秦振华所言所行由衷地佩服。后来，他在秦振华领导下修东海路，改造城市主干道长安路，都得到秦振华的首肯和表扬，1992年，顾洪达被提拔为市建委副主任。

一句话，秦振华觉得顾胖子得心应手，点他的将，是再自然不过了。

秦振华刚刚提到的丁云桂，曾任市工商局局长，现在是交通局局长。考虑到新建张杨公路，筹措资金是件麻烦事，牵扯到全社会，个人捐赠、企业赞助，大宗得靠银行贷款，以及日后的银行还款，这些事，丁云桂过去就经历过，无须摸着石头过河，相对于其他人要好办一些。

"你是临时将我调出来建张杨公路，还是……"丁云桂问。

"专职新建张杨公路。"秦振华口气很硬，"这事，我已跟顾泽芬副书记交换过意见，调你是让你给她当助手。有什么想法？"

"没有。"丁云桂简短作了回答。

人的问题定下了，下面就是财与物，这就要靠顾泽芬他们去运筹了。

匡算一下，张杨公路新建工程需要近3亿元，而张家港全市一年的财政收入（全口径）才 2.5 亿元。几个亿在今天不算什么，笔者在写作江苏百年铁路变迁史《大道无垠》时了解到，修建京沪高铁，一公里就要花费一个亿。可是，将近 20 年前，一个亿那绝对是天文数字。张家港一年财政收入也不够新建一条张杨公路之需，何况，张家港要全面发展，方方面面都要钱，秦振华再怎么重视，也不可能把钱都砸在张杨公路上。

秦振华整天忙得屁股不落板凳，可再忙，每天都要打电话给顾泽芬询问进展。

一天，他直接来到公路建设指挥部，一见面就问："泽芬，怎么样？"

"蛮难的，尤其是资金。"

"不难就不会让你来干了。"秦振华说，"大发展，大开放，必然会碰到困难，大干小困难，小干大困难，不干更困难。你会有办法的。"

顾泽芬莞尔一笑，她还能说什么呢？眼下，国家宏观调控，银根紧缩，为筹措筑路资金费尽心机，伤透脑筋，身边的人都知道，为了建路资金，她"自加压力"，四处奔走。

靠向社会发放债券筹集资金，是个办法，但数额有限。她只好"向上伸手"，跑到南京去，找省交通厅，指望得到支持。

"你们有没有测算一下，路基 70 米，路面 50 米，修这么大的路，你张家港有多少车要开？"接见她的一位副厅长语带责备地说。

"我们是从长远考虑，以港兴市，要搞港口开发、保税区，新建这条路还是需要的。"顾泽芬试图解释。

"如今，一级公路才 7 米，204 国道不到 10 米，你们却要 50 米，大把钞票投下去，怎么产出？派什么用场？"

顾泽芬感到无望，便起身告辞了。

回来向秦振华汇报，秦振华只说："交通厅这条路走不通，再找一条路，办法总比困难多，你肯定行！"

顾泽芬又陷入苦思冥想中，出路在哪里呢？

再说"三要素"中的物，涉及勘测设计，施工队伍，房屋拆迁，土方填筑（石子、水泥、造桥钢筋等），这也不是一蹴而就的。顾洪达、丁云桂也是废寝忘食，四处奔波。顾胖子晒黑了，人瘦了一圈。"瘦了些好，动作利索了。"他倒豁达，自我调侃，跟丁云桂相互打气，拍着腰板说："就算把这二百斤全撂出去，也要把整个工程拿下。"

"我的想法跟你略有不同，我们既要给秦书记交一份完美的答卷，人也不能累趴下，下面还有事要做哩！他不会让我们闲着的。"丁云桂说。

攻坚克难奏凯歌

稍有常识的人都知道，搞工程，如受到资金的困扰，一旦上马，搞搞停停，那是最糟糕的事。当然，也不能等钞票全部到手再干，那样耽搁时间延误工期，所以只能同步进行。

也算是机缘巧合，市交通局有 12 名刚分配来的大中专毕业生，在副局长汤德保和测量队长胡文虎率领下开赴工地，他们夜以继日，连续苦战，不到一个月，便拿出了全套规划图纸和各类数据。其中 6

个小青年累得住院打吊针，可谁也没抱怨，都为能参与这项工程而自豪。经测算，整个工程需 10 万吨水泥、6.5 万吨石灰、7.3 万吨粉煤灰、24 万吨黄沙、80 万吨碎石，还有 135 万立方米的土方任务。

土方任务，主要是路基需要，顾泽芬把它交给交通局，再由交通局协调沿线各乡镇，"谁家的娃娃谁家抱"，在自己的地段内按指挥部统一规划的时间内完成。

顾洪达的市政工程公司是工程承建单位，前期工作是在已有勘测图纸的基础上设计建设图纸和备料。

先找到上海某设计院，他带总工程师卢永俭一起去，以便回答一些专业性问题。可是，一见面对方就问："支付设计费用没问题吧？"

顾胖子是个直性子人，一听心中就不快活，怎么一开口就是钞票呢？但再一想也难怪，商品社会嘛，况且，他是来求人家的，因此，爽快回答："没问题。"

第二天，对方派了人来，在工地转了转，许诺尽快派人到现场。

谁知等了一周，也不见人影。顾洪达急了，赶紧派人去催，那边回答："再商量商量，上海的任务也紧啊，你们再等几天。"这一等又是半个月，没人来，电话倒是过来了，说："你们的公路一年半建成，而我们设计就要一年，不可能！"

时间浪费了半个月，这让顾洪达很恼火，就决定不要他们干了。

那时，搞个体设计的也有，不正规，且没有资质证明，万一出了事不得了。于是，他找到另外一家设计院，亲自出马请他们帮帮忙。事情很快就谈成了，没两天就派人来张家港现场设计，边设计边施工，测量后，定标高，涉及路基、河道、桥梁、桥台等。吃住，顾洪达全包了，合作挺愉快。

接下来，是施工队伍。1992 年，全国就是一个大工地，到处都在搞建设，各工程队都吃得饱饱的，很难找。而且，张杨公路要求工程技术人员资质可靠，技术过硬，还要有大型、重型施工机械设备。倘若路基压不实，造成坍塌，后果不堪设想。市政公司有 5 支工程队，其中 2 支在苏州，2 支在浙江，家里只有 1 支。在外面干活，收入高，回来不只没钱赚，还得赔，但工程迫在眉睫，只好叫回来。此外，他们又从宿迁、金坛、常州、泰兴等地招了几支工程队，实行包干制，分段施工，以保证如期完工。

再有，就是备料。因为正处于建设高潮，材料比施工队伍还要难找，到处都在抢，水泥、钢材、石子奇缺。这时，保税区也在动，周边有的小山被它包了，又不好"兄弟阋于墙"。到安徽、浙江去买，车载船运供不应求。打听到江阴有家采石场，顾洪达亲自出马去见老板，事情就这么定了，此人将其生产的石子全部供应给了张杨公路。

后来，顾洪达又把各施工队项目经理找到指挥部开会，据实说明当前材料紧缺状况，让他们自己想办法，找门路去搞材料，而他则及时制定了统一的标准，要求他们照章行事。至于盈亏，他们自己负责。为了加快工程进度，也为了节省施工成本，各个工程队都暗中较劲，各显神通。这一着还真见效，建设材料因此源源不断运达工地。

设计、队伍、材料三大难题逐一得以克服，而筹集资金的事也有了很大进展。先是丁云桂数次到省交通厅，软磨硬泡，争取到交通厅批准，张家港设置北桥收费站，以收费还贷款。

在此期间，顾泽芬除了过问指挥部辖下的正常工作，仍把筹资放在重要位置，先后三次赴京，找国家发改委和金融部门。通常都

最美
奋斗者

是一大早从上海飞过去，晚间再飞回来，比张家港乡下到杨舍还要快。后来，她联系上了中国建设银行行长王岐山，把修建张杨公路的事跟他说了。

"多少投入？"王岐山问。

"将近4个亿。"

"也不算多嘛，"王岐山沉吟半晌说，"这样吧，我借给你们9000万。"

"是吗？"顾泽芬喜出望外，"王行长，太感谢你了，我们借期一到就还，张家港人是说话算话的。"

"钱又不是我王岐山的，公对公，我不怕你赖账。"王岐山风趣地说。车子开到梅地亚，顾泽芬要下车了，王岐山将车停下，叮嘱道："明天你就去建行办手续，我会向他们交代的。"

第二天去建行办完货款手续，当晚，顾泽芬从北京飞到上海，回到张家港。她看看手表，估计秦振华还在办公室，于是让司机直奔市委。果真，秦振华办公室的灯还亮着，她也顾不上敲门，闯了进去，说："建行贷了9000万，王岐山这人精明干练，决策果断啊！"

"这个人厉害！"秦振华目光闪亮，"等张杨路建成，等张家港有大出息了，请他过来看看。凡是帮助过我们的人，一个都不能忘。"秦振华说着，看了看已显疲惫的顾泽芬。

关 键 时 刻

一条县（市）级修建的公路，云集了 7 支施工队，3000 多名筑路工人，260 多台大型筑路机械和运输车辆，到处是奋战的人群，到处是机械的轰鸣，场面何等壮观。各施工单位日夜轮班，在确保工程质量的前提下，抢抓工程进度，工程质量监理人员分段包干负责，吃住在各施工队，一丝不苟严格按标准监管工程质量，凡不达标的，坚决返工重来，坚持百年大计，质量第一。

节假日不休息，晚上加班干，公司领导每天坚持在工地一线解决技术和质量问题，关键工程夜晚跟班作业，只讲奉献，不计报酬，起到了表率带动作用。

秦振华三天两头来工地，了解工程进度，检查工程质量，关心职工生活，现场解决一些实际问题。整个工程在顺利地向前推进，当工程已拿下一半，顾洪达发觉工地气氛不对头，有几支外地施工队出现了"磨洋工"现象，精神不振，懒懒散散，有的干脆停工不干了。一了解，原来是一家报纸上的文章引发的。那篇文章含沙射影地说："苏南有个县级市，一口想吃个胖子，修公路像飞机场……"就因为这，外面谣传很多，有的说："报纸在骂秦振华了。"有的说："张杨公路负债施工，工资都发不出。"谣传不胫而走，也流布到张杨公路延绵数十里的工地上，顾洪达感到事态的严重，如任其蔓延，工程进度肯定要受影响，势必要打乱市委的战略部署，影响全局。

因而，他向工人们解释，让他们不要相信这些说法，但收效不大。

就在这个当口，一天，秦振华来到泗港镇施工现场，平时，他下来后面总跟着一批人，那是与公路建设有关的单位负责人。今天，他只带了一名司机。这一段路基已平整压实，车停下，一眼看到在场的顾洪达。

"这几天，情况怎么样？"秦振华问。

顾洪达将施工队思想动态、施工进度停滞以及自己的担忧，一股脑儿说了出来。

"我已估计到工地思想混乱，这不奇怪。"秦振华说，"那篇文章影响很坏，但只要我们的工程经得起实践的检验，就没有什么好顾忌的，不要听他们的，加快施工，一定要保证质量。否则，人家又有话要讲。"

"现在工人最担心的是工资会不会照发。"

"人之常情。"秦振华说，"你立即召开各工程队会议，告诉他们就说我秦振华说的，工程款一分钱不欠，按照施工进度全部支给，不能让别人说张家港没钱，负债施工。"

"好，午后，我就开会传达您的指示。"

"要让广大工人明白这条路对张家港的重要性，要相信市委的决策是正确的，不会因社会上这样那样的传言而停建，要求他们一天也不能停工，哪怕加班加点也要保证按时按质完成承包任务。"秦振华说。

关键时刻，秦振华的到来，起到了安定人心的作用。当月的工程款如数发放，谣言不攻自破，激发了广大技术人员和工人的积极性，3000名建设工人拧成一股绳，坚持不懈地将工程向前推进。

春风春雨春色，又是一年新春到。1993年大年初一，秦振华、沈澍东、顾泽芬等人来到鹿苑工地慰问。按工程指挥部规定，昨天除夕，下午放假。今天上午放假，下午上班干活。此时，有的工人在路基一侧放鞭炮，有的在工棚里睡觉，也有的在大型机械旁检查装备……秦振华跟慰问团的人一道将慰问品发到施工人员手中，跟他们随便地拉家常，感谢他们为张家港而舍小家顾大家。工地上一片温暖融洽、亲如一家的气氛。

　　1993年8月，气势不凡的张杨公路全线贯通，比预定计划提前了。它的建成让得天独厚的长江天然良港张家港充分发挥了自身的作用，使正在建设中的保税区成为连接上海、苏州、无锡、常州和苏中、苏北的辐射区。同时，公路贯通了沿线各个乡镇以及省级高新开发区，是张家港跨出国门，走向世界的"金光大道"，也是张家港的一条致富路，改革开放年代的标志性工程。

敢为天下先

　　秦振华吃了豹子胆，张杨公路在争议声中向前延伸尚未竣工，建保税区的事又揽在手上。城市建设、基础设施建设、道路建设和拆迁等已全部动手。相对来说，所有这些工程的大权都掌控在自己手里，而保税区却关涉到方方面面，尤其要得到北京高层的批准。

　　当时，国家只批准了上海外高桥保税区、天津港保税区、深圳沙头角保税区、大连大窑湾保税区、广东黄埔保税区，总计就五个，计划有选择批准的还有一些，宁波、厦门、汕头、珠海、青岛、烟台都急如星火，争相晋京，以求一逞。而在江苏省内，南京、南通、连云港，甚至经济薄弱的镇江，也都在动这个脑筋，动作频频。

事情明摆着，在中国这块土地上的内河港建保税区没有先例，在县级市建保税区更无先例，而土地面积仅占国土面积万分之一的张家港市居然在做这个梦，说出去，百分之一百二没人相信。

但秦振华就是要做这件别人看来完全不可能的事，他是一个思想者更是一个行动者。他从未想过自己的人生之旅会像建成后的张杨公路那样平坦通畅，不，没准是荆棘塞道，厄运突临。那又怎样？他是有充分的思想准备的，他想做的事一定会做，而且，一定要做好，否则，他就不是秦振华了。

秦振华知道，去年 9 月，市委曾就此项目上报苏州市委，据说也呈送了省里，却一直未见动静。形势不等人，必须加快步伐，积极向上争取。

1992 年 1 月 7 日，他接手主持市委工作，两天后便在港区镇召开了市委、市政府、市人大、市政协和市纪委班子负责人会议，作出重新申报建设张家港保税区的重大决策。自此，制定具体规划、申报、选址、动工。一系列工作紧张有序、快马加鞭地在进行。

秦正华又去找苏州市市委书记王敏生，王敏生赏识他，重用他。在王敏生面前，他毫无顾忌，眉飞色舞，呱啦呱啦把心中的蓝图铺展开来。王敏生虑事如水银泻地，十分周密，早在秦振华来之前，已有别的县领导来找过他谈的也是保税区的事。只是，他没轻易表态，一连多天，他一直在盘算此事，并与市委相关领导沟通过，比较来比较去，都认为张家港各方面条件更好些。何况，张家港"三超一争"搅动了一池春水。苏州市六个县（市）都动起来了，那么，再给张家港添把火，让火势烧得更旺一些。从苏州全局来看，也是大有裨益啊。

秦振华说得口干舌燥，王敏生给他递上一杯茶，问道："说完了？"

"完了，请王书记指示。"

"张家港建保税区，市委全力支持。"王敏生说。

"我就猜到王书记会支持的。"秦振华坐不住了，腾地站了起来，难抑激动。

"你这个老秦，"王敏生笑着说，"坐下说，坐下说。"

"有您，有苏州市委支持很重要，"秦振华讷讷地笑了，"还有省委那头，您给说说。"

"行，我向沈书记汇报一下。"王敏生说，"过些日子，你再跑趟南京，当面向他请示。"

"那我等您电话，您跟沈书记通气后，我就去。"

这次见面后的第三天，秦振华驱车直奔省城，找沈达人汇报。沈达人对于秦振华的诉求并未明确表态，只是和颜悦色地说："我知道了，省委会很好研究的。"

秦振华似乎心中有了点儿数，但又不很踏实，他又去拜访省长陈焕友。陈焕友听了汇报，操着他的南通普通话说："张家港的条件不错，甚至可以说很优越，不过，这么大的事，得听听沈书记和其他常委的意见，我们会通盘考虑的，你回去等消息吧！"

书记、省长的话，表达方式不同，但都琢磨不透，他也不便深究。没过几天，省里意见下来了，同意张家港申报保税区，还要他们抓紧申报。

1992年4月，秦振华和沈澍东带领张家港市部分领导和多名工作骨干赴京，召开"张家港经济发展汇报新闻发布会"，主要目的就是抢保税区。

发布会设在人民大会堂吉林厅，由秦振华担任新闻发言人，主持人是沈澍东。与会的国家部长、副部长多达 43 人，还请了两位中央领导：中共中央政治局委员、全国人大常委会副委员长彭冲和副委员长廖汉生。

秦振华的汇报发言，较为全面地介绍了张家港的经济社会发展状况，重点介绍了张家港市临江达海的发展优势，表达了要建保税区的强烈愿望和迫切要求，以及"三超一争"的建设现代化港口工业城市的战略构想。他的发言大开大阖，富有生气，洋溢着时代气息，有很强的感染力。他吁请中央首长和中直各部门领导予以关心、支持，并恭候各位领导方便时莅临张家港视察、指导。

突 破 长 江

1992 年 6 月 7 日，张家港召开市委常委会，迅速部署抢保税区这一重大事项。

第三天，召开规模空前的 4000 人大会，主会场设在大众影剧院，另在沙洲宾馆、杨舍大会堂、江洲宾馆设分会场。

省略了惯用的会议仪式，秦振华直接上台开讲，他"笃笃"敲了两下麦克风，亮着嗓门说："今天，我告诉全市人民一个振奋人心的喜讯，李鹏总理来视察了，还亲自题了字。"他站起来，高高举起题字："大家看到了吧，上面写着'张家港保税区　李鹏　1992 年 5

211

月24日'，这是张家港人千秋万代的大事！"他带头鼓掌庆贺，顿时，台下掌声雷动，经久不息。

接着，他介绍了保税区的功能、作用，特别是对张家港发展的重要性，而后，又部署了一系列要做的工作。

这个会，犹如又点了一把火，烧得张家港城乡热气腾腾，在"团结拼搏，负重奋进，自加压力，敢于争先"的精神激励下，掀起了"以港兴市"的又一个建设新高潮。

李鹏总理视察过后，何椿霖、袁木率领国务院特区办和国务院政策研究室一干人马来到张家港。此前，张家港日夜拼抢，在保税区选址处已完成"七通一平"，1900多户拆迁结束，架设了开阔的围网……边干边等国务院的批准。

秦振华全程陪同何椿霖、袁木考察。

要抢、要争、要占先机，这是秦振华一贯的行事风格。实际上，在李鹏总理来之前，他"先斩后奏"，有些项目已上手在做，且早有成效。

总理题字到了，使他心中踏实多了。有了保税区，意味着张家港领到了经济快速发展、抢先发展的通行证，为沿江经济的发展注入了新的活力。

然而，光有通行证，在秦振华看来，并未真正摆脱被动地位，总不安分、总不满足的他在谋划保税区的同时，就在考虑港口开发权的事儿。开发权也就是印把子，有了港口开发权，就有了自主权，如鱼得水，就能得心应手地与国际接轨，走国际化之路，他下决心要将这个印把子攥在手上，这样张家港段的长江岸线就由张家港负责，说了算。即使国家港务局想在这条岸线内开发也得张家港说了算。为此，秦振华去找交通部部长黄镇东，坦言张家港发展沿江经济，没有开发权等于还被关在笼子里，处处受到制约。黄镇东表示理解，但是，这事他不能拍板，让他去找交通部长江航运管理局面谈。当然，部长是支持的，说会把自己的态度告诉长江航运管理局。于是，秦振华让市委办公室副主任彭建平去武汉打前站。彭建平早年毕业于航运学院，曾在上海船厂干过，调市委之前任交通部张家港港监局副局长、党委书记，年轻、干练、事业心强，对航运管理这档子事非常熟悉。

酷热难耐的 8 月，彭建平同市外贸公司的崔炳林坐汽车奔往武汉，他们从张家港出发，经南京、六安、潜山、太湖、九江、黄石，一路跋涉。车内没有空调，窗户打开，热风阵阵，坐在里面，汗水直流，仿佛在洗桑拿……可是一想到秦振华抢经济发展的急迫心情，啥苦啊累啊都不在话下。那时没有高速公路，历经 8 个多钟头才到武汉。秦振华是乘飞机赶去的，风尘仆仆来到长江航运管理局。局长唐国英，见是张家港来人，连忙打招呼。

秦振华有个习惯，每一次出差，不论是在国内或国外，总是尽可能缩短行程，人在外面心总想着家里，张家港有太多的事等着他处理。可这次有点不同，他跟彭建平说："长航局不给开发权就不走，赖在那里磨。"

唐国英热情豪爽，让他们别急，先休息休息，等恢复旅途疲劳再谈。可秦振华哪里等得及？就将沿江开发的规划一一道来，最后，落实到开发权上。唐国英也凝神静听，为秦振华的精神和魅力所打动。"请唐局长帮我们一把，给我们提供一个经济大发展的平台，"秦振华说，"张家港人会记住您的。"

"应该，应该。"唐国英应道，"你们打个正式报告，我批一下，这事就定了。"

分 兵 合 围

争得长江岸线的开发权，极大地鼓舞了保税区的建设者。但客观现实告诉人们，保税区建设是个面广量大的综合性工程。申办、催批、土地申批、拆迁、基础设施、筹款、引进投资项目，张家港市委一班人在秦振华带领下意气风发，打破常规，有机遇，争着上，没有机遇，创造机遇上，不论先后，交叉进行，在保税区圈定的这片热土，人声鼎沸，机器轰鸣，云蒸霞蔚，气象万千。

实施这一综合性工程，好比组织一场大的战役，秦振华调兵遣将，时而运筹帷幄，时而下到前沿。他指派副市长陆勤华和另一位副市长，还有保税区管委会副主任顾桂兴、中兴镇党委书记范思源、张家港市港务局局长徐德明组成工作班子进驻中兴镇，开展前期工作，要求 7 月 1 日之前动工。

工作班子没地方办公，借了港区管委会一间房子凑合。没地方住，陆勤华跟一位刚分配来的女大学生挤一张床，一个房间睡好几个人，打地铺。吃饭就在港区食堂，晚到了，菜没了，只好冲酱油汤。毕竟还没正式批准，筹建要花钱，可一分钱也没有。陆勤华找秦振华，秦振华冷着张脸，说："什么意思？找我弄钱，我有钱还调你去吗？自己想办法。"陆勤华了解他的脾气，知道他会这样回答，后悔自己不该去找他。她唯有想法借钱，跑了本市几家银行，回答几乎是统一口径："保税区还不知批不批，借了，花了，你们拿什么还？"

陆勤华碰了一鼻子灰，但这位纤弱的女性并不气馁，她没向秦振华汇报，怕他把本市几个行长叫来训话。于是，她赶紧上南京，工商行、农行、中行一家家拜访。中行胡行长态度明朗，对她说："建保税区，你们拼命在干，我们不支持谁支持？"听了这话，困境中的陆勤华差点掉下泪来。她如愿贷到一笔款，而缺口依然很大，秦振华电话不断，"逼"得很紧，她能想象秦振华承受的压力比谁都大。他最近就一直为土地审批的事往省里跑，一度受阻，好不容易才解决。而筹款的困难，他心知肚明。隔了一些日子，他挤出时间，带着陆勤华等北上京城，从北京工商银行借到一亿两千万，关键时刻亲自出马，效果就是不一样，陆勤华暗自佩服，他的拼命精神、谈判智慧和人格魅力都值得学习。尽管很累很难，但跟着他做事，的确能经受锻炼，在风雨中成长。

在张家港，一直坚持舆论先行，谁都明白保税区是张家港的龙头基石，保税区兴则张家港兴。因而，在抢建保税区的日日夜夜，数以千计的干部冲锋在前，勇挑重担；广大群众冲着过好日子的愿景，顾全大局，拆住房让地盘；焊接工冒着高温酷热，仅用了 28 天就完成了 4.1 平方公里的铁丝围网工程。工作班子用了不到三个月，就完成了区内 1900 多户人家的拆迁；在 150 天内建成 60 幢 20 万平方米的拆迁安置房；半年不到建起了张家港港务局大楼、张家港自办万吨级码头和长江流域规模最大的万吨级化工码头。八个月内，保税区就基本上封关运行，创造了名闻一时的"张家港速度""张家港现象"，多家国家级媒体都曾作了相关报道。

作为张家港市委第一把手，工作千头万绪。只是，有一件事，保税区批准文件迟迟没有拿到，这让秦振华很闹心。自 7 月份开始，他便不断派人通过多种渠道去催，三个月过去了，有关部门回答总是："还在研究之中，请耐心等待。"可是，究竟要等到何时呢？秦振华感到有种说不出的郁闷和压力。

10 月 12 日，党的十四大在北京召开，秦振华是十四大代表，他想，这是个机会，便带上一批人上北京，在木樨地设立了办公室，除了搞资金、签项目，重点就是催办保税区批文。省长陈焕友一见到他就说："老秦，李鹏总理我见到了，他支持建张家港保税区……"

这是好消息，可他心里仍不踏实，批文拿到手，事情才算成。他召集属下开会，打着手势下命令："我不管你们想什么办法，批文拿不到，你们都给我待在北京，谁也不准回去！"真像是泰山压顶。

十四大期间，他白天开会，晚上带着人跑，还指派人跑，想方设法了解公文"旅行"日程，不断传递信息，谁谁谁签字了，到了谁谁谁手里……每晚在木樨地办公室开会，总要到第二天凌晨，他才回宾馆。张家港人真是幸运，就在十四大闭幕前两天，10 月 16 日，国务院批准张家港建保税区的正式公文下来了。

忙完十四大精神的传达，秦振华约沈澍东、杨升华、蒋宏坤等市领导去保税区看看。他们时而驱车，时而步行，前期工作进展好快呀！在划定的保税区区址内 4.1 万平方公里的土地上，原先的 5 个行政村，34 个自然村已经被抹去，成了一片宽阔的平地，8 公里长的铁丝网隔离带赫然在目。区内 6000 门程控电话已经开通，变电所和 5 万吨级自来水厂正在施工，混凝土面的中心十字马路和巡逻道也即将贯通，保税区的壮观形象已展现在人们面前。

"嗬，进度不慢。"秦振华不说快，意思是还可以加快，他转过头，"宏坤，你说，现在最缺什么？"

"项目，大项目。"蒋宏坤说。

216

"想到一块了。"秦振华攒起拳头，快活地砸了一下蒋宏坤的肩膀，"这就要靠你了。"

蒋宏坤，高大魁梧，相貌堂堂，张家港乐余人，从基层干起，先后当过村党支部书记、沙洲县第三机械厂副书记、副厂长、张家港市外贸公司经理，主管"三外"的副市长、常委、副书记，是市委班子里主要领导之一。他懂经济，善管理，敬业实干，思想解放，创新意识强，为人正派，讲究原则，一手创办了张家港国贸集团，使张家港"三外"总量居全省之冠，秦振华特别器重他。

"保税区不能徒有其表，搞成个空架子，要有大项目充实它。"蒋宏坤继续说，"秦书记，大项目你得亲自抓，我还是搞外贸，争取每年都有突破。"

"宏坤说得对，"沈澍东接过话，"大项目，秦书记要抓在手上，招商，我们都协助你。"

"你们这是给我加压力啊！"秦振华幽默了一下，引起一阵笑声。秦振华当然要抓，谁让自己是书记呢？

"东海粮油"是中国粮食进出口总公司与马来西亚华裔大企业家郭鹤年、美国 ADM 公司、新加坡威尔马公司、香港嘉银公司、香港现代公司和张家港保税区开发总公司联合建办的，由中粮控股，建成后年销售额超 100 个亿。经多轮谈判在北京签字，秦振华作为保税区开发总公司代表在协议上签名。像领飞的头雁，它的率先进入张家港保税区，带动了一些大项目相继落户于此。

在这前后，与美国雪佛龙、陶氏聚苯乙烯化工项目的谈判也在进行之中，都是世界五百强之列的大企业。秦振华把这两个项目都圈在手里，决心拿下。但第一道关卡在国家计委，只有获得批准立项才能跟外商谈，可国家计委说一个地方不可能批两个同类产品，要其中一个项目到兰州化工厂投资。张家港不肯把千辛万苦谈下的项目拱手相让，而且外商也持异议，认为无论是成本或市场，到兰州投资都不合算，不同意。这就给张家港留下了申办的空间。一直守在北京的副市长徐元华向秦振华汇报，秦振华回答："抓牢这个机会，计委不批准，你们别回来。"一道紧箍咒让徐元华、陆勤华等几乎天天跑国家计委所在地（三里河），最终，他们的真诚和执着感动了计委领导，雪佛龙、陶氏终于批下来了。

不待喘息，秦振华马上派副市长陆勤华、经贸发展局局长崔炳林和翻译缪建桂三人赴美谈判。行前，他们买了一箱方便面，配以酱瓜，怕在外开销大。抵美后，八天之内，多次往返于旧金山（总部）与休斯敦（办事处）之间，谈啊谈，总算还顺利，雪佛龙、优衣科两个项目都签了协议。其间，秦振华不断有电话过去，因有时差，国内是白天，美国是夜间，有几个晚上人已睡着猝然间被电话声惊醒，是他的声音。他问："协议是不是真的签了？不会有疏漏吧？"又问："对方的款子打过来没有？"还问："把汇款单传过来让我看看。"美方谈判代表大卫感到莫名其妙，笑着问："你们还有完没完？"陆勤华想：大卫，你们不了解我们这位秦书记，细节决定成败是他的名言，他就是这样，心细如发。见对方瞅着她似在等回话，她嫣然一笑："别急，快完了。"大卫双手一推，耸了耸肩，扮了个怪相走了。

相隔时间不长，秦振华带着蒋宏坤、陆勤华等到处约招商。连续地谈项目，参观企业，毕竟已57岁，他或许真的累了，一天晚餐时他什么也没吃，便回房休息了。可一天跑下来不吃东西哪行呢？陆勤华找宾馆餐饮部要了米饭，提了瓶开水送过去。敲门，里面没有动静，打电话，没有回应，撬门显然不行，再使劲地敲，耳朵贴着门板听，依然没有声音。陆勤华有点儿慌了，赶紧找到蒋宏坤，蒋宏坤也有点紧张了，让翻译叫来服务员，把门打开，他睡在床上了。众人喊了好一会儿，他才醒来，茫然地说："吵什么呀？好容易才睡了个觉。"听了这话，大伙才从惊吓中舒缓过来。随之，房间里爆发出一阵大笑，陆勤华嘀咕道："谢天谢地。"

如今，陆勤华这位当年漂亮优雅、内心又不失激情的女市长也退休了，回忆这些往事时不无感慨地说："张家港的干部，最辛苦、最累的就是秦书记。他律己严，对人则恩威并重。他常批评我，可我不当一回事。他就像父母一样，大的方面讲，他是为了张家港的发展，小的方面讲是为我们当部属的好。我们了解他，理解他，谅解他，不计较，愿意跟着他干。为他卖命，也是为张家港卖命。"

短短一年，全国县市级第一条高等级张杨公路新建通车，争取到全国第一个长江内河港口开发权，建起了全国第一家内河港保税区，东海粮油、陶氏、雪佛龙等大项目陆续在保税区落户。到年底，情况怎样呢？

让事实来回答吧！

这一年，全市完成工业产值 220 亿元，实现销售收入 171.6 亿元，利税 12.2 亿元，分别比上年增长 93％、148.5％和147.3％，实现了对常熟的历史性超越。全市完成全社会外贸出口供货额 72.03 亿元，比上年增长 305％，"三外"总量名列苏州六县（市）的第一，并在江苏省首次夺冠，将吴江甩在后面。城市建设以硬件过硬，软件高标准的总体优势赢得全国卫生城市称号。

这一年，张家港一举夺得苏州市工业、外贸、精神文明三只金杯。在综合经济实力全国百强县（市）中的位次，由 1991 年的第七位跃升到第四位。

"秦大胆"，说大话，办大事，于是，他又多了一个绰号"秦第一"，再也没人说他"吹牛""胡侃"了。反之，人们在拭目以待，这家伙还会使出啥招数？他在琢磨什么？土地仅占国土面积万分之一的张家港太小了，还能有啥惊人之举呢？

真金不怕火炼

"三超一争"，干得漂亮，为张家港更大的发展开了个好头，初步形成了全市大开放的新格局。秦振华却并不满足，他是一个吃着碗里望着锅里的人。他心想：自己都57岁了，也就只能干这一任，那就自加压力，尽心尽责，团结市委一班人，带领全市80万人民群众，再闯出一片新天地，为张家港今后的发展打下牢固的基础。

新的一年要做的事很多，沿江开发，招商引资，城市建设，精神文明，规模经济，城乡社保，文教科技……依然是百业争先，头绪纷繁。秦振华得统管全局，协调各方。最让他高兴的是，保税区建成后，小小的张家港竟成了中国内地的一个投资热点。来自美国、新加坡、泰国等20多个国家和地区的跨国集团，甚至是入列世界五百强的大公司纷至沓来，争先恐后地在长江黄金岸线、保税区、开发区投入巨资修建粮油加工、仓储运输、国际贸易、出口加工、房地产开发项目等，而中国域内的央企、10多个省市的大企业，其中包括长江中上游的大企业也都云集保税区寻求发展，势头颇为强劲。有张家港精神的导引，有"三外"的示范，全市人民齐心协力，秦振华相信一定会创造出新的人间奇迹。

这里有个背景需要说清楚，当我们回顾"三超一争"大干快上的时候，国内不少地方，也不管自己客观条件是否具备，兴起房地产热、开发区热以及乱集资、拆借、开设金融机构等混乱现象，投资规模过度扩大，物价上涨迅速和通货膨胀加剧。自1992年春夏起，中央一再提醒各级党政组织要防止发生经济过热，以保持发展良好势头。1993年3月起中央着手解决乱集资、乱拆建和经济过热问题，颁布了一系列加强和改善宏观调控的措施，提出了"抓住机遇，深化改革，扩大开放，促进发展，保持稳定"的方针。

宏观调控，传达到下面，许多地方乱了阵脚，不少人慌了神，认为中央急刹车，银根收紧，要整顿了。那么，张家港怎样呢？秦振华不会有事吧？

张家港不可能不受到宏观调控的影响。早在新建张杨公路的时候，就有人把张家港推向舆论的旋涡。一家平面媒体抓住这条路做文章，说"公路建得像飞机跑道""一口想吃成一个胖子"。诚然，张杨公路建好后短期内还没有回报，但从长远的发展看，秦振华认为这件事没有错。苏州的王敏生表面看很文雅，但胆气足，对秦振华说："我同你一样的看法，没啥错。"后来，发生了一件事，骏马集团购买瑞士设备，欠资600万，货到上海港，提货没钱，银行一分钱也贷不到。瑞士商人找骏马集团总经理杨培兴要设备款，空手而归，居然跑到秦振华办公室，向这位市委书记要钱。这事不知怎么让外面知道了，于是，张家港精神十六字中的"负重奋进"成了"负债奋进"，有人甚至编成顺口溜"张家港，张家港，一步三个谎，调控瞒中央"进行诋毁。期间，"秦振华出事了""到度假村要债的人多得不得了，秦振华躲起来不见面了""沈市长要撤职啦"，甚至连秦振华海门老家的亲戚都打电话来问他是否还在张家港。总之，流言蜚语四处流布。

然而，秦振华人在张家港，天天上班下班，下基层、跑现场，该干什么还干什么。谣传他也听到一些，人有一张嘴，爱说啥就说啥，他无所谓。但是，没过多久，省里通知开会，他与沈澍东来到南京307招待所（后易名钟山宾馆）。一报到，他就觉得气氛不对。过去，在类似的场合，他一露面，便有相识或不相识的人围过来打招呼套近乎，今天见了面，咋一个个脸上都没表情，连要好的朋友碰上，目光也躲着他。他想这里面肯定有情况了，但心中没鬼，不能自轻自贱，尽管别人这样，只要自己心中坦然就好。人，不论什么身份，得维护自己的尊严。通知我来开会，说明还认我这个市委书记，自己觉得应该说的话还是要说。

苏州大组讨论会上，省领导和几个厅局长也来了。他第一个发言谈自己对宏观调控积极意义的认识。

秦振华说："宏观调控主要是优化资源组合和产业技改转型，不能只看到大片问题，中央的精神主要是立足于改革、开放和发展，提高产品科技含量和附加值，我理解中央调控是控低不控高，控内不控外，控劣不控优，这不是负担，我倒认为是动力。"他接着发言："这里，我表个态：一、坚决拥护中央宏观调控的决定，欢迎国务院、省委派调查组到张家港去查。二、继续弘扬张家港精神，改革开放谋发展。"

会议一结束，秦振华、沈澍东连夜回到张家港。沈澍东说："看样子，麻烦大了，早晚会来查的。"

"查呗，没准还查出个先进典型哩！"回到了脚下这块土地，秦振华感到特别亲切，心情也放松下来了。两个老伙计伸手紧紧相握，秦振华一阵大笑。

俗话说："聪明一世，糊涂一时。"秦振华一门心思"争"机遇，"抢"项目，搞改革，谋发展，他没想到，举报他的一封封信分别寄往苏州、南京和北京。据说有的领导看了信相当恼火，也丢下了狠话，要一查到底！不少人替他捏着一把汗。他本人尽管心中也有想法，但抓工作依然毫不含糊，该干什么还干什么，高标准、严要求。

秦振华没想到，一度风平浪静之后，更大的波涛正朝他席卷而来。北京派出的调查组进驻张家港，领头的是国家计委的某司司长，据说，调查的重点是张家港与上面对着干，违反国家宏观调控，乱集资，乱拆建等。

调查组成员挺神秘，找个别人谈话，索要有关资料，查看建设项目。秦振华心里憋着一口气但自己做的事心中有数，没有违反国家政策，要查就查吧！他又反过来想：张家港大改革大开放取得那么多成绩，我正愁北京宣传不够哩，你查个究竟，没准返京汇报后能引起上层的重视。让他调查吧，咱该干什么还干什么。

而调查组又看到了什么呢？雪佛龙、陶氏等外资大项目进入保税区蒸蒸日上，沿江码头货柜装卸忙得热火朝天，沙钢、华尔润、梁丰、长江村等乡镇企业转型升级，欣欣向荣。装备差，产品低劣，效益不高的企业实行关停并转；没效益，亏损，污染严重的企业一下子关了46家，其中包括投资在1000万以上的在建项目，集中人、财、物保重点项目。既防止了扩大投资规模，又避免了损失，收到明显成效。有一个坚强的市委领导班子，发展意识高度统一，贯彻中央的精神坚决，一个声音喊到底，又不是生搬硬套，而是从张家港的实际出发。总之，所见所闻，与下来之前获得的信息恰恰相反。调查组成员的脸上都释放出轻松的笑意，他们将带着少有的振奋回去交差。

临行前，那位司长率领调查组成员登门拜访市委领导，一见面，就大步上前握住秦振华的手。秦振华心里想：我早就料到会这样的。他会心地望了望在场的市委常委们。

坐下后，司长告知，任务已完成，明日即返京。"我们是奉命行事，这会儿真的不知说啥是好，"他显得多少有点尴尬，"有些事咱就不去说了，秦书记，我就代表调查组谈几点感触吧！"

"请说。"秦振华掏出小本子准备记，他有这个习惯。

"不用记，不用记。"司长说，"来了一个月，最大的收获是看到了一个真实的张家港，立足于发展的张家港。一、你们搞的这些项目不可思议，比如双山岛的开发，保税区的建设，沙钢'亚洲第一炉'的引进都是一年多来'争''抢'出来的，不易啊！二、你年纪大，我比你小，但我有种相见恨晚的感觉。三、今后，你张家港需要什么项目可直接来找我。"

秦振华带头鼓掌，旋又伸手与司长相握，以示感谢。

当天下午，调查组一行离开张家港，经上海，搭乘航班返京。

问是谁　真豪杰

"人民来信"还是一封封地往省里寄，什么"宏观调控对抗中央""吹牛""借钱不还""秦振华家有两座花园，一天吃两只甲鱼"，等等。其中有封信是中央一位领导批转下来的，问题看来蛮严重。

中央调查组都去了，怎么没把情况跟省里通报，若真有问题，省里也脱不了干系，省委领导有些紧张了，立即派出调查组。

调查组由省纪委副书记、检察院检察长张品华带队，成员来自计经委、银行、税务、外贸等部门。张品华对"人民来信"罗列的种种问题不太相信，他跟秦振华是老熟人了。早在20世纪80年代初，他担任苏州地委副书记时分管工业，曾到过杨舍镇，看了乡镇企业，环境整治，觉得秦振华思想解放，敢想敢干，是个实干家。后来，听反映说秦振华性情急躁，爱发脾气，爱骂人，为此，他也做过调查，查下来没有一件是因为个人事情，都是为了集体工作。尽管这样，他还是找秦振华谈了话，要他多讲究工作方法。那次，他记得秦振华是这样回答的："张书记，我也没办法，杨舍在苏州地区城关镇中最落后，你是知道的，要跟人家竞争，压力太大，基层干部自由散漫惯了，你说他不听，不去做，我发火，大会点名批评，我是恨铁不成钢啊！"随后，他找到反映情况的人，那人说："其实，秦书记也不容易，没他那铁腕不行，我不恨他，还是愿意跟着他干。"张品华听后释然了。

这件事过去已有10年，而今看来，性质大不同，难道老秦真有问题？他满腹狐疑，但自己是代表省委来的，熟人归熟人，却必须公事公办。

见面了，气氛很严肃，调查组成员都是带着满脑子的问题来的，个个面孔铁板一块。张品华是带队领导，自然也收敛起平素的随和平易，他让秦振华如实汇报近年来张家港的工作情况，如何贯彻宏观调控，建设张杨公路、保税区、步行街用的钱怎么来的，对反腐倡廉的理解，等等。他强调："汇报要实事求是，不夸大，不缩小，一是一，二是二，既要对组织负责，也要对自己负责。"

这话，秦振华爱听，他感到张品华还是原来的那个张品华，务实求真，讲究政策。于是，他据实一一汇报。

一个上午过去了，调查却才刚刚开始，张品华说："老秦，下午我们到各处去看看，你忙你的，明天上午，老地方，继续谈。"

午后，调查组全体人员去了张杨公路，整个工程已完工，绿化带也已建好，宽敞、漂亮，好气派。

"这家伙还真厉害，一个县级市建了高等级公路，了不起。"有人不禁赞道。

"只要对张家港今后的发展有利，借几个钱那不正当嘛，通车后偿还。"又有人附和。

张品华没作声，心里很赞同这些说法。他想：秦振华啊秦振华，你办了大事好事，却背负骂名，我心里为你抱屈啊！

当晚，省委书记陈焕友的电话打过来了："品华，情况怎么样？"

"你放心，回来汇报。"张品华说。

此后，照例是上午由秦振华汇报，下午参观。一周下来，调查组跑了欧洲精纺域、锦丰玻璃厂、保税区、沙钢等大大小小十多家，同时，与乡镇、企业干部、职工交谈。

一到晚上，陈焕友的电话又过来了，问的依旧是："今天情况怎么样？""焕友书记，你就放心吧，查来查去，查出个先进。""我想也应该是吧！"电话里传过来省委书记的笑声，"今晚我要睡个好觉了。在此静候佳音。"

这边，张品华带领调查组工作做得相当仔细。他先是派人去看了秦振华的住房，不错，那是一座独立的小院，栽有花草树木，秦振华每天在此晨练。这里当初是块荒地，房改时，按市里统一规划盖了一栋小楼，是经苏州市委批准，并报省纪委和中纪委同意的。楼上楼下几间房格局都很小，设施、装修很一般（笔者于2011年7月曾光顾过，感觉已很陈旧，装修过于简陋）。稍后，又派人去看秦振华的"奢华生活"，哪儿有啥甲鱼呀，就家常菜。香菇毛豆腌菜花，两只鸡蛋一碗粥，外加他最喜爱的两条年糕。吃完，秦振华嘴一抹，就往外跑。熟悉他的人都说，平时，只要人在张家港，只要不是非得他出面的场合的大多数时间，他总回家与老伴一起用餐。"清淡为主，平安是福"，这是他的生活信条。

调查组回省后，向省委常委汇报，陈焕友坐在沙发上挺直腰板，操着他那夹杂着南通家乡口音的普通话说："当初，我就不信，如果秦振华有问题，张家港能那样超常规发展吗？调查一下也好，现在，我们更要理直气壮地支持秦振华同志，即便以后有什么问题，省委承担责任。"这话，后来传到秦振华耳朵里，他异常感动。但他这个人很少对别人说谢谢，他只想更好地工作，谋求张家港更大的发展以作为回报。

就在这段风风雨雨的日子里，秦振华心里要感激的人还有很多。

时任省委宣传部副部长的王霞林就是其中一个。早在1983年，他就认识秦振华了，他是主管新闻的副部长，曾让《新华日报》报道过杨舍镇的文明村镇建设。1990年，又让《新华日报》破天荒地以一个多整版的篇幅将秦振华作为先进典型宣传。就在秦振华"背时"之际，他交代《新华日报》副总编辑钱协寅"迅速组织稿件，反映张家港既讲速度更讲效益，健康发展的文章，尽早发表，让谣言不攻自破"。江都县委书记潘湘玉看了这篇报道后，说："太及时了，登了张家港，支持秦振华，就是支持我们。不管东南西北风，咬定发展不放松。"

他请《人民日报》社社长邵华泽派记者到张家港采访，可是送审时，有人认为："宏观调控，谈什么发展？"邵华泽只好将文章换个角度，讲效益前提下发展，压缩篇幅刊出。可见，围绕调控与发展，在上层认识上也有差别。这时，有人对王霞林说："张家港的文章，是不是登得多了？"王霞林回答："我还觉得登得不够哩，秦振华搞发展，何罪之有？！"

　　可以说，王霞林宣传张家港支持秦振华，是锲而不舍，一以贯之。

　　至于王敏生，那还用说吗？这位让秦振华最服帖的老领导焉能不闻不问，打电话给他，叮嘱他："好好配合调查勿激动。身正不怕影子歪，要相信组织上会有一个客观、公正的说法，反正市委支持你！"

　　另外有一个人不可不提，那就是徐州市委书记李仰珍，他属下的丰县是张家港对口帮扶的单位，秦振华对那可是尽心尽力，多次前往，介绍张家港的做法，给予经济上的扶持，他与秦振华建立了深厚的友情，他佩服秦振华的为人，认为只有像秦振华这样干，苏北才能发展达小康。见秦振华被种种迷雾包围，他亲自带着徐州电视台的人来，拍摄张杨公路、保税区、沙钢、行步街、长江村……回去之后，在徐州反复滚动播出，他以这种方式来廓清迷雾，支持张家港，支持秦振华。

　　真的，他要感激的人太多，而最要感谢的是他的同事，市委一班人。他们始终与他风雨同舟，荣辱共担，理解他，支持他，他从未感到过自己是孤军作战。再有80万张家港人民与他同心同德，披坚执锐，谋求持续发展的壮举，也给他增添了信心、勇气和力量。

　　1993年，秦振华一直处于风口浪尖上，张家港干得怎么样？让我们来看一组数字。

全市国内生产总值 102.79 亿元，工农业总产值 360.13 亿元，预算内财政收入 4.31 亿元，外贸供货值 99.21 亿元，自营出口总额 2.01 亿元，城镇职工年人均收入 4424 元，农民年人均收入 2338 元。较之上年均有了大幅度的提高。

请注意这是 18 年前的数据，客观地说，已经很了不起。

"我们走在大路上，"秦振华说，"困难再多不言难，压力再重不低头，挑战再大不服输，争分夺秒去抢，千方百计去拼，有胆有识去闯。"有了这种精神，有了这股干劲，我们有理由相信，张家港人一定会向国人展现一幅更加瑰丽的画卷。

（节选自庞瑞垠《一个人和一座城市》，江苏文艺出版社 2012 年出版）

生命之催化乐章

两院院士闵恩泽的科技人生

◎ 赵晏彪

序　曲

2008 年 1 月 8 日，在北京人民大会堂隆重召开国家科学技术奖励大会。此时群贤荟萃，"星光"闪耀，各行各业的优秀人物聚集于此，整个大厅里洋溢着一派喜庆的气氛。一位满头白发的老人——中国科学院和中国工程院两院院士闵恩泽，从胡锦涛总书记手里接过 2007 年度国家最高科学技术奖证书，这时全场掌声雷动。

国家最高科学技术奖评审委员会在概括闵恩泽科技成就和贡献时写道："他被公认为我国炼油催化应用科学的奠基人，石油化工技术自主创新的先行者和绿色化学的开拓者。"

正是"他被公认为我国炼油催化应用科学技术的奠基人"的评语，令我顿生崇敬。这源于年轻时经常听到"鲁迅是中国新文学的奠基人"的评价。故"奠基人"三字于我心灵深处神圣非常。在辞海中对"奠基"的解释是：奠定，乃建筑物之基础。略有常识者皆知，万丈高楼地基最为重要，地基不牢，大厦越高倒塌的危险性越大；而对于某个学术领域，打下基础者的功绩亦大而不可灭耳。

闵恩泽的科技成就和贡献可谓大也。但他在接过"2007 年度国家最高科学技术奖证书"后的发言中讲到："这个奖，充分体现了党和国家对科技事业的高度重视，也体现了对科技人员的亲切关怀。这个奖凝结了几代石油石化人的心血，这是大家的荣誉，我只是他们的代表……"在获得国家级大奖之后，表现出种种谦逊之态者不乏其人，但闵恩泽一番肺腑之言，令人肃然起敬！

惊喜接着惊喜。就在一个月后的 2 月 17 日晚，"感动中国 2007 年度人物"颁奖晚会在中央电视台演播大厅举行，约有 1500 人参加了这次盛会。大厅里鸦雀无声，主持人用赋有磁性的声音读道："感动中国组委会授予闵恩泽的颁奖词是：在国家需要的时候，他站出来！燃烧自己，照亮能源产业。把创新当成快乐，让混沌变得清澈，他为中国制造了催化剂。点石成金，引领变化，永不失活，他就是中国科学的催化剂！"

热烈的掌声，像潮水一样淹没了短暂的宁静，如此评价让场上爆发出长久的掌声。主持人也被台下观众的情绪感染了，以更加洪亮的声音朗读道："感动中国推选委员任卫新，对闵恩泽是这样评价的：青春投学，爱国有志；耄耋赤子，报国有恒。成就卓著，贡献卓绝；桃李不言，下自成蹊。"

掌声竟然持续了近一分钟。

会场渐渐地安静下来了，只见一位个头不高，满头银发的老者稳步走上领奖台。他就是"感动中国 2007 年度人物——闵恩泽。"

主持人迎上闵老，两人落座后，主持人不无幽默地问道："闵老啊，40 多年前的癌症被您给弄哪去了？"闵老答道："实际上啊，我身上还有一个癌，叫前列腺癌，但是别人告诉我，这个癌症是发展最慢最慢的，将来出问题不是它，不要担心。所以我就没担心。"

主持人又追问："我听医生说，癌症患者中一部分人是被吓死的。您从来没有害怕过吗？"

闵老笑笑说："主要是心态，要放得下。不要去老想它。我女儿说，我的爸爸脑子很单纯，成天就想他那个催化剂。我成天想催化剂，（癌症）这些我也不大想它了。只要是它没有影响我的健康就行了。"

听到老人如此豁达的回答，主持人满意了，转移了话题："好多人说您就是他们的催化剂，我该怎么理解这句话呢？闵老？"

闵老略一思量："那当然应该指跟我周围工作的人，这里面关键是要把他们催化在一起，要形成团队，形成活力，让他们各尽所能，发挥他们的才华！"

闵恩泽那浓重的四川口音在大厅里回响着，掌声再次淹没了会场。

2007 年度"国家最高科学技术奖"的荣誉证书、"感动中国2007 年度人物"的奖杯放在了闵恩泽的办公室里，500 万元奖金将如何分配？

那是得奖后的一个夜晚，闵恩泽对夫人陆婉珍说，"我们商量商量，国家给我这 500 万元奖金，450 万元是用于科研项目的，50 万元是奖励给我个人的。你看这 50 万元奖金怎么处理？"

"你不是早就有设立原始创新奖的想法吗，就按照你的意思办吧。"夫人陆婉珍干脆地说道。

闵恩泽见夫人表了态，会心地笑了，他接着说："50 万创办一个奖项少了点儿，我还想再捐出 50 万，100 万就可以设立'闵恩泽原始创新奖'了，你看行吗？"夫人又同意了！接着他们拨通了在美国的女儿闵之琴的电话，说了这件事，闵之琴也表示支持。

这是个美好的夜晚，是一个足以令后人铭记的夜晚。就在这个晚上，闵恩泽郑重地给石油化工科学研究院院长、书记写下了这样的一封信：

幸福是什么

尊敬的龙院长、刘书记：

今年 1 月 8 号，我获得了 2007 年度"国家最高科学技术奖"。这个奖凝聚了我国几代石油石化人的心血，更是我院各届领导和所有同事共同奋斗的结晶。

获奖后，我与妻子陆婉珍、女儿闵之琴商量，并一致同意将"国家最高科学技术奖"奖金 500 万元中奖励我个人的 50 万元奖金，再加上我个人的储蓄 50 万元，共计 100 万元捐献出来，在我院设立"闵恩泽院士科技原始创新奖"。

龙军院长在收到闵恩泽院士的这封信后，在全院大会上饱含深情地说："我们都是科技工作者，闵恩泽院士为我们做出了榜样，他不但捐出了国家奖励给他的 50 万元奖金，还将个人储蓄的 50 万元也捐献出来，共计 100 万元来设立'闵恩泽院士科技原始创新奖'。这是我院科研工作的福音，他为鼓励我们石油石化战线科技人员大胆创新提供了资金上的支持，人格上学习的样板。这让我想起《论语·泰伯》中曾子说过的话，读书人须有远大的抱负和坚强的意志，因为他肩负着重大社会责任，要走的路很长。闵恩泽院士就是这样一位对社会负有责任，对后辈同样赋有支持与鼓励的感动中国的科技人物。"

2008 年，中国石油化工集团公司党组做出了"关于在全行业掀起向闵恩泽同志学习的决定"。

我翻看着中国石化"关于在全行业掀起向闵恩泽同志学习的决定"的材料，有这样一段文字攫住我的目光：20 世纪 50 年代，我国石油炼制催化剂领域还是一片空白；20 世纪 60 年代，我国一跃成为世界上能生产各种炼油催化剂的少数几个国家之一；20世纪80年代，国产新型催化剂跻身于国际先进行列；21世纪，我国首创的几种绿色炼油和石化新工艺，在世界上首次实现工业化。这几个质的飞跃，闵恩泽院士功不可没！

国家的重托

> 闵恩泽院士归国50多年，奠基中国炼油催化应用科学，以知识报效国家，一生成果难数，开发生物柴油推动绿色化工，凭贡献乐享人生。
>
> ——感动中国推选委员陆小华

一

一个阳光灿烂的清晨，我来到位于北京学院路上的石油化工科学研究院。这院子真美，大树成荫，小草成片，花儿艳丽，鸟语欢声。前来迎接我的曹主任说："您是不是觉得我们这院不像是搞化工的？"

的确，这里不但没有任何化工试验传出的难闻的味道，而且鸟类品种颇多，绿化得很好，在北京能有这样环境的场所不多，看来"绿色化工"的理念真的植入到每一位化工人的心中了。

人的情绪往往为感官所左右，满眼的翠色，绿茸茸的草坪，朝你微笑的花儿，向你投来欢迎似的鸟鸣，扑鼻而来的青草味儿，如此种种都让我感到神清气爽。置身在这样优美的环境里，我们的科研人员能不心情舒畅吗。

闵恩泽院士会是怎样的一个人呢？当我们走进闵恩泽院士的办公室，这位两院院士、耄耋老人，已经在等候我们了。

为文者要先了解写作对象。我打量着这位年过八旬的老人，满头银发，面色红润，精神矍铄，尽管操一口我很难听懂的"四川普通话"，但老人可掬的笑容和慈祥的目光，给我留下了深刻的印象。以他的光环和成就，足以让他神气十足，可他就是一位慈祥谦虚的老人，一位"有朋自远方来，不亦乐乎"的长者！

穿着一件白色的衬衣，身上没有任何让我感觉到阔绰的物件。几句寒暄，闵院士儒雅的谈吐、和蔼可亲的笑容竟如一位普通老人。听着曹主任的介绍：两院院士身份，2007年度"国家最高科学技术奖"得主，"感动中国2007年度人物"，国家奖励他个人50万奖金，他不但没有放进自己的腰包，反而从自己家里又拿出50万元，建立了一项"闵恩泽院士原始创新奖励基金"……如此种种，让我对这位老人心生敬意，他亦非普通老人矣！

"我这一生只做了三类工作，第一类是国防急需，石化发展急需；第二类是帮助企业扭亏为盈；第三类就是战略性、前瞻性、基础性的工作。"

我们访谈就是在这样的语境下开始了。

二

我采访过各种各样的优秀人物近百位，有的功过参半，有的成绩卓著，做人傲慢；但是在石科院，只要谈起闵恩泽院士，无论是他的学生、同事、领导还是朋友，都流露出钦佩之意。一个人做点好事并不难，难就难在一辈子都做好事。同样，一个科学家令人钦佩不难，难就难在让所有接触过他的人都为之钦佩。

闵恩泽就是这样的科学家。我怀着钦佩之心试探着走进了他的科学人生……

67 年前的 1942 年，当时中华民族正蒙受日本军国主义的侵略，江山破碎，民不聊生。

这一年秋天，年方 18 岁的闵恩泽怀着科学救国的美好理想，从成都来到重庆，保送进重庆中央大学学习土木工程；后来又在大二转学化工。1946 年，闵恩泽毕业回到家乡成都，在一家自来水厂做分析化验员，后来又去重庆一家肥皂厂实习。

不久，闵恩泽的舅父银行家吴晋航告诉他，上海中国纺织建设公司要招收一批印染技术人员，经过培训，以后还有出国的机会，这让闵恩泽眼前一亮，他很想到外面的世界去闯一闯。1946 年 10 月，闵恩泽以第一名的考试成绩进入当时中国最大的印染厂——上海第一印染厂。通过一年的培训，当上了漂染车间的技术员，然而工作却十分劳累，每天值班 12 小时，每周 7 天。更让他不安的还是物价飞涨，民不聊生。国家的前途在哪里，自己的前途又在哪里？

1945 年闵恩泽已通过考试取得了自费公派留学的资格，可以购买官价的美金外汇。通过舅父的帮助加上自己的积蓄，购买了外汇，1948 年 3 月，闵恩泽来到美国俄亥俄州立大学化学工程系。当时的想法是去攻读硕士学位，一年之后就回来。但是他从未想到的是，这一去 8 年后才重新踏上故土，也未想到去时只身一人，回来时却已成家。

1948 年 12 月份，闵恩泽就拿到了硕士学位。但是这时中美关系突变，美国国会立了一个法，就是不准中国学理工农医的留学生离开美国国境。美国政府让这些留学生读博士，提供奖学金，毕业之后也允许在美工作。

闵恩泽靠着奖学金在化学工程系攻读博士学位，他的未婚妻陆婉珍也从伊利诺斯大学转来化学系攻读博士学位。陆婉珍与闵恩泽是中央大学化工系同班同学、上海第一印染厂的同事，他们1948年订婚，1950年结婚，1951年毕业。

1951年7月，从美国俄亥俄州立大学获得博士学位的闵恩泽开始在芝加哥纳尔科公司担任副化学工程师，一年后升为高级化学工程师。闵恩泽进入了美国的企业，看到了企业的工业研究是怎么做的：将市场中发现的问题，怎样拿到实验室研究；研究成功后，又如何在工厂生产和到市场去销售。这些对闵恩泽今后的研究工作起到非常重要的作用，因为在美国学校里是很难学到的，闵恩泽一直认为这是他在美国最大的收获，也有助于回国后的科研工作。

当时的美国，凭两位博士的薪水可以过着非常优裕的生活。在此期间闵恩泽跟爱人都在企业里工作，花一个人的钱足够了，另外一个人的钱就可以省下来了。

这时，闵恩泽原来去美读一个硕士学位的计划早已超额完成。不仅获得了硕士学位，还获得了博士学位；还在大公司里工作，学到了美国企业实际开发技术的经验；与妻子两人又有些积蓄。祖国不断传来好消息，四川人民期盼多年的成渝铁路已经建成，国内的父母也都盼着他们回国，是该回去的时候了！

在美国的闵恩泽、陆婉珍夫妇归心似箭，他们的恩师和朋友知道了他们要回国的心意后，都来挽留他们。是啊，论生活条件，在美国他们什么都有了，可金钱、洋房、汽车对他们来说，只是过眼烟云，他们更执着于报国的情结。虽说祖国还是一穷二白，可那是他们的根呀。闵恩泽、陆婉珍夫妇去意已定，但由于美国政府的封锁，归途无路，一筹莫展。

这时闵恩泽想到了他在香港担任中国印染厂的好友，请他帮助。于是朋友与其公司董事长商量，向闵恩泽发出聘书，请他担任研究室主任。

闵恩泽拿着研究室主任的聘书，向美国移民局递交了申请。移民局官员接见了他。他说："我们知道你的真实意图，你是想回到你的国家。"

闵恩泽不语。

移民局官员说："回国，共产党是不会信任你们的。为什么要把脑袋往花岗岩上撞呢？"

闵恩泽仍然不语。

移民局官员望望他，确信他去意已定，然后摇了摇头，在叹息声中在他的申请上盖了印章。

1955年8月，闵恩泽和陆婉珍终于回到了祖国。

多年的游子，像浮萍一样，没有找到扎根的土壤，现在，当他们脚踏自己国家的土地时，那兴奋，那满足，那种踏实的感觉，是无法用语言形容的。闵恩泽身上流淌着的是华夏子孙的血液，他的胸中跳动的是忠诚于中华民族的炽热之心。他回来了，回到了祖国的怀抱！

当他们踏上祖国大地的那一刻，闵恩泽夫妇激动得泪水夺眶而出。可迎接他们的并没有鲜花和掌声，一切都是那么平淡。闵恩泽夫妇先回上海，后来到了北京，住在了高教部一个留学生招待所里。他们每天出去找工作，很多单位都不敢接收从美国回来的人，他们接连吃了几次闭门羹。天无绝人之路。闵恩泽在中央大学化工系时的师兄武宝琛在得知他们的处境后，将他引荐给石油工业部部长助理徐今强同志，他果断拍板安排闵恩泽参与筹建北京石油炼制研究所（中国石化石油化工科学研究院前身），在借来的几间旧平房里，闵恩泽开始了催化剂研究，这一干就是 50 多年。

三

1955 年，当闵恩泽开始在石油工业部北京石油炼制研究所工作时，下达的任务是进行铂重整催化剂中型试验，为国防急需的炸药提供甲苯。后来又让研究磷酸硅藻土催化剂，期望不再从苏联进口。20 世纪 60 年代中苏关系紧张，又承担了生产航空汽油的小球硅铝裂化催化剂的研发。大庆油田开发后，更有了用武之地，为 250 万吨 / 年炼油厂建设中的流化床催化裂化研发微球硅铝裂化催化剂，这就走上了为中国石油炼制催化剂奠定基础之路。

我问他："您不是学催化剂的，为什么敢于承担这些任务呢？""我既然回国来要报效祖国，我的信念和决心就是：祖国需要什么，我就干什么，学什么，请教什么，组织什么！"他只是平淡地回答说。

就这样，闵恩泽在当时的北京石油学院借来的几间简陋的小平房里，和他的同事们，按照毛主席的教导，从战争中学习战争，走上从催化剂研发中学习催化剂之路。

1959 年，苏联援建的兰州炼油厂投产，核心设备是一套使用小球硅铝裂化催化剂的移动床催化裂化装置，它 82 米高，是为螺旋桨式飞机提供航空汽油的装置。

移动床催化裂化装置要用 3 至 5 毫米的小球硅铝裂化催化剂。1960 年开始，苏联把次品卖给我们。这个催化剂一定要质量过硬，不能有丝毫的裂纹，次品的裂纹多。催化剂从塔底一下吹到82米高的塔顶，有裂纹的催化剂就会破碎，在塔顶上冒白烟。当时炼油厂的工人都知道，只要远远地看到塔顶冒白烟，就知道在加催化剂了。这时装置运转也不正常，催化剂的消耗也很大。即使这样后来连次品都完全停止了供应。

1960年，石油工业部高瞻远瞩，决定建设自己的小球硅铝裂化催化剂厂。石油工业部部长余秋里让主管基建的副部长找到闵恩泽，让他负责这个技术，无论如何也要建成我们自己的催化剂厂。这让闵恩泽感慨万分，不像回国前美国人所说的，实际上中国共产党对闵恩泽这些美国留学生是非常信任的，并委以重任，这大大地鼓舞了闵恩泽。小球硅铝裂化催化剂建设在甘肃兰州炼油厂，组织任命他为副总指挥，负责工厂的整个技术，包括工厂设计、开工方案、操作规程等等。

当时正是困难时期，早上吃的东西四川话叫粑粑，生活环境相当艰苦。余秋里在回忆录中写道："闵恩泽同志……他们吃在车间、睡在办公室，和工人一起爬装置、钻高温干燥箱，一心埋头搞研究、搞攻关。"

1964年5月工厂投产时，库存的催化剂仅够用两个月，国防和民用航空汽油供应终于得到了及时的保障。而且产品质量优于进口苏联催化剂，价格只有进口剂的一半，每年节省移动床催化剂裂化装置运转费用上千万元。

会战结束后，闵恩泽的过敏性鼻炎很厉害，去医院看病，检查身体。医生发现他的肺里长了肿瘤，必须立即做手术！手术切除了肿瘤，同时也切除闵恩泽的两片肺叶和一根肋骨，后来化验证明是腺癌。在手术后的一年多时间里，上楼都只能慢慢走，走一层要喘一会儿，但这从来都没有影响他对工作的投入，是为常人难以想象。

1963 年春节到了，余秋里在石油工业部宴请石化领域专家，闵恩泽夫妇作为重要客人落座在第一桌。席间，余秋里对闵恩泽下命令："老闵，你一年之后给我把微球硅铝裂化催化剂交出来！"。时值大庆油田开发，要建设产量为 250 万吨/年的炼油厂。这就要建设流化床催化裂化装置，将重油裂化成汽油、柴油和液化气，需要微球硅铝裂化催化剂。然而，这种催化剂制造技术为美国所垄断，技术买不到。听了余部长的话，闵恩泽连酒都不敢敬了，坐在那儿半天没有吭声，那是根本没可能的啊！

十几天后的一个晚上，陈毅副总理在人民大会堂举行春节宴会，闵恩泽又和余秋里坐在一桌。这次他主动向余秋里部长汇报："余部长，微球硅铝裂化催化剂工厂一年之后开始设计。"这时坐在同桌的石油科学研究院院长接着说："闵恩泽的允诺是经过深思熟虑的，我们是有信心的，于是他们一起举杯向余部长敬酒。"

为了缩短研制时间，闵恩泽带领科研小组采取交叉作业的方式，选择把握较大的"原料易得硫酸四步法、间断成胶、先干后洗"的工艺流程，并把"喷雾干燥器"这个难题拎出来提前攻关。

可以说闵恩泽确定了一条符合中国国情的微球硅铝裂化催化剂制造的技术路线，原料易得，使用可以采购的化工单元设备，因而研发工作量少，有利于加速建设，符合石油部尽快建成工厂的要求。

当年闵恩泽他们遇到的最大难题是制造筛分组成和机械强度均符合催化裂化装置中流态化要求的微球，必须让喷雾干燥器有合适的喷嘴结构。于是，闵恩泽一边研究催化剂制造方法，一边打破常规，提前建设中型喷雾干燥器来研究喷嘴结构。他们很快开发成功了一种目前仍在使用的专用喷嘴。微球硅铝裂化催化剂从实验室研制开始到建成工厂仅用 5 年时间，而这个周期通常是 8 年至 10 年。在极端艰苦的条件下，闵恩泽为中国自主开发了微球硅铝裂化催化剂，打破了国外技术封锁，满足了国家的急需。

在兰州建成小球硅铝裂化催化剂和微球硅铝裂化催化剂生产车间的同时，还在抚顺和锦州建成提高汽油辛烷值和生产芳烃的铂重整催化剂、烯烃叠合的磷酸硅藻土催化剂车间，到 1964 年我国主要石油炼制催化剂的生产均已立足国内，并奠定了石油炼制催化剂生产技术的基础。

四

1965 年，全国贯彻"备战、备荒、为人民"的方针，进行"三线建设"。石油工业部决定在湖南六铺口建设长岭炼油厂。先后两次开山洞，要把炼油装置放进去，后来发现将来开工后洞内温度太高，装置无法检修，于是才把炼油装置放在山沟之间。虽然当时对炼油装置进山洞，已有不少干部、技术人员和工人怀疑，但无人敢提。

当时派闵恩泽负责制订催化剂工厂建设方案。催化剂厂虽然未想进山洞，领导却要求以工序为单元建设催化剂厂，要做到从飞机上往下看，厂房分散得像农民的住房一样。这显然不符合科学生产的要求。当时在场的闵恩泽的研究生谭经品回忆说："在方案论证时，闵先生冒着被批判的风险，大胆指出按工序建厂，物料传输路线长、投资大、能耗高，同时还容易混入杂质，影响催化剂质量。"闵先生的话音刚落，在场的同事都替他捏了一把冷汗。闵先生仍然镇定地说："我也和大家一样着急，这个催化剂厂是出于战备需要才上马的，如果我们建成的是一个不能正常开工的厂，那我们就是对国家和人民的犯罪。所以，我们必须，也只能以车间为单位对厂房进行设置。"

在科学面前，闵恩泽考虑的不是个人的得失，而是国家的利益和安危！他提出的以车间为单位建设长岭催化剂厂的方案为我国多品种催化剂工厂的建设奠定了良好的基础。

人们接受了他的坚持，长岭炼油厂接受了他的坚持。大家都在心中默认了一个事实，那就是：国家要发展，不能做以政治代替科学的荒唐事。闵恩泽的性格决定了他不可能见风使舵，不可能在危及自身的大是大非面前保持沉默，说到底，他还是一介书生，脱不了中国知识分子那种把国家使命看得高于一切的秉性。"扼困之际，不忘国是，临九死而不悔；无私无我，历经磨难，矢志不改报国之心。这就是我们中国的知识分子。"——这是李大东院士在中国石化闵恩泽先进事迹报告会上的一段话。

企业的渴盼

> 闵恩泽院士是用 99% 的努力，抢抓 1% 的机遇，为社会创造 100% 的价值，同时也为企业创造了财富，他是让企业扭亏为盈的圣手。
>
> ——院士何鸣元

一

什么样的才是人才？为官者不能称之为人才，有学历者亦不算是人才，有资历者更不属于人才范畴之例。唯有他人处理不了的事，你能够处理好；他人没有想到的事，你想到了；关键时刻你能够挺身而出解决好问题；突发性事件面前你有应对的办法；他人没有抓住的机遇你抓住了；这样的人方可称之为人才！

闵恩泽就是这样的人才，大才。经过他指导一共建设了四座催化剂厂，这四座催化剂厂生产的各种品牌的催化剂，完全可以支撑中国炼油工业的整座江山。因此，闵先生获得国家最高科学技术奖当之无愧。因为他的努力，使我国石化科技早在 30 年前就形成了自主创新模式，并占尽先机，对国家经济发展产生了不可估量的推动作用。现在可以自豪地说：我们依赖国外炼油催化剂的时代，已经一去不复返了！我们的炼油催化剂实现了自给，跨出国门走向世界！

闵先生是一个心中装着国家、装着企业的人，他几十年所走过的科学道路，可以概括为六个字：立功、立德、立言。面对这样一位科学家，我们应该以他为榜样，学习他的精神！

我沿着闵恩泽所走过的科技之路，探寻着他为企业扭亏为盈的艰苦而伟大之路。

"何鸣元院士说，您是让企业扭亏为盈的圣手，请您谈谈帮助了哪些企业扭亏为盈、使企业走出困境的？"

闵恩泽说："我曾帮助山东周村催化剂厂、长岭加氢催化剂车间、中国石化巴陵分公司和石家庄化纤有限责任公司的己内酰胺引进装置扭亏为盈，走出困境。我想今日只讲长岭加氢催化剂车间和石化纤己内酰胺引进装置的有关事情。"

1975 年，燃料化学工业部生产组副组长任向文派闵恩泽带领一个专家组，前往长岭炼油厂新建的加氢催化剂车间，了解车间不能投产的原因。他们到后发现除技术原因外，加氢催化剂车间工人士

幸福是什么

气低落，工人们认为车间里不仅粉尘多，每天要把物料搬来搬去，还有难闻的 NOx 等；与炼油装置操作工们相比，他们坐着、看着仪表板操作，工作要轻松许多。当时同去的一位燃化部炼油处的副处长，建议带这些工人去工作更为艰苦、环境更恶劣的小煤矿去体验。闵恩泽也随着加氢催化剂车间工人一起下到小煤矿的井下。回北京向燃化部汇报后，1976 年 4 月，决定在长岭炼油厂开展加氢精制催化剂会战：研制新型催化剂，并对催化剂车间进行技术改造。参加会战的单位有：长岭炼油厂、石油化工科学研究院综合研究所、荆门炼油厂研究所、北京大学和兰州化学工业公司化工机械研究所。关于那次会战，时任长岭炼油厂副厂长兼会战总指挥的周皓有这么一段回忆：

"闵恩泽带着一批科技人员来到了长岭，帮助我们工作。我要他当总指挥，可他非要我当不可。我把他看成上级领导、学长。在会战中，组织各部力量、协调各种关系是我的事，而技术上则完全听闵先生的。闵先生提出了研制钼镍磷催化剂的设想。经过反复讨论，制定了研究攻关方案：一、采用新的原料和方法生产干胶粉；二、催化剂由压片成型改为挤条成型；三、改用新的浸渍液。

"当时会战的口号是：拼命学大庆，跑步超'两兰'（兰州炼油厂，兰州化学工业公司）。会战领导小组人员经常加班。到了放大试验时，连轴倒班，闵先生也跟着倒。"

参加会战的工人戴力军回忆说："我那时二十岁，参加了挤条成型试验。有一天，闵总拿来一种叫田菁的植物，要我们碾磨成粉，加入物料中作助挤剂。我们试验了几次，认为比较理想。我拿着物料去找闵总，对他说：'像面团一样粘了，而且外表还光滑，应该可以了。'闵总拿在手中试了试，说：'好嘛，再多做点，再动动脑筋，还有什么办法可以更粘一点。'物料经过挤压成型、烘干、烧焙，强度达到了要求。但闵总嫌孔容不够，要我们再试验。后来，我们总算做出了强度、孔容、比表面积都适合要求的催化剂。"

闵总反复叮嘱我们："每次试验一定要做好原始记录，每个数据都不能丢失，即使失败了也要找出原因，不要怕麻烦。"

戴力军说："闵总的敬业精神影响了我一生。自此之后，我无论到哪里，干什么工作都力求严谨仔细，一丝不苟。"

为了尽快解决各种难题，闵恩泽带领会战组成员，盯在现场，加班加点。厂里招待所离现场较远，长炼领导考虑到闵恩泽的身体不好，要给他配专车。闵恩泽坚决不肯，他坚持和大家步行上下班。晚上，他还把工人们带到招待所，用小黑板给大家讲课。参加会战的职工由衷地说："闵总和咱们是一家人哪！"

加氢催化剂会战中，新原料路线的 $Al(OH)_3$ 干胶中杂质洗涤困难，喷雾干燥器中烟道气 SOx 引起的 $Al(OH)_3$ 干胶粉污染，单螺旋挤条机挤条成功后又设计双螺旋挤条机以提高效率，采用田菁粉助挤，贮存的浸渍液配制等难题的解决，使长岭加氢精制催化剂的品种、质量从 40 年代水平迎头赶上 70 年代水平，使我国加氢催化剂产品质量和生产技术一步跨越了 30 年！这次会战，不仅仅是一个催化剂新产品的开发和生产技术的创新，更重要的是形成了一个产、学、研相结合，多学科联动的协作模式，为加速科研成果转化开辟了一条有效途径。

二

2004 年的冬天，石家庄一连下了几场雪，气温是降了又降。闵恩泽一行冒着雪，来到了河北省石家庄化纤公司，考察企业生产运行情况。一天下来，老先生已经很累了，从北京到石家庄市开车要三个多小时，雨雪天车不敢快开，一早出发，快中午才到化纤厂。老先生每次到厂里来，都是住在厂里的招待所，招待所里的暖气一直不太好，屋子里比较冷，厂领导怕冻着闵院士，每次都劝闵院士住在市区里的大饭店，条件会好些，可闵恩泽总是笑笑说："这里挺好的，去工厂方便。"

这天闵院士同往常一样，从车间查看装置后，回到了化纤厂的招待所。随行的同志怕闵院士冷，找服务员又要了一床被子，当他把被子送到闵院士房间时，闵恩泽说："我这床暖和着呢。"同事们纳闷："天这么冷，床怎么会暖和呢？"说着有人用手一摸，果然很暖和，这是怎么回事？掀起褥子一看，原来是一床电褥子，难怪这么暖和呢。可是这电褥子是谁送的呢？一问值班员才知道，是一位老职工送的，他说："这里的暖气不好，闵老先生快八十的人啦，还在为企业做事，我和老伴、儿子、儿媳妇都在化纤厂工作，当年要不是闵老先生挽救了企业，我们这一家子还不知道要怎么活下去呢，三千多人的大厂呀，有多少双职工要下岗，闵老先生是我们的大恩人，要是把老先生冻坏了我们就是千古罪人呀。"

闵院士和大家都很感动。事隔几年，石科院的同志们谈起这件事的时候依然感慨良多："闵先生的形象在化纤厂职工的心目中至高无上呀！"

石家庄炼化公司董事长毕建国说，"闵恩泽"三个字，在石家庄炼化，特别是在石家庄化纤公司，家喻户晓，尽人皆知，大家都亲切地称他"闵老先生"。为什么"闵恩泽"在石家庄化纤公司会有如此高的声誉，受到如此尊敬呢？

事情还要从头说起。

有人说闵恩泽是研究催化剂的专家，与催化剂相比，生产己内酰胺的难度要大得多，而得知闵先生要涉足己内酰胺时，许多人为老先生捏着一把汗。因为己内酰胺在化纤中是制造工艺最复杂、质量要求高的单体。己内酰胺用途甚广，被广泛地用于纺织面料、地毯、汽车部件、包装薄膜等制造业，它在我国经济发展中是一种紧缺的重要的化工原料。

石家庄化纤有限责任公司引进了一套甲苯法生产己内酰胺的装置。1999 年，这套装置开工时，世界上的其他三套国外装置均已停产，连出口这套装置的意大利，也停止了用甲苯法生产己内酰胺的装置。甲苯法主要存在下列缺点：一、流程长，其中产品精制就有 10 道工序，不仅操作难度高，而且消耗大量能源并损失己内酰胺产品；二、副产硫铵多，每生产 1 吨己内酰胺副产 3.8 吨硫铵，不仅增加制造成本，而且面临严重销售困难；三、需要使用和消耗大量昂贵的钯 / 碳贵金属催化剂，一次纯钯的加入量 710 公斤，大量占用资金；四、收率低，同时生产过程产生大量废液、废渣，严重污染环境。开工后每生产一吨己内酰胺的成本为 11000 元，而当时市场上进口的己内酰胺售价为每吨 8000 元。

石化纤被迫停产了，技术骨干流失，大批职工只好在家待岗。望着装置停转、厂房闲置、陷入死一般沉寂的厂区，职工们绝望了："完了！石化纤没救了！"

2001 年的元旦刚过，时任中国石化集团高级副总裁的曹湘洪组织召开了中国石化集团科技委会议，部署 2001 年科技委活动计划，提议对石化纤己内酰胺动"大手术"。

按照中国石化科技委 2001 年活动计划，科技委组织股份公司科技发展部、化工事业部、发展规划部、石油化工科学研究院、巴陵分公司、巴陵设计院等单位的专家到石化纤公司进行现场诊断，由闵恩泽担任组长。

这一年，闵恩泽 77 岁。专家们去现场诊断的消息自然传得很快。当时，国外的同类己内酰胺装置全已停产。在许多人看来，石化纤已如病入膏肓的患者，即使华佗在世，也无力回天。许多人劝说闵恩泽"这样的年纪，身体又不是太好，就不要再干了"。

"己内酰胺在国外已经有三家企业的装置都停产了，石化纤这家企业能救活吗？别把您一世英名毁了。"

闵恩泽听到这些话，不是没有想法，他们说得对。从关心和爱护自己的角度都没有错。可是我闵恩泽一生的志愿就是当国家需要的时候就是我冲锋陷阵的时候。他的学生回忆说，闵先生对企业的难题都会挂在心上。他对我们说："一、国家投资 35 亿，钱不能够白白丢掉；二、企业已经濒临倒闭，几千名职工怎么办？他们怎样生活？这关系到国家的声誉和社会稳定；三、我们是科技工作者，企业出现的问题我们不解决谁来解决？名声比几千人的生活保障还重要吗？"

27 位专家学者来到石家庄化纤公司己内酰胺现场，大家讨论后，认为当前的任务是尽快将装置达标降本，开稳开满；然后将化纤与有机化学品生产相结合以充分发挥装置特点增加经济效益。闵恩泽和专家们与各单元装置技术人员和工人，一套一套研究技术改造项目，共提出技改项目八项，还研究了科研开发课题，也是八项，主要有：

针对甲苯氧化单元甲苯氧化收率低、苯甲酸质量差的问题，尽快优化工艺和使用抗氧化结垢剂以解决当前问题。将副产品醛醇分离工艺的技术改造立项，以尽快抽出高附加值的醛、醇产品增加效益。将目前高转化、低选择性的单釜氧化工艺改为低转化、高选择性的多釜富氧氧化工艺，以提高甲苯氧化收率和苯甲酸质量。对"高选择性甲苯氧化生产苯甲酸工艺技术研究开发""低副产硫铵工艺的探索"和"甲苯氧化副产物苯甲醇分离技术研究开发"等科研开发课题进行立项。

针对苯甲酸加氢单位苯甲酸加氢催化剂钯/碳消耗高、活性低的问题，进一步完善目前已进行的非晶态合金镍取代钯/碳催化剂的实验。同时进行增加磁分离器等技术改造，以进一步增加非晶态合金取代钯/碳催化剂的力度。同时提出开发以双金属、钌等其他的新型苯甲酸加氢催化剂体系及固定床加氢工艺的设想，形成"苯甲酸加氢新型催化剂体系和工艺的研究"课题。

同时，对甲苯法己内酰胺副产硫酸铵高和己内酰胺精制工艺复杂的问题，也均作了技术改造和科研课题安排。

曹湘洪高级副总裁听了石化纤己内酰胺装置现场诊断的汇报，决定立即进行技术改造和科研课题立项。石家庄炼化公司董事长毕建国因此看到了再生的机会。他迅速进行机构调整，大胆出台了一系列奖励措施，装置改造进行得快捷而又顺利。

2002年5月，改造后的装置一次开车成功，机器发出了欢快的轰鸣，高质量的产品闪耀出洁白的光泽，石化纤职工的脸上露出了久违的笑容。职工社区犹如节日一般鞭炮声此起彼伏。

两个月后装置产量达标，产品优质率大幅度提高，石化纤公司起死回生啦！

这时，石化纤的生产还存在另一关键问题，当时每生产一吨己内酰胺要副产3.8吨硫酸铵，当硫酸铵堆满库房销售不出去时，就限制了己内酰胺生产，于是又组织攻关会战。有关单位提出了把甲

幸福是什么

苯法和苯法集成的方案。各协作单位攻关也在稳步进行。突然发现，原来意大利提供石化纤甲苯法工艺的公司早在 1996 年就在中国申请了专利，这个专利权限宽，完全覆盖了甲苯法和苯法集成方案攻关内容。按照专利权法，如果开发使用，将可能造成严重的侵权。于是他又组织有关同志对意大利的那项专利进行了法律状态查证，查证的结果让他喜出望外：原来这份专利只交了三年专利费，然后就不交了。根据专利权法，不交专利费，就意味着专利失效。

听到这个消息，闵恩泽非常高兴，他说："他们失效了，我们可以自己做了。"

2003 年，经过闵院士和他的团队的努力，改造后的石化纤己内酰胺装置，年产量从 5 万吨一跃提升到 6.5 万吨；从 2005 年起，石化纤一年一个台阶，连年盈利。职工们发自内心地说："闵老是我们的福星啊！"

2009 年已建成 16 万吨 / 年甲苯法与苯法集成工艺的装置，它在生产己内酰胺的同时还生产有机化工产品，这是世界上唯一具有这种特色的装置。

面对多方赞誉，闵恩泽真诚地说："能把自己的一生与人民的需求结合起来，为国家的建设、为企业扭亏为盈作贡献，是我最大的幸福。"

绿色与创新

　　"我国炼油催化应用科学的奠基人，石油化工自立创新的先行者，绿色化学的开拓者。"

　　　　——国家最高科学技术奖评审委员会对闵恩泽评价

　　"人生如炬，燃烧自己，照亮能源产业；把创新当成快乐"。

　　　　——感动中国组委会授予闵恩泽的颁奖词。

一

　　刚才我们已谈过催化应用科学的奠基和企业的扭亏为盈，现在我想谈谈绿色化学与自主创新。

　　这位老人侃侃而谈，谈绿色化学首先要谈环境保护的重要性。他拿出三本书与我看。一本是 1962 年美国女作家蕾切尔·卡逊所著的《寂静的春天》，首次揭露了杀虫剂对生态的损害性，第一次向世人敲响了生态破坏带来严重后果警钟，揭开了"生态学时代的序幕"。第二本是 1972 年美国丹尼斯·米都斯等人所作的《增长的极限》，这本书有力地促进了全球环保运动的开展，是环境理论的奠基之作。第三本是美国的芭芭拉·沃德·勒内·杜博斯所著的《只有一个地球——对一个小小行星的关怀和维护》。他告诉我这三本书被称为环境保护的经典之作，标志着全人类对环境问题的觉醒。

接着他告诉我：在近代世界经济发展历史中，对于环境保护，人类经历觉醒、奋起和飞跃三个阶段。20世纪40至50年代，在工业发展的初期，废物的排放量小，所以可以直接排放到空气和河流中，不会对人类健康、生态环境等造成危害，所以这个时期，是环境保护的稀释阶段；到了20世纪60至70年代，工业发展、废物稀释排放对环境造成了严重危害，于是人们开始限制废物排放量和浓度，并着手整治环境，进入了"先排放后治理"的阶段；直至20世纪90年代，人类终于认识到要从源头根治环境污染，不排放废物，这导致了绿色化学的兴起。

绿色化学是用化学方法去减少或消灭那些对人类健康、社区安全、生态环境有害的原料、催化剂、溶剂和试剂、产物、副产物等的使用和产生。绿色化学的理想在于不再使用有毒、有害的物质，不再产生废物，不再处理废物。它是一门从源头上根治污染的化学。

他与我在纸上绘制了一个绿色化学的示意图，他说这一看就更清楚了！

二

我看了看，又问他："您怎样去做到原料的绿色化、化学反应的绿色化、产品的绿色化等等这些呢？"这时他说，这就要依靠科学技术自主创新。接着他把自己2008年的新作《石油化工——从案例探寻自主创新之路》一书赠送与我。这本书讲了自主创新的三原则：原始创新来自科学知识基础的转移；创新来自联想，联想源于博学广识和集体智慧；各尽所能，发挥团队精神，克服挫折失败，坚持到底。然后列举了国内外的多项创造发明加以论证，其中也有绿色化学的案例。根据这本书的线索，我进一步了解了自主创新与绿色化学的关系。

1991年，闵恩泽从《催化科学与技术》上首次看到一篇文章引用福斯特的"技术进步S形曲线规律"，即技术进步通常经历培育期、成长期、成熟期和衰老期的发展阶段，当某一技术达到或接近其发展极限时，技术进步将通过"非连续式"——即转移到一个全新的和完全不同的知识基础上来实现。1930年至1980年间化学工业的重大新技术开发就遵循了这种S形曲线规律。

闵恩泽有一位画家朋友，告诉他作为画家需要两项基本功：一是临摹古今中外的名画，学习其中的精髓；二是广泛写生，收集大量的山水、人物、草木等信息，然后将这些所见美景加以联想，进行创作，所以画家说创新来自联想。这几句话，画家不知道跟多少人说过，但几乎没有人注意到或者说没有产生共鸣。可闵恩泽却从画家的话里得到了启发。他认为，做科研何尝不是如此：一是熟读古今中外有关的书籍、论文、专著；二是广泛收集各种需求，作为一名科学工作者需要知道国家今天、明天、后天需要什么。闵恩泽的体会是创新来自联想，联想源于博学广识和集体智慧。

一个人能在一生中，担当一次国家的重托，已经实属不易，可闵先生却在一生中，时时刻刻都把国家的责任挑在肩头，这种高度的责任感，这种神圣的使命精神，使每一个接触过他的人都肃然起敬，并为之深深感动。他常常拿《西游记》中的四位主角作比喻："作为领军人物的唐僧，目标明确，坚忍不拔，知人善用；身为中坚骨干力量的孙悟空，赤胆忠心，能征善战；负责助攻的猪八戒，是团队中的第二梯队；沙和尚则负责后勤支持，脚踏实地，吃苦耐劳。"闵恩泽绘声绘色地说道："自主创新的精神支柱是各尽其能的团队精神和战胜困难、坚持到底的精神。"

　　闵恩泽院士又介绍了在上述三条原则的指导下，通过原始性创新实现绿色技术的三个实例。

　　喷气燃料是民航和军用飞机燃料，其中的硫醇不仅使油品发出臭味，而且对飞机材质有腐蚀作用并影响燃料的热安定性。国外普遍采用液体碱作为催化剂，通过催化氧化反应加以脱除，但同时产生废碱排放，污染环境。20 世纪 80 年代后期，国外开发成功固体碱催化剂，但只能缓解污染，仍未从根本上解决环境污染问题。

　　1996 年年底的一天，闵恩泽下班回家路上跟人讨论过去开发喷气燃料加氢脱硫工艺，灵感突现：喷气燃料中的硫醇最易于加氢脱除，可否利用这一原理另辟捷径，在比常规加氢脱硫工艺更缓和的条件下加氢脱硫醇？思路开了，闵恩泽立即组织有关研究室投入试验，由于方法对头，得来全不费工夫，流程一下子打通，短时间内开发成功 RHSS 新工艺，与碱催化氧化工艺相比不排放废渣，并显著降低操作费用，能从多种原料油生产合格的喷气燃料。目前已建成 7 套 15—100 万吨 / 年规模的工业装置，总加工能力 420 万吨 / 年。RHSS 技术占国内新建或改建装置 80% 的份额。

　　对巴陵石化苯法引进装置中，开发了绿色的环己酮氨氧化制环己酮肟新工艺。以环己酮、氨和双氧水为原料，使用新型钛硅分子筛催化剂，在连续式搅拌釜中用一步"原子经济"反应代替引进装置的"四步法"反应合成环己酮肟，环己酮转化率和选择性好。与引进装置相比，省掉氨氧化、NOx 吸收、Pt–Pd/C 催化剂加氢等工序；不需要循环压缩机、空压机等大型辅助设备，设备投资和能耗大大降低；反应条件温和、运行成本低、产品质量好、环境友好。7 万吨 / 年工业装置已建成投产，投资为引进的 21.1%，每吨己内酰胺可变成本降低 644 元。

在石家庄化纤有限公司甲苯法己内酰胺引进装置中，以磁稳定床己内酰胺加氢精制新技术代替高锰酸钾氧化精制工艺，从源头上根治了引进装置中高锰酸钾氧化生成的二氧化锰废渣、废水，原来地面上常有成片的泛着泡沫的污水、污物，现在都不见了踪影，还降低了己内酰胺产品的损失。

讲到这里，他面带笑容地告诉我，他觉得十分欣慰的，就是这些绿色化学成果很受企业欢迎，包括领导、技术人员和工人，不但给工厂带来了更大的效益，而且使得车间环境更好，操作更安全方便。

三

绿色化学的一个重要内容就是利用取之不尽、用之不竭的可再生植物资源来生产燃料和化工产品。

2000 年，在闵恩泽编著的高新技术科普丛书《绿色化学与化工》一书中，提到了"菜籽油也能用来开汽车"，简单介绍了欧洲利用菜籽油生产生物柴油及其推广使用的情况；后来又在 2001 年《世界石油工业》的《21 世纪的炼油工业——多样化的炼油厂》一文中，把"从植物油生产生物柴油的炼油厂"列为一类炼油厂。他向我介绍了他进入这一领域的过程。2002 年，闵恩泽参加了中国工程院主办的"我国生物柴油产业发展座谈会""生物柴油植物原料发展讨论会"；2003 年 10 月，受国家经贸委技术进步与装备司委托，闵恩泽主持鉴定了海南正和生物能源有限公司的"生物柴油生产工艺和产品"鉴定会，还亲自去河北邯郸考察了生物柴油厂和黄连木培育基地。这些活动使他进一步认识了发展生物柴油产业的重要意义，决定进入这一科研新领域。

关于生物柴油他解释道：生物柴油是通过可再生的天然油脂资

源生产的一种柴油组分。天然油脂多由直链脂肪酸甘油酯组成，与甲醇进行酯交换反应后，生成分子量与石油柴油相接近的脂肪酸甲酯，具有接近于石油柴油的性能。欧盟研究与应用结果表明，生物柴油起动性能与石油柴油无区别，而且润滑性能好、闪点高、十六烷值高、硫和芳烃含量低，因而燃烧性能好，使用安全，尾气排放可满足欧Ⅲ或欧Ⅳ的标准，是一种优质的清洁柴油。

那么发展生物柴油，关键看有什么原料？由于欧盟以双低菜籽油为原料，美国采用大豆油为原料，而且这些原料油均经过精制，他们从国情出发，开发了碱催化的酯交换法。

我国虽然是一个油脂生产大国，但我国人口众多，油脂食用消费数量巨大，每年需要进口千万吨以上的大豆来榨油，同时也大量进口植物油。因此，我国生物柴油采用可食用的植物油是不现实的。但是我国也不缺乏生物柴油的原料，如废弃油脂（餐饮废油、酸化油、废动物油）及一些正开发利用的麻疯树、黄连木等木本植物油。由于原料来源途径多，品质差别大，所以必须开发适合劣质和多种来源原料的技术。

在闵恩泽的主持下，从导向性基础研究入手，开发超临界酯交换工艺。除成立专题研究组，还先后指导博士生开展了"超临界醇解生产生物柴油动力学和工艺过程研究""近临界状态下甘油三酸酯醇解反应应用研究"。最后通过小型实验和中型实验，终于开发成功了这一新工艺。这个工艺的突出特点就是可适用于劣质高酸值油脂原料。在超临界状态下，无需催化剂，即可使油脂与甲醇发生醇解反应，而且反应时间短，几分钟就可以达到平衡。不产生皂类，产物分离容易，产品精制简化。

我问闵老，对于开发成功这一新工艺有什么心得体会？他讲了三条：

一、开发生物柴油的关键是价廉、稳定原料的供应。我国油料作物首先要保障全国食用油的供应，目前我国已大量进口大豆榨制食用油，用于生物柴油的油料作物还不能与食用油的生产争地。因此，我国只能选择餐饮废油、榨油厂下脚料、猪皮油等价廉、劣质油为原料，同时还要实现原料油供应多元化，以保障全年生产。因此结合国情，选择了开发超临界酯交换工艺，不能走欧美各国以精制油为原料的液碱催化剂酯交换生产路线。

二、选择超临界酯交换工艺后，除认识其优越性外，同时也认识到其不足，即压力高、温度高。从基础研究入手，从相图认识到具有降压、降温的潜力，从而开展研究，探寻降压降温的途径，终于发明了诱导技术，达到了目的。

三、在中型试验装置上长周期运转中，又发现换热器管线等结垢，压降增大，又以换热器、管线的流速等工程设计加以解决，同时对于反应器的内部结构也采取了措施，使这一工艺又增加一创新点，使整个工艺达到世界领先水平。

四

从长远看，石油、天然气、煤等化石资源终将枯竭，碳氢化合物时代将走上以可再生资源为原料的碳水化合物时代。微藻是光合效率最高的原始植物，与农作物相比，单位面积的产率高出数十倍。微藻也是自然界中生长最为迅速的一种植物，通常在 24 小时内，微藻所含生物质可以翻倍。微藻优势还在于不与农作物争地、争水，它可以生长在高盐、高碱环境的水体中，可充分利用滩涂、盐碱地、沙漠进行大规模培养，也可利用海水、盐碱水、工业废水等非农用水进行培养。微藻的培养需要利用工业废气中的二氧化碳，因此微藻的生长过程还能减少环境的污染，缓解温室气体的排放。另外微藻的综合利用价值高，生产微藻生物柴油的同时，还可以生产相当数量的藻饼，进一步获得蛋白质、多糖、脂肪酸等高价值产品，有效降低微藻生物柴油的成本。

闵恩泽在获得国家最高科学技术奖之后，一直在想，如何在战略性、前瞻性的新能源领域中选择课题来研究。他想微藻生物柴油正是这种课题。

2008年2月间，机会来了。根据"中国石化集团公司与中国科学院全面战略合作协议"，中国石化和中科院正在商讨在新能源领域开展什么课题。中国石化总工程师曹湘洪院士、中科院副院长李静海院士与闵恩泽一起讨论，决定开展"微藻生物柴油成套技术的开发"，并请他负责筹备。2008年5月，在北京召开"微藻生物柴油技术研讨会"，对微藻生物柴油技术的国内外进展、能源微藻藻种库建设、光生物反应器等专题进行了交流和讨论。在这次会议的基础上，他又组织双方进行了一次实地考察。

考察组连续考察了中科院的武汉水生所、武汉植物园、南海所、过程所以及云南丽江施普瑞微藻生产基地，也考察了中国石化石科院工程研究中心、石家庄的生物柴油中试基地等。最后编写了开题报告，安排了微藻、光反应器、生物柴油生产等几个重要的课题。该项目为首席科学家负责制。这个项目计划在2009年到2011年进行小试研究，2015年进行户外中试装置研究，2020年建设工业示范装置。

闵恩泽院士认为，要让普通交通工具都"喝"上微藻生物柴油，还必须跨越三道槛：首先是成本，微藻燃油项目的产业链很长，藻类的培养成本很高，制成品的价格是目前石油的好多倍；其次，微藻生物柴油项目要投产，规模要很大才能做，而现在各个研究机构的生产规模都很小；再次，难以找到合适的生产场地，在藻类培养中，藻类的密度只能到 1%～2%，太密，藻类就无法吸收阳光。微藻生长对阳光和水的高要求，需要大型的场地。

　　闵恩泽在人生 80 时再一次向生物柴油发起了进攻，尽管这项科研项目任重道远，但他对此仍充满希望。改革开放 30 年来，我们国家的科研方面可以说是日新月异，一则国家重视科学研究与鼓励创新能力，二则我们的科学家们清醒地认识到，世界先进国家已经走到我们的前面，他们的绿色化学、生物柴油概念在实施中取得了伟大胜利，已经开始造福于人类。我们的科学家们看到了绿色化学和生物柴油的美好前景，他们正在奋起直追，因为他们当中有像闵恩泽这样从不畏惧艰险的科学家，在绿色化学的海洋里，在生物柴油的茫茫大漠之中，正以创新精神为原动力，国家利益和民生为己任，为造福子孙后代而不懈地钻研与探索着。科学，何愁不兴？国家，何愁不昌？人民，何愁不富？

　　今天的闵恩泽可谓荣誉满身，然而他从未停止在科研领域的耕耘与播种。探访闵院士半个多世纪的创新之路，不得不让人惊叹，他像一株枝繁叶茂、活力充沛的老梅，创新之花常开常艳。

为师的楷模

　　"他的巨大贡献，不仅仅在于卓越的科研成果，更

在于他带出了一支勇于攻关、善于团结、勤谨踏实的科
研队伍，为石化研究储备了一个人才库。"

——石油化工科学研究院院长龙军

2008 年 1 月 8 日，当闵恩泽从胡锦涛总书记手里接过国家最高
科学技术奖证书时，老人平静地说道："这是几代石油石化人的心血，
这是大家的荣誉，我只是一个代表。"闵恩泽院士开阔的心胸，为人
师表的襟怀，让他的弟子、他的同辈、他的领导对他更加地尊重。

从 1987 年至今，闵恩泽先后带了 50 多个学生，其中硕士生 16
名，博士生 20 多名，博士后 10 多名，目前他还在培养博士生。如
今，他的不少学生已经成长为催化剂厂厂长、总工程师；石油化工
厂的经理、副经理；研究院副院长、副总工程师；高等院校的催化
专业教授……

石科院副总工程师宗保宁就是闵恩泽院士门下高足。他深情地
向我讲述了一段鲜为人知的故事……

1985 年，宗保宁从北京大学考入闵恩泽老师门下做硕士研究
生。当年，闵恩泽敏锐地意识到，将金属催化材料的科学基础由晶
态转移到非晶态，可能开辟一个新的催化材料领域。于是闵先生给
宗保宁选定的课题是"非晶态合金新催化材料的研究"。

闵恩泽先生的女儿有句话："父亲脑子很单纯，整天想的就是催
化剂。"对此，宗保宁也深有体会，跟老师在一起，无论坐车、吃
饭、还是散步，甚至在医院打针，他的话题往往不离催化剂。他还
把国内外重要催化剂的发现案例，编成故事讲给学生们听。这些故
事，强烈地激发了宗保宁的兴趣，从一个受教育的学生，成长为主
动思考的科研工作者，这正是得益于闵先生多年潜移默化的引导。

经过三年的研究，宗保宁在即将硕士毕业的时候，他认为：非晶态合金用作实用催化材料，困难重重，它必须克服热稳定性差、比表面小等难题。于是，他想打退堂鼓，不想继续下去了。闵先生和蔼地对他说："认识到难点就是成功的起点，我们做科研工作就是要把问题转换成课题。"看到宗保宁仍然愁眉不展，闵先生突然口气严厉了起来："科研工作就是要挑战自我，要成为一流的科学家，就必须卧薪尝胆。"那一天让宗保宁记忆深刻，导师的话深入五内。于是，他决定在老师门下继续刻苦攻读博士学位。

宗保宁在攻读博士的过程中，在老师的鼓励指导下，不再迷惑，一头钻进了迷宫般的科学殿堂。年复一年的春夏秋冬，日复一日的昼夜轮回，多少次的山穷水尽，多少次的柳暗花明。迷茫与憧憬相伴，懊恼与欢笑共生，而每每在他失去方向的时候，闵先生的指导和鼓励就像一把火炬，为他照亮前行之路。

1991 年，宗保宁开始撰写博士论文。在闵恩泽的严格要求下，一连改了六遍。那时，计算机还没有普及，三万多字的论文要一字一字地抄写一百多页。改到第七遍的时候，宗保宁忍不住跑到闵先生家里诉苦："老师，我改不出来了，我和您的写作风格不同。"闵先生严肃地说："不是风格问题，是水平问题。在我这里做学生，有标杆，跨不过去就不能毕业！"凡是闵先生带出来的学生，论文都是再三修改。这种严谨的治学态度逐渐被大家认同，并成为每个人的习惯。闵恩泽要求自己更加严格，他的文章从来就没有定稿的时候，总是一改再改，常常是出手前一刻，仍在修改中。

1995 年，为了让宗保宁开阔视野，做好非晶态合金催化材料研究工作，石科院领导和闵恩泽老师安排他到德国著名的马普研究所作博士后。这是一所世界一流的研究所，曾有 6 名科学家获得过诺贝尔奖，宗保宁的导师后来也获得了诺贝尔化学奖。在学习期间研究课题进展顺利。当时，宗保宁的妻子、女儿也都去了德国，工作生活条件非常优越。一年后的一个晚上，宗保宁德国家里的电话铃声响起了，老师那熟悉而亲切的声音传到他的耳边："保宁，你的研究进展如何？非晶态合金催化剂研究已到了关键时候，你是否考虑回来？"听到老师的话，宗保宁既惊喜又矛盾。几句简短回答后，便放下电话。环顾这大得能打羽毛球的客厅，回想国内那总共只有二三十平方米的陋室，他的内心开始翻腾了：工作也有几年了，在国内三百多块钱的月收入，既要赡养父母，又要抚养女儿，常常是捉襟见肘。第一次在德国领工资时，高出国内几十倍的德国马克，着实让他吃了一惊。

两天后，宗保宁犹豫地拨通了闵先生家的电话，想说的话咕哝着还未出口，师母陆院士的声音传来："你老师上午去开会，一散会，就去了机场，说是到复旦大学研究非晶态合金材料的事。"师母接着埋怨："这些天，一天到晚，他满脑子都是非晶态合金材料，这不，连药盒都忘带了。"听到这里，宗保宁心里说不上啥滋味，想起闵先生年逾七旬，身体又动过大手术，仍南来北往为科研奔波。他的心头不禁一热，原来的想法立刻改变了，我要回国！与老师一起干事业！

宗保宁回来了，提前半年回到石科院，闵先生非常看重自己这位学生，他说，保宁，要把从德国学习来的经验尽早尽快用于非晶态合金研究上，并向院里推荐他任非晶态合金研究领域的带头人。

2005年，经过近二十年的艰苦努力，"非晶态合金催化剂和磁稳定床反应工艺的创新与集成"获得了国家技术发明一等奖。大家也许不会相信，在国家技术发明一等奖申报书上，闵恩泽的名字排在了学生宗保宁的后面。因为他认为这一成果的原始创新点都是宗保宁在硕士、博士论文中发现的，还从基础研究中阐明了非晶态合金活性高的机理，同时在工业化过程中发明了将抽铝废液用于生产分子筛，实现了整个制造工艺的绿色化，后来他成为室主任、副总工程师，组织领导了这一项目迈向工业化的艰难过程。闵恩泽认为自己的贡献主要在于选好非晶态合金这一领域，所以宗保宁应排为第一完成人。当然宗保宁认为这是老师对学生的鼓舞和鞭策，更是一位导师的风范与品德。在宗保宁心里，真正的第一完成人应该是闵恩泽老师，没有老师高瞻远瞩的战略眼光，就不会有这项自主创新成果的诞生；没有老师百折不挠的求索精神，这项技术就根本无法完成。

在回答媒体采访的时候，宗保宁借用了牛顿的一句话："如果说我今天取得了一点成绩，那是因为我站在了老师的肩膀上！"

这一切归功于闵恩泽的教导，他常说一句话："荣誉是大家的，我只是其中的一个代表。"正是因为闵先生始终保持着谦逊的态度和长者的风范，正是因为他有着锐意进取、不断开拓的创新理念，正是因为他有着一丝不苟、精益求精的敬业精神，正是因为他有着淡泊名利、甘为人梯的精神风范，才有了以非晶态合金为代表的一大批创新成果的产生，才带出了一支团结奋进、敢冲敢闯的科研队伍！也正因为有了这样优秀的科研导师和科研队伍，我们的科学技术才能真正步入世界前列！

闵恩泽的人格魅力吸引、润化着与他合作的每一个人，带出了一支朝气蓬勃的研究团队。

闵恩泽有一句口头禅："集体智慧。"其实任何人都清楚，在这个集体里闵恩泽的作用力是毋庸质疑的。可他在说到荣誉称号时，总喜欢引用电视连续剧《西游记》的主题歌："你挑着担，我牵着马……"这就是各尽所能、团结协作嘛！闵恩泽说："孙悟空本事再大，也有许多困难解决不了，需要找土地神来了解当地情况，还要向如来佛、观世音求救。我自己也是这样，碰到自己不懂的东西，给同事、朋友打个电话请教；遇到困难，还要向中国石化总部求救。"这就是闵恩泽，一个院士、一位博士生导师、一位科学家的坦白襟怀。

中国科学院院士、科学院化学部副主任何鸣元院士回忆说："1984 年我出国学习回来之后，正赶上石科院筹建基础研究部，闵先生让我担任主任。他当时对我讲，作为一个团队的领导，第一位是帮助别人出成果，而不是自己出成果。当团队头儿，就要学会吃亏，如果只想占便宜，就无法让大家心服口服。他还告诉我，作为领导，对于开展的每一项基础研究，要充分调查国内外相关的文献，弄清自己起点的高低，是详人之不详，补人之所缺，还是开拓创新，应争取多开展原始性创新的研究。

"我和闵先生共事 20 多年了，从闵先生身上学到好多东西，其中最重要的就是，做好科研首先要做好一个人。在这方面，闵先生一直以身作则。一项成果出来之后，往往第一位署名的不是闵先生，而是具体负责的同志。在他的影响下，基础研究部一直保持着这样的传统。这样就激励了团队的整体作战精神，有利于发挥每一个人，尤其是年轻科技人员的积极性。"

在采访闵院士的弟子的时候，他们任何一位都能够说出闵先生传给他们的"六大法宝"：第一，无论做什么事，方法很重要，在思想和工作上都应该有科学的方法；第二，要有奉献精神，要平衡物质与精神的关系，不能只把经济利益放在首位；第三，要勤奋，花功夫，勤能补拙；第四，要执着，要坚持，不轻言放弃；第五，要创新；第六，在集体中要发扬团队精神。

要做好科研就必须要有一个齐心协力的团队。要懂得合作，在人与人的交往中一要诚信，这是处理好人与人之间关系的基本，只有诚信的人才能取得大家的信任；二要宽容，正确对待提出的各种不同意见，甚至是反对意见；三要平等待人；四要热情。一位已85岁的老人，还在孜孜不倦地求知创新，不厌其烦地谆谆教导着弟子，毫无保留地把一生的成功经验都告诉弟子们。难怪石科院的人都自豪地说道："闵院士是我们院里的一面旗帜！"

他的学生们谈起敬爱的闵老师，无不露出崇拜的神情。"从战争中学习战争"，"错误和挫折教训了我们，使我们变得更加聪明起来"，闵老师经常用毛主席的话来激励我们，鼓励大家，边学习、边实践、边总结，要找出研究中的主要矛盾和矛盾的主要方面；不断试验，失败了再试验，在探索中摸索前进，一直到成功。一位科学家竟然学透了毛泽东的矛盾论和实践论，并应用于科学研究和教育学生之中，这正是闵恩泽的普通与不普通之处。

"导师经常跟我们说，一个人不可能会十八般武艺，不妨交十八个各怀绝技的朋友。所以导师遇到化学反应工程方面的问题，就找中央大学时的师兄、中科院过程工程所陈家镛院士；遇到膜分离方面的问题，就找他的师弟，南京工业大学副校长徐南平院士；遇到超临界反应工程方面的问题，就找化学所的年青研究员韩布兴……有了这些智力支援，他的问题也就迎刃而解了。这既是告诉了我们学习的方法，也是在教我们如何运用情商——学会交往，人脉关系对于科学研究同样重要。"一位学生曾说。

闵先生的兼职秘书谢文华博士说："和闵先生在一起搞科研的人

都知道，没有任何拘束，很放松、很舒服，因为老先生允许学生们对他说'NO'，只要你的思路合理、判断合情，闵老先生都会认真倾听。即使普通的科技人员跟闵先生讨论，闵先生也特别愿意，从不摆架子。所以在闵先生周围有一个很好的氛围，年轻人都愿意跟着闵先生做事。"

北京化工大学教授李成岳曾在 20 世纪 90 年代后期国家自然科学基金委员会与中国石油化工总公司联合资助的"九五"重大研究项目"环境友好石油化工催化与化学反应工程"中，协助闵恩泽组织管理十几个单位、数百人参加的研究项目。李教授激动地说道："闵恩泽先生是真正的大家。2004 年春节前后，医院怀疑我得了食道癌，闵先生得知后，大年初四和陆婉珍院士亲自到家里看我。实际上，从年龄、学识来讲，我都是闵先生的晚辈，当时我非常感动……"

在学生们眼里，闵恩泽既是严师，又是益友，更是令人尊重的楷模。他的一言一行，感染着、带动着他身边所有的人。在朋友们眼里，他是一位值得依赖的挚友；在科学界同行的眼里，他是一位德才兼备的国之栋梁。活到老，学到老，活到老，创新到老，活到老，助人到老！这，就是老马嘶风的闵恩泽。

> 情系国，心远阔，催化炼油绩丰硕。
> 耄耋仍攀科学峰，一生皆为石化搏。

谨以此诗作为本文的结束吧。

大爱林巧稚

◎ 张清平

一

"爱是不自夸，不张狂，不做害羞的事；不求自己的益处，不喜欢不义，只喜欢真理。"

一支白衣队伍向病房走去。

上午 9 点，照例是每天的查房时间。

走在前面的是协和医院的妇产科主任林巧稚。她身材纤细，面容清癯，浓密的头发挽成结实的发髻，慈蔼端庄的神情让人对她的敬意油然而生。

如果从 1921 年进入协和学医算起，她已经在这里行走几十年了。从一个医学生到住院医生再到妇产科主任，岁月在脚下悄悄地流逝。如今，尽管她已是名满天下的妇产科权威，但只要在医院，她就仍然坚持每天晨间的查房。

她走路轻捷而快速，如同她说话做事一样利落。白大褂的下摆随着她的脚步轻轻起伏，平跟的布鞋没有一点声音。跟在她身后的是科里的主治医生、住院医生和实习医生，还有见习的学生和来自别的医院的进修人员。护士长跟随着巡诊的医生走在最后，她要查看病房的一切，保证巡诊时病房的秩序。

病房任何时候都要求保持整洁、安静。医护人员走路不能发出声响，护士挪动椅子要端起来不能拖拉。开门、关门时要用手扶着轻轻开合，不能因为任何原因惊扰病人。绝对不允许医护人员工作

幸福是什么

273

时嬉笑玩闹、扎堆聊天。

一天两次的晨晚间护理，护士必须在规定时间内做好一切事情。让病房整洁，病人舒适，病床平整干净。要为行动不能自理的病人盥洗，为长期卧床的病人擦身。无论病人年龄大小，护士对病人要像母亲对生病的孩子一样"勤慎警护"。

医生给病人做检查时，护士先要给病人拉上窗帘，轻声告诉病人要做什么，检查后还要为病人盖好被子。

林巧稚要求病房里所有的物品要按规矩摆放，病房外的厕所、走廊不能有长流水、长明灯。

一种作风的形成不会在一朝一夕之间，一个集体形成的作风能影响集体中的个人。协和医院长期形成的工作作风，体现在医护人员的每一个工作细节中。

这队白衣人走进了三楼的妇科病房，病房里顿时肃然无声。

他们停在了一张病床前，斜靠在病床上的患者坐了起来。这是位三十来岁的少妇，她白皙秀丽，乌黑修长的眉毛微微蹙着，眼眸中流露出期待和不安。

她叫董莉，31 岁了。结婚六年，初次怀孕。怀孕数月后有少量出血，因为担心流产，来协和检查。结果，发现宫颈处有乳突状肿物。紧接着，她住进了医院。董莉住院后，林巧稚专门又为她做了复查。她的宫颈状态确实不好，取活体组织做病理检查后，怀疑为宫颈恶性肿瘤，也就是宫颈癌。

在协和妇产科，这样的病例并不鲜见。按照惯例，应该尽快手术，切除子宫，防止癌肿扩散，以保全患者的生命。

可是，当就要决定手术方案时，林巧稚却迟疑了。在几次为董莉做检查的过程中，以林巧稚丰富的经验，感觉这个患者的病情有些特殊。患者的宫颈肿物确实与常见的宫颈癌形态相似，但触摸患者的子宫整体却柔软、富有弹性，宫内的胎儿也发育良好，患者身体整体的状况也很正常。不过，疾病的状况千变万化，林巧稚仔细辨析着患者的病情：

——如果真的是癌，它将以惊人的速度扩散，导致不治。所以，手术切除应该是无可置疑的选择。

——的确，切除子宫是最简单也是最安全的选择。可一旦手术，胎儿不保不说，还意味着患者以后再无生育的可能。

林巧稚为此而下不了决心，尤其是当她了解到董莉的家庭生活之后。

董莉看上去秀美、文静，内心却有难言的苦衷。她的丈夫是家里的独子，婚后多年，她一直未能生育，婆婆早已心生嫌隙，私下张罗着让儿子另娶个媳妇。只因他们夫妻感情好，这件事一直未能让婆婆如愿。她天天既要看着婆婆的脸色，又心疼丈夫在她和婆婆之间受委屈，绝望中曾经服毒自杀，幸亏被丈夫发现抢救了过来。如今，好不容易怀了孕，无论如何也不想动这个手术。

林巧稚也见过董莉的丈夫。他是北京农学院的教师，曾经留学日本，他恳切地对林巧稚说："希望大夫能保住妻子的生命，自己的生活不能没有她。"

董莉住进医院已经十来天了。科里的医生拟定了手术方案，这方案就放在林巧稚的办公桌上，林巧稚一直没有签字。为病人计，为病人的家庭计，林巧稚希望能让董莉生下这个孩子。

她又一次来到董莉的病床前，为董莉检查。她用英语轻声和主治医生交换着意见，又向实习医生询问有关问题。

在临床巡诊中，年轻的医生们看到，尽管林巧稚早已是声名远播的妇产科权威，她却总是细致谨慎地对待每一个病人。她认真倾听病人的诉说，重视与病人交流，对每一个病例进行反复思考和分析。其实，在生活和工作中，林巧稚并不是善于言辞的人。熟悉她的人都知道，她的英文造诣很深，甚至能用英文吟诗。但她的中文表达不及英文，尤其是说普通话，她总是要边想边说。20岁以前，她生活在福建厦门，家乡的语言是闽南方言。20岁后到协和学习工作，又身处英语的语言环境，从闽南方言到英语再转为讲普通话。

林巧稚的所有学生都认为她是一位杰出的教师，特别是在临床教学中。她的学生都记得，巡诊查房的时候，大家跟在她身后，互相传看着患者的病历。病历里，是厚厚一叠检查结果。那密密麻麻的数据令人眼花缭乱，有的数据看上去还互相矛盾。年轻的医生真的是不知从何入手。

仍然是这一叠夹着各项检查结果的病历，到了林巧稚手中，认真翻看下来，她一下子就能透过各种错综复杂的表象，准确地找到要害症结。在这样的时候，林巧稚往往并不急于和盘托出自己的结论：

"这位患者的病情有何特殊之处呢？""她的这项检查结果可能是什么原因呢？"

她开始循循善诱地向学生提问。一问一答之间，年轻医生开始循着正确的方向思考，逐渐逼近疾病的本质。

容易误入歧路的谬误排除了，一团乱麻似的思路理清了，潜隐的病因凸现了。林巧稚摆出的论据是如此有说服力，给年轻的医生们留下了深刻的印象，他们从中得到了最实在的教益和收获。

又有一次，一位医生为一位骨盆狭窄的产妇做了剖宫产手术。手术很顺利，术后产妇的情况也很正常。可是几个小时之后，这位

最美 奋斗者

产妇却突然发烧、腹部剧烈疼痛。医生细细回顾手术经过，却怎么也找不到发病原因，他只好向林巧稚报告了病人的情况。

林巧稚建议医生借助卵圆助产钳稍稍为产妇扩张宫颈，使宫腔里淤积的血液能够顺利排除。

她分析说："这位产妇未经临产就剖腹取子，因为她的宫颈口没有张开，子宫内的淤血排不出去，所以会引起一系列反应。"

果然，扩张宫颈后，产妇很快消除了腹痛、发烧等不适症状。

看似简单的道理，却累积着多年临床的经验和智慧。这一经验作为产科常规，写入了以后的产科操作规程。

林巧稚令人心悦诚服的医术，源于她深厚的理论根底和丰富的临床经验，但她从不凭经验下结论。她总是提醒学生，医学科学的一切结论都建立在事实和证据的基础上，临床医学的科学结论要建立在对"这一个"病人的全面了解和把握上。

外科室或别的医院经常请她前去参加会诊，对会诊的每一位病人，她都要亲自问诊，亲自检查。如果对检验数据有疑问，她还会到化验科、放射科、病理科去核对样本、照片和切片，在与有关专家商讨后，再根据具体情况做出诊断。

林巧稚极为重视临床，重视培养临床医生一丝不苟的工作态度和科学精神。

四年级的医学院学生，来到产科见习。林巧稚要求每个学生必须完成对 10 例初产妇分娩全过程的观察，然后，用英文写出完整的产程报告。

学生们仔细观察和记录了分娩的过程，之后把作业交到了林巧稚的手中。

林巧稚一份份地审读后，只在其中一个学生的作业上批了

"Good"（好），其余的全部退回重做。

这些学生只好回到产房更认真地观察，更详细地记录。结果，林巧稚仍然不满意。

于是，学生们找来了那位"Good"同学的作业。对照之下才发现，那位同学的产程报告上，只比他们多了一句话，"产妇的额头上冒出了豆粒大的汗珠"。

"你们不要以为这句话无关紧要，"林巧稚看出了他们的不以为然。她严肃地说，"你只有注意到了这些细节，才会懂得怎样去观察产妇，才能看到在正常的产程中，经常会发生个体的、种种预料不到的变化。"

这些学生还那么年轻，林巧稚想让他们记住，守护生命先要敬畏生命，这是一件容不得半点疏忽的事情。

"有人问，产科的规律是什么？要我说，产科的规律就是无规律！"

——产妇和胎儿在生产的过程中瞬间会出现种种情况，难产和顺产常常在意想不到的时候发生转变。

"这可是个苦行当，有时你要连续观察十几个小时、二十几个小时，或者更长时间。它需要细心和坚韧，一点小小的疏忽会给别人带来多么大的不幸；而只要略加小心，又会给别人带来多么大的欢乐！"

对刚分到妇产科的医生，林巧稚总是要求他们：先接生100个产妇再说。她说："单有对病人负责的态度还不行，还得掌握过硬的医术。没有真本事，病人会在你的手下断送性命。"

妇科检查是不可替代的检查法，也是妇产科医生的基本功。可是，许多被检查的妇女常常会感到紧张，尤其是面对一群医生、特别是其中有男医生的时候，被检查者甚至会因羞怯而拒诊。

林巧稚特别体谅女人的心理。她总是轻声安抚病人，告诉病人这是医生在履行职责，只有理解和配合医生才有利于诊治病情。当病人躺下后，她会为病人遮挡好身体，她检查的动作特别轻柔、小心。有一次，一个年轻医生给病人做妇科检查时，没有拉好遮挡的布帘。林巧稚立即过去拉好布帘，她走到学生身边说："请你注意保护病人。"

她的学生都记住了林主任做妇科检查的要求：安慰病人——保护病人——动作轻柔。

林巧稚注意在细节处要求年轻医生，看上去这些事情与检查治疗的结果关系不大，但正是这些细节处体现了对人的尊重。她常说："所有的检查治疗都不过是方法和过程，它指向的目的只有一个，就是对每一个产妇和患者负责任，让人有更完好、更有尊严的生活。"

产房里，时常能听到产妇疼痛的呼叫、呻吟。一次，一个实习医生不耐烦地申斥产妇："叫什么叫！怕疼，怕疼结什么婚！想叫一边儿叫去，叫够了再来生！"林巧稚知道了非常生气，她严厉地批评了这个实习医生，并要她当面向产妇道歉、认错。

她对实习医生说："英语中助产士一词是 Obstetric，意为站得很近的妇女。产妇把自己和婴儿两条性命都交给了 Obstetric——站得离她最近的人。你是唯一能给予她帮助的人，你怎么能够申斥她！在这个时候，你甚至没有权利说你饿，你累，你困。"

她不允许科里任何人用语言刺激产妇，她总是告诉年轻的医生护士，产妇不是病人，产妇是需要特别关心和帮助的人。分娩时，产妇的激动、恐惧或其他情绪，会导致宫缩不规则，使产妇更容易疲劳和疼痛。医护人员不适当的言行，会刺激产妇的不良情绪，增加生产的痛苦。而这时候良好的指导、理解体贴产妇的言行，不仅合乎道义，还会产生良好的情绪和生理调节作用。

在协和妇产科，所有的医生护士都知道，林大夫对产妇有特别神奇的魅力。

——待产室里，产妇们有的哭叫，有的呻吟，临盆前的这一时刻，她们感到自己挺不过去了。据说，有人把肉体的痛苦分为12级。最低级别的痛苦是被蚊虫叮咬的痛苦，最高级别的痛苦是女人分娩的痛苦。在这一时刻，生活中的一切都变得十分遥远，自己的身体会显得异常陌生。赤裸裸的疼痛让人尊严全无，她们叫喊和愤怒，是源于胆怯和恐惧。

可是，只要林巧稚一走进产房，甚至，她还没有走进产房，只要远远地听见她的声音，产妇们立刻就安静了下来。

——林巧稚微笑着走到产妇床前，俯身贴耳在产妇隆起的腹部倾听胎心音，就像产妇的姐妹和母亲。然后，她轻轻拭去产妇额上的汗珠、拉着产妇的手说："别怕，没事儿。"顿时，产妇立刻就像换了个人。痛苦的叫喊变成了害羞的微笑，她们不再乱喊乱叫，不再提各种要求，接下来，居然产程也顺利了，加快了。妇产科的医生们分析过这一现象。他们感叹，林主任像是产妇的保护神。产妇只要看到她在这里，就知道再也不用担心什么、害怕什么。她们心安了，放松了，产程也就顺利了。——这大概就是精神变物质吧！

一天上午，妇产科的医生们正跟在林巧稚主任后面查房。突然，隔壁的厕所里传来"哎哟"一声呻吟声。正忙着的林巧稚立即让人过去查看。几个年轻医生跑了过去，只见一个厕位从里边插上了门，敲门、呼唤都没有回应。总住院医生叶惠芳当机立断，从厕所门下面的空当处钻了过去，把休克的病人救了出来。

事后的全科室会议上，林巧稚专门讲到这件事情。她肯定了叶惠芳紧急中只想到病人的行为。她说："医院里的一切都要为病人着想。当初设计厕所门特意空着下半截，许多人觉得没必要，结果，关键时刻就派上了用场。"

　　每当林巧稚看到年轻医生的一点进步，她都非常高兴。她夸奖人的话语同样简洁，通常她会说："你不错，处理得很好。"

　　手术前，她看到麻醉师主动和病人交谈，解除了病人的顾虑。她满意地对麻醉师说："你能这样体察和关心病人，今后要发扬。"

　　当然，林巧稚也有发脾气的时候。妇产科的医生都知道，她最不能原谅的是医生对病人的疏忽和不负责任。

　　对病人虚与委蛇，对工作敷衍塞责，是林巧稚最反感的作风。每当遇到这样的人和事，平时一贯仁慈、蔼然的她会变得异常严厉、强硬。

　　病人来到医院，因痛苦而软弱，因恐惧而焦虑。他们信任医生，把自己的身体托付给医生。医生是他们此时此刻的主宰，医生的言语行为决定着他们的希望与失望。在现实生活中，很多医患纠纷的缘起，往往是因为医务人员司空见惯的麻木、冷漠和让人绝望的漫不经心。

　　在医院，人们都知道，外科、妇产科、小儿科被称作高风险部门。特别是妇产科，直接关系到母婴两条生命。稍有不慎，就会有意想不到的事情发生。因此，这些部门也最容易发生医患纠纷。林巧稚在"高风险"的妇产科工作了几十年，她的妇产科从没有和病人或病人家属发生过医患纠纷。

　　长时间以来，妇产科的下级医生都习惯了林巧稚的节奏。她的思维方式，她的严格，她的冷静，她的热情。她如同一股引力强大的风，吸引得下级医生紧紧追随。

她走路快，做事快，说话快。她喜欢毫无顾忌地说出自己的认识和意见。只要看看她亲手写下的病历，看看那些毫无涂改、飞快而简洁的笔迹，就知道她从不会含糊其辞、似是而非，更不会玩弄玄虚、故作高深。

她所有的特点和魅力都集中在对人的关爱上。她倾其一生的努力，只为了众多女人的幸福。

关于林巧稚妙手回春、起死回生的医术，无论在医务界还是在民间，都有许多故事和传说。但林巧稚的亲人和身边的学生都知道，林巧稚的医术固然高超，但最让人难以企及的，是她对病人的爱心。

这天查房前，林巧稚对一个医生潦草书写的病历十分不满，并对他进行了批评。可这会儿，当她俯身面向一个个病人时，态度则和蔼亲切，话语温和轻柔。

她又一次给董莉做了检查。检查结束后，林巧稚沉吟片刻，写下了自己的检视意见：

临床观察患者的症状未见发展，其子宫软而富有弹性，与正常妊娠有相同特征。

夜深了，风摇动着窗外的树枝，发出萧索的响声。

迷迷糊糊刚要入睡的林巧稚突然醒了过来。蒙眬中，她似乎听见电话铃在响。

林巧稚家里的电话，每天晚上都要移到她的床头柜上。这是妇产科和她保持联系的"热线"电话。无论哪位医生在病房值夜班，只要遇到处理不了的情况，随时可以打通这部电话。电话里能解决的问题，就电话里解决。遇到电话说不清楚的问题，她会起来赶往医院。几十年来，她习惯了这样的生活方式，她说自己是"一辈子的值班医生"。

她又侧身听了听，电话没有响，什么声音也没有。于是又闭上了眼睛，可是，却翻来覆去再也不能成眠。打开台灯看看表，已是深夜两点。

家里楼上楼下都很安静。侄女侄孙早已睡熟，不知哪个孩子在睡梦里发出含混不清的梦呓。

没有发生什么事情，怎么会睡不着呢？林巧稚把医院的事情在脑子里过了一遍。

门诊，产房，病房。实习医生，值班医生，总住院医生。

晚上临睡觉前，和总住院医生通了电话，把每个手术病人和产妇、待产妇的情况都问了一遍。每个环节都没有什么差池，可为什么总觉得有什么事情呢？

林巧稚一下子想起来了，是204床，是那个确诊为宫颈癌的董莉，让她放心不下。

白天查过房后，林巧稚又专门为董莉组织了专家会诊。

林巧稚就患者的病情和病理报告向各科专家征询意见。

她陈述了自己的观点："就检查结果看，患者的宫颈肿物住院后没有新的发展，其子宫与正常妊娠有相同特征。那么，会不会存在另一种可能呢？"

林巧稚就病理检验报告分析道："细胞的分裂增生表明存在着癌变的趋势或前兆，但是否也不应排除存在着向正常细胞转变的可能。"

针对林巧稚的分析，病理专家审慎地回答："以医院现有的检查设备和试剂，对患者的送检组织只能分析到这个程度。而就国内外现有文献资料看，这类病变细胞，通常是向恶性发展。"

其他专家也认为：肿物生长的位置不好，发生癌变的可能性很大，一旦发生转移，后果将很严重。

这次会诊，按照大多数专家的意见，仍然决定手术。

手术时间已经确定。

可是，午夜梦回，这个病人依然让她睡不安寝。作为妇产科主任，她见识过各种各样的妇产科疾病，亲手做过无数次重大手术。可为什么这个患者让她如此迟疑？是否自己的分析真的没有道理？

秋天的夜是如此寂静，在这不能成眠的深夜，许多过去的事情一一在脑海里浮现。

那是她当助理住院医生时候的一件事情。

一位初产妇诉说下腹胀痛，想排尿，却排不出来。林巧稚查阅了她的产程记录，一切都很正常。于是，又为她做了化验，结果也未见任何异样。她想不出腹痛缘何而起，只好向妇产科主任、英国专家马士敦报告。

马士敦为产妇做了检查，问林巧稚："给她导尿了吗？"

林巧稚回答："没有。"马士敦皱着眉头只说了两个字："导尿。"待林巧稚操作完毕，马士敦回到病床前问产妇："肚子还痛吗？"产妇说："不痛了。"他又问："还有什么不舒服的感觉吗？"产妇摇了摇头。马士敦一句话不说，转身离去。

林巧稚站在病床前，羞愧得抬不起头来。学了许多产科的理论和知识，遇到问题总是往复杂处想。恰恰忘记了，产妇在生产中会阴部受损，因此会产生尿潴留现象。

临床实践的经历，是医生最好的老师。日复一日面对不同的患者，与各种疾病短兵相接，临床医生练就了冷静清晰的头脑和快速分析处理病情的能力。

说到底，临床医学在很大程度上靠经验的累积。所有优秀医生的直抵疾病实质的本领，无不来源于丰富的临床经验，来源于对具体病例具体分析、辩证施治的能力。正是这一切给了医生向疾病挑战的勇气和激情。

那一年，林巧稚才20多岁，是协和妇产科的住院医生。那年冬天，多雪而寒冷。正是圣诞节的平安夜，大雪下了一天一夜，搅天风雪，寒气袭人。

留在病房的值班医生只有林巧稚一人。

林巧稚又一次到病房查视。夜晚的病房光线柔和，静谧安宁。一些病人已经休息。

207床的体温38.3℃，属于术后低热。209床病人麻药的有效时间刚过，不时发出轻声的呻吟。

林巧稚观察了她们的情况，向她们交代了要注意的事情。一切还算正常，她又回到了医生值班室。

已是深夜时分。就在这时，急诊室接收了一位产科急症患者，病人立刻被转送妇产科病房，需立即组织救治。

当林巧稚来到病人面前时，病人已经处于半昏迷状态。陪伴病人的是她的丈夫。这是个枯瘦的中年人，看上去怯懦而惊惶。

患者23岁，结婚两年，初次怀孕，孕期三个月。今天晚饭后开始觉得恶心，后来数次上厕所，突然说腹部剧痛，接着就不行了。开始送到一家小医院，那里说治不了，才往这里赶。

林巧稚为患者迅速做了检查，妇科查示后穹窿饱满，有明显的移动性疼痛和触痛。脉细快，面色苍白，皮肤湿冷。体温正常、血压下降，阴道有出血。一切症状均表明，患者为输卵管或卵巢妊娠。受孕体破裂形成腹腔积血，积血刺激膈肌，导致恶心。当积血积存于直肠凹陷处时，频频产生便意和引起坠痛，又是疼痛和失血导致孕妇休克。

林巧稚没有片刻迟疑，她一边通知立刻准备手术，一边拨打电话。

终于找到了马士敦主任。听了林巧稚的报告，马士敦在电话里迟疑了。他说："抱歉，非常抱歉，这里离医院很远。"

林巧稚急得声音都有些嘶哑，她又一次说到病人的危急状况。那边沉默了一会儿说："外面雪很大，路很不好走。即使回去，也需要很长时间。请你负责处理吧，也可以让病人转到别的医院。"

就在这一刻林巧稚冷静了下来。

病人的情况已不能再耽搁。一个人的生命危在旦夕，自己是医生，眼下能做的就是全力去抢救。

她开始消毒，通知立刻手术。

一边消毒，她一边想着手术的步骤，她想到了手术中可能出现的各种情况，甚至想到了手术后可能的并发症。可她唯独没有想，万一手术不成功，她会承担怎样的责任。

走上手术台的那一刻，她没有丝毫犹疑和畏惧。

无影灯下，麻醉中的病人脸蜡一样惨白，对周围的一切没有反应。

林巧稚站在手术台旁。全世界都消失了，她眼里只有这位待手术的病人。

锋利的手术刀从脐下竖着划开，悄无声息地划开了表皮、脂肪、肌肉、腹膜——本应是粉红色透明的腹膜，因为积血，已经变成了紫色。

就像一颗种子撒落在不宜生长的地方，受精卵未进入子宫，停留在输卵管、卵巢或者腹腔就开始发育，这种非正常的受孕叫作宫外孕。发育中的胚胎日益膨胀，受孕部位因不能承受而导致破裂。这是一种凶险的产科急症，如不及时手术抢救，患者会在数小时内死亡。

从打开的腹腔可以清楚地看到，这是一例典型的输卵管妊娠。患者左侧的输卵管已经破裂。

林巧稚结扎好血管后，利落地切除了破裂的输卵管。她向助手投去询问的眼神，助手会意地点点头，示意已做好了一切准备。

手术刀轻轻在紫红色的腹膜上划了个小口，腹膜下的积血汩汩流进事先准备好的器皿里。护士对器皿中的血液进行过滤，又加入一定剂量的枸橼酸钠。然后，经过净化处理的血液又输入了患者的血管。

清创，整理，缝合，包扎，一切都进行得有条不紊。

血压回升，体温回升，脉搏逐渐恢复正常，生命体征又重新回到濒临死亡边缘的年轻女人身上。

病人被送回了观察室时，天色已近黎明。林巧稚深深地呼出一口长气。

在此之前，她虽然作为助手参加过许多次手术，却没有资格独立完成一例像样的手术。走出手术室，她像过电影一样——回放着手术的每一个环节。应该说，手术过程很完满，没有任何差错。但是，她仍然放不下心来，病人的情况还要密切观察，只有看到病人恢复正常，才能说手术成功。

在当时的中国，抗生素还没有应用于临床，国内从 1945 年以后才开始使用青霉素。说一位病人需要手术，意味着他将在生死关头走一遭。一次外科手术的任何疏忽不慎，或者病人的身体产生明显不良反应，都会导致致命的后果。

回到医生值班室，林巧稚为自己沏了一杯热咖啡，开始书写手术记录。

患者很快会从麻醉中醒来，她要在这里守护着病人。

林巧稚的一生，留下了无数次成功的重大手术记录。这例普通的宫外孕手术，在她的从医生涯中，却有着非同寻常的意义。

作为一个下级医生，林巧稚的这次"僭越"，承担着巨大的风险。一旦手术出现不测，意味着她的职业生涯也许将会中断，也许在很长时间里，她走不出失败的阴影。

医学实践是不可重复的实践，特别当它关系到一个人生死存亡的时候。从这一特性来说，医学很残酷，医学又很温情。

在淡淡的晨曦中，患者慢慢睁开了眼睛。

她看见了守候在身边的医生和护士："谢谢你们——"

这一时刻，做医生的人心中充溢着幸福和满足。患者术后恢复良好，没有出现并发症。

林巧稚第一例手术完满成功。

应该说，林巧稚的成功并不是凭借幸运。

在她拿起手术刀的那一时刻，手术刀是灼热的，连带着她生命的体温。其中有她对治病救人使命的理解，还有对多年习得医术的毫不含糊的自信。

在以后的岁月里，每到危急时刻，林巧稚出于性格，也出于责任，像第一次手术一样，她曾有过多次挺身担当。

夜深沉。

林巧稚反复考虑着董莉病情的各种可能。她躺不住了，索性披衣坐起，拧亮了台灯。

她从来就认为，医生在为病人解除病痛的时候，不应该仅仅关注病痛本身。医生所做的一切，不应该有这样的效果——仅仅治好了病，而病人却失去了和谐而完整的生活。特别在妇产科，手术更应该慎之又慎。

　　在这深秋的夜晚，不能入睡的还有那个名叫董莉的患者。她躺在 K 楼的妇产科病床上，辗转反侧，大睁着眼睛。住院半个月了，开始说是观察，后来说要手术。从知道诊断结果的那天起，董莉就整夜地睡不着觉。她不知道自己的身体究竟发生了什么事情。本来怀孕后，全家人多高兴呵，婆婆的脸再不那么难看，丈夫听她说想吃果脯，天天变着样给她买了一包又一包。来医院以前，她没有一点不好的感觉，只是下边有点见红，丈夫就说要到最好的医院去检查。可也怪了，自从医院说她的身体有问题，她就觉得整个人哪里都不对劲。

　　"肿瘤""癌症"，这些字眼是那么难看难听，像看不见、摸不着的怪物般黑沉沉地压在她的心上，压迫着她的躯体。

　　医生每天检查得那个细致，特别是那位林主任，见着她就打心眼儿里觉得亲近。

　　突然，董莉感到有什么东西触动了身体内极深的地方。她一动不动地躺着，静静地感觉着来自身体内里的信号。刹那间她意识到，这是另一个生命在自己的体内生长。

　　她想象着他的模样，"我的孩子，我的孩子"，董莉呜咽着痛哭起来。

　　第二天一早，林巧稚来到医院。

　　她拿出董莉的病历，从头到尾地翻看，这已经不知是第几遍翻看了。一个决定已经清晰而坚定地在林巧稚心中形成。

　　她召集科里的医生开会，在会上，她谈了自己的决定："从临床的观察看，患者的病症有可能是妊娠的一种特殊反应。切除患者的子宫，是不能重复的试验。因此，对这位患者暂不手术，让她出院后定期来医院检查，根据情况随时采取措施。"

　　妇产科的医生都知道，林大夫一旦做了决定，就很难改变。

　　当然，林巧稚为这个决定承担着巨大的压力和风险。患者离临产还有数月，而各种险情的出现也许就在片刻之间。谁愿意长时间承受这种压力？谁愿意做这种有可能自毁声誉的事情？假如患者的病情发生逆转，暂不手术可能会贻误最佳治疗时机，一旦出现什么不可预料的结果，纵然有千般理由，医生也负有不可推卸的责任。

　　毕竟在这种情况下，立即为患者手术是最没有风险的选择。按医学常规办事，无论出现什么问题，无论说到哪里，都与医生无涉，任何人也就无可指责。

　　的确，医学常规是普遍规律的总结。可是，医生面对的是独特的"这一个"病人，而不是普遍的人群。

　　作为医生，遵循任何医学规则，都应该以人的幸福和尊严作为出发点和归宿。

　　临床医学中有一个比喻，在某种意义上，没有黑暗就没有光明，光明从黑暗中诞生。

　　真正的医学不被各种推陈出新的仪器、器械所异化，也不被金钱、权势所左右。真正的医学通往纯粹的境界，通往人性中渴望保护、渴望安全、渴望温情的脆弱本能。

　　医学从来就不是纯技术性的学科，它集中体现了技术与情感、生物学与人性、经济学与伦理、科学与人文的全部精髓。

　　无论多么精良的医术，如果缺少了对苦难的世俗关注与终极关怀，也就失去了人性的温暖；无论多么先进的医疗器械，如果摒弃了对心灵的呵护和慰藉，带来的只能是令人恐惧的冰冷；无论医学将来会有多么惊人的发现和进步，生命的多样性和独特性注定具有不可破译的神秘性。

董莉做着出院的准备，她知道自己有救了。林巧稚拉着董莉的手，深深地叹了口气说："我当了二十多年医生，头一回碰到你这样的情况。真把我头发都愁白了。"她对董莉一一嘱咐着要注意的事情：

"细心观察自己身体的变化，严格按规定的时间来医院检查。"

"从今天起，再不要做 X 光之类的检查，否则会损害胎儿的健康。"

"回家后有什么不舒服，无论什么时候，都要立即来医院，立即来找我。"

以后每个星期五的下午，董莉都会按时来医院。林巧稚一次次给她检查，一次次认真记录检查结果。事实完全证明了林巧稚的分析和判断，董莉宫颈的肿物并没有随着孕程的延长而发生变化。

董莉的预产期还没有到，胎儿已经发育成熟。林巧稚决定，为董莉剖腹取子，终止妊娠。

手术顺利，一个体重 6 斤的女婴顺利来到人世！

"孩子好，大人好，一切都好！"林巧稚走出产房，微笑着向焦虑地等待在门口的产妇亲属道喜。

孩子是母亲的天使，婴儿是全人类的天使，而守护生命、迎接生命的白衣人，是母亲、婴儿的天使。当董莉怀抱着健康的婴儿出院时，伴随她整个孕程的宫颈肿物已自然消失。

几年以后，医学界得出了结论，董莉所患的宫颈肿物是一种特殊的妊娠反应。它被称之为"蜕膜瘤"，虽然具有瘤的形态，却不是真正的肿瘤。

这一结论，至今仍被妇产科临床工作者广泛采用。

那个在林巧稚守护下出生的女婴，被父母起名为——"念林"。

二

"爱是恒久忍耐，又有恩慈；凡事包容，凡事相信，凡事盼望，凡事忍耐。"

正午的阳光照在办公桌上，妇产科病区很安静。林巧稚戴着眼镜，一封封拆阅着面前的一堆信。林巧稚每天都会收到许多从全国各地寄来的信。

人活在世上，心灵总要有个着陆的地方。什么东西能让她倾情投入，什么地方有需要她、让她放不下的人和事情，那么，什么地方就有她的爱和牵挂。心灵有了去处，人生就有了意义和幸福。

林巧稚的生活重心是她的工作，她的病人。那些急切的、渴盼的眼神和面容，那种期待和信任，让她体会了自己生存的意义和价值。那的确是一种使命感，使她有所承担，使她不能停歇，也使她感受到了被人需要的幸福。

虽然她终身未婚，却拥有最丰盛的爱。虽然她没有子女，却是千千万万孩子的母亲。一个人的家园在哪里？家园就在人与人彼此依存的关系中。

292

林巧稚总是在休息时间看信和回信，她看信和回信都很认真，从来不随便应付。

——这封信里还有张照片，照片上，一个胖乎乎的男孩咧着没牙的嘴笑得一脸天真。林巧稚看着信，想起了那位河北的患者。她患有多发性的子宫肌瘤。林巧稚为她做了手术，剔除了大大小小几十个肌瘤，保住了子宫。她的孩子都这么大了，林巧稚满意地叹了口气，把照片收了起来。她家里有很多这样的照片，已经夹了厚厚的几本。偶尔她会翻看一下，再把新的照片夹上去。

——读了地址为湖北武昌洪山区水文局的来信，她在信封上写道："卵巢囊肿。"

——这是一封浙江奉化人民医院妇产科转来的信，她读后写道："结婚5年，病，不孕。"她在"病"字下面重重地画了一道，又打了个问号。究竟是什么毛病导致这位妇女不孕，来信说得尚不清楚，还需再去信了解原因。

——看完陕西宝鸡的一封来信后，她在信封上写道："请绒癌组提意见。"妇产科的宋鸿钊大夫是绒癌组的负责人，他是林巧稚的得意门生。

一封内蒙古的来信让林巧稚久久地停住了目光。

来信人名叫焦海棠，是一位生活在内蒙古包头市的女工。她已经怀过四个孩子，除了头胎小产外，其他三个孩子都是出生后全身发黄而夭折。现在她又怀上了第五个孩子，渴望着做母亲的她在担忧和期盼中给林巧稚写信求救。

从焦海棠来信述说的症状不难判断，她的孩子患的是新生儿黄疸、又叫新生儿溶血病，这是母子之间因血型不合而引起的同族免疫性疾病。

在文学作品中，女人怀孕被描写成一件令人激动不已的事情，相爱的人用眼泪、鲜花来庆贺这人生的大事。

可是，现实生活中，却有许多女人承受着孕育的种种忧虑，怀孕期间最大的担忧是未来婴儿是否健全，无数已婚的女人都有过类似的体验。

内蒙古的焦海棠来信中所述说的情形，其实是因为他们夫妻双方的血液中有不相溶的因子，使胎儿产生了抗体，形成新生儿黄疸而致死。这完全是可以在婚前或早孕的遗传检查中避免的悲剧。

而在当时，新生儿黄疸在国内尚无存活的先例，国际上也罕有完全治愈的记载。

这封来自塞北的信让林巧稚颇费踌躇。她不是不想给这位名叫焦海棠母亲以帮助，事实上，世上的确还有那么多让医学和医生徒唤奈何的疾病。就在不久前，她最钟爱的侄子，曾担任过燕京大学教务长的林嘉通就因身患肝癌而去世。嘉通的死是她心底最深处的痛。

林巧稚很为这位母亲难过，她提笔给焦海棠写了封回信。回信时她字斟句酌，十分审慎：

"还是请你就地生产，就地治疗为好。"

既然没有治愈的把握，何必让一个孕妇从内蒙古到北京来回奔波，受这份儿折腾呢？

林巧稚没想到，那位不幸的母亲焦海棠以西北人的执着，在接到林巧稚的回信后又连连来信。

"林大夫，请求您拯救这个生命！请求您'死马当作活马医'。治好了更好，治不好也尽到了医生的责任！"

读着这样的信，林巧稚再也不能平静。她遍查世界各国的最新

最美 奋斗者

医学期刊，仔细搜寻着新生儿溶血病的点滴资料信息。

那一段时间里，她无论干什么，都在想着新生儿溶血症。

受孕的母亲和子宫里的胎儿，虽然各有自己的循环系统，但母亲与胎儿的血液通过胎盘会有部分交换。如果胎儿从父亲继承的显性血型抗原恰恰是母亲所缺乏的，那么，这种抗原经由胎盘进入母体后，就会刺激母体产生免疫抗体。这些抗体通过胎盘又传给胎儿，与胎儿的红细胞相结合，使胎儿的红细胞被破坏而发生溶血。国外的期刊偶有治疗相同病例的报告，只说是通过婴儿脐带换血的方法。可是，换血后成活的胎儿情形怎样，有关手术的详细过程等，几乎都没有报告。

人回到家里，心却在别处。林巧稚神不守舍、一声不吭地坐在饭桌前，吃什么东西都没有胃口。夜里睡不好觉，早上起来后，脸色发黯，眼睑浮肿。

通过婴儿的脐带换血，应该是可行的方式。可是，这样大的手术究竟应该怎样做？一位接连失去四个孩子的母亲，该是怎样地绝望和痛苦，才能说出"死马当作活马医"的话来呢！这位内蒙古妇女不甘向命运认输的坚韧，赢得了林巧稚的尊重和同情，泪水涌上了她的眼睛。

可是，国际上都没有攻克的疾病，她凭什么去接手？作为一位声名卓著的医生，即使治好了这样的顽症，也不过是增加一个成功的病例，而一旦失败，却有可能招致无法预想的后果。但是，林巧稚做不到背过脸去听之任之。一连几天，林巧稚下班后就钻进图书馆里。如何确定手术的切口？许多重大问题，没有任何文献和先例可循。林巧稚决定和儿科的专家们分头着手试验和准备。

"草原到北京要走多少天？草原到北京要走多少里？跨上红彤彤

的枣红马，穿上白生生的羊毛衣。"

窗外传来孩子们的儿歌声，林巧稚再次给内蒙古的焦海棠回信：

"上次回信，回绝了你的要求，一定为你们家庭增添了思想负担，为此，我向你们全家表示歉意。

"如今，我收回以前'爱莫能助'的片面想法，考虑接收你来我们这里生产。希望你收到信后，做好来京前的准备。最好在足月前，适当提前一点来我们医院办理住院手续，预防途中早产，措手不及。具体治疗方法还需等你来后，经过详细检查，再与你共同商讨制定。望多保重。"

临近 12 月，北京遭遇寒流，气温骤降。

焦海棠在预产期前来到了协和。她结实健硕，有着塞北草原妇女黑红的脸颊。她入院后，林巧稚几次组织会诊。妇产科、儿科、病理科、血液科、外科，专家们的意见汇集在一起，制定出了对新生儿进行全身换血的方案。

血库根据林巧稚的提血申请，准备了可供使用的 12 瓶血浆。

临产的时候到了，林巧稚、周华康和其他手术医生整夜守候在医院里。

清晨 5 点 50 分，焦海棠在协和温暖的产房，顺利生下一个 2900 克的男婴。婴儿娩出后，母亲出血少，宫缩正常，胎膜完整，血压、脉搏稳定。

产后处理有条不紊地进行，新生儿的肚脐上，留出了 15 厘米长的一截脐带。接下来的一切也都在预料之中。

几个小时后，婴儿脸上的皮肤开始发黄。过了中午，婴儿浑身的黄疸逐渐加深，红彤彤的新生儿变成了黄疸色。

姜梅大夫向林大夫报告："婴儿的血液中，RH 呈阳性，含抗体胆红素升高。"

"通知血库，按原计划配血待用。"林巧稚沉稳地启动了手术方案。

这时，已是晚上9点钟。血库为减少血液中钾对婴儿的影响，配制了最新鲜的血液，待用血液保存在37℃的恒温箱里。

王文彬大夫为病儿实施换血手术。切开脐静脉后，每分钟抽出15毫升病血，再滴入8毫升新鲜血液，外加补进钙液。一切都经过了反复的讨论和精确的计算。

突然，病儿一阵躁动。林巧稚用暖在手心里温热的听诊器轻轻贴上婴儿的胸腔。她举起一只手向王文彬大夫示意，她的拇指和食指慢慢地张开，又慢慢地合拢，动作轻柔得像是电影里的慢镜头。

王文彬大夫会意，抽血、输血的速度又慢了许多。守候在旁边的儿科专家周华康教授监护着婴儿的生命体征。他们看到，躁动的婴儿平静了下来。

凌晨1点50分，400毫升新鲜血液输入了新生儿体内。婴儿安静地睡着了。

医生们并没有离开，他们知道，新生儿的体内还残留着原来的血液，病情还会反复。果然，十几个小时后，婴儿身上减退的黄疸又浸润上肌肤。

按原定的手术方案，林巧稚决定，为这个患儿第二次换血，换血手术由姜梅大夫实施。

姜梅大夫有了上次换血的经验，她缓缓地抽、缓缓地输，又有400毫升的新鲜血液滴入了婴儿的体内。

已过去了两天两夜。观察期过去了，新生儿的黄疸症状消失了，首例新生儿溶血病手术成功，患儿获得了重生。

婴儿满月了。妇产科的医生送他们母子离开了医院。幸福的焦海棠抱着儿子回到了内蒙古，夫妇俩为孩子起名为"协和"。

林巧稚安排姜梅大夫定期随访，注视着那个叫"协和"的孩子的一切情况。

在塞北广阔的蓝天下，小"协和"欢快地成长，身体、智力发育状况良好。多年后，当年的小"协和"已经长大成人，医学对新生儿溶血病的预防和治疗也有了突破性的进展。

在几十年的医学生涯中，林巧稚究竟迎来了多少新生儿、治愈了多少个病人？对此，林巧稚自己也说不清楚。从她的诊室和产房走出的，有国家领导人的夫人，有外国使领馆的夫人，有文化界的学者名流，有社交界的名媛千金。当然，经她诊治痊愈的，更多的是那些普通的市民、农妇、女工。

冰心和林巧稚是相知多年的朋友。二三十年代，协和的社会服务部有许多燕京大学社会学系的学生，冰心常来这里看望同学和学生。她早就知道林巧稚的名字，但真正和林巧稚熟悉亲近，还是住进协和妇产科之后。

冰心生孩子那年，林巧稚还是主治医生。产科年轻的实习生是冰心的学生。冰心难以忍受剧烈的阵痛，请求实习医生给点瓦斯止痛。林巧稚听见了，立即制止道："你不能这样指使她。她年轻，没经验，瓦斯用多了是有危险的。"林巧稚的率直和负责任，给冰心的印象很深。

冰心的三个孩子，都是林巧稚接生。孩子的出生证上，有林巧稚流利的英文签名："Lin Qiaozhi's baby"（林巧稚接生的孩子）。所有林巧稚接生的小生命，都有这样一份出生见证。这充满人性温暖的签名，深深地打动了冰心。以后每次她们见面，冰心都会和林巧稚谈起"我们的孩子"。

后来，冰心以"男士"为笔名写了一组文章——《关于女人》。其中，《我的同班》里的"L女士"，便是林巧稚的写照："L女士是闽南人，皮肤很黑，眼睛很大，说话做事，敏捷了当，有和男人一样的思路……她的敏捷的双手，接下了成千上万的中华民族的孩童。"

几十年后，冰心在又一篇文章中，写到中华人民共和国成立初期她所见到的林巧稚："我回到中华人民共和国成立后的祖国，再去看林大夫时，她仿佛年轻了许多，容光焕发，举止更加活泼，谈话更加爽朗而充满了热情。她觉得在社会主义国家里，作为一个科学家，一个医务工作者就如同涸辙的枯鱼忽然被投进到阔大而自由的大海。她兴奋，她快乐，她感激，她'得心应手'的工作，得到了党和国家领导人，尤其是周总理的器重。"

1961年初夏的一天，周恩来总理和夫人邓颖超请林巧稚和妇产科的两位主治医生一起吃饭。此前，邓颖超在协和住院手术，在妇产科医护人员的精心治疗护理下，邓颖超恢复了健康。

这是一次私人性质的便宴，地点在北京西四缸瓦市附近的一家饭店，由著名作家老舍先生和夫人胡絜青作陪。

痊愈后的邓颖超气色很好，她对林巧稚和另外两位大夫表达了诚挚的感谢。席间周恩来关切地对林巧稚说，听说林大夫主动降低了自己的口粮，从每个月28斤降到16斤。医生的工作任务很重，林大夫要注意身体啊。

林巧稚告诉总理，自己还好，本来食量就小，家里又没有什么负担。可是，医院里确实有很多人因为营养不良得了浮肿。特别是年轻的医生和护士，他们本来工资就不高，定量供应的食品要让给家里的老人和孩子吃。不过大家都没什么怨言，照常坚持工作。还有很多人，在家里养鸡种菜，"生产自救"。林巧稚说，自己也在院子里种上了黄瓜和西红柿，还养了两只母鸡。可是，这两只鸡却不爱在窝里下蛋，常常把蛋下在院子的草丛里，要不是偶然发现，还真以为是两只不会下蛋的鸡呢！

听着她的讲述，周恩来笑得很开心。言谈中，胡絜青拿出一柄团扇送给邓颖超。绢质的扇面上是胡絜青手绘的一丛鲜红的牡丹，工笔重彩，富丽祥和。老舍先生也拿出一把折扇送给林巧稚。扇面上，疏朗俊逸的几笔兰花旁，题写着："送巧稚大夫拂暑。"

张洁清来协和分娩的时候，林巧稚也不知道她是北京市委第一书记、市长彭真的夫人。她只是隐隐感到，张洁清修养很好，有一种大家风范。后来彼此间熟了，她才知道，张洁清果然出身于世家。参加革命前，是北京女子师范大学的学生。

张洁清告诉林巧稚，她和彭真是在抗战期间结的婚。她的第一个孩子，生在一间露天的破教室里。当时，为了躲避追击，孩子刚刚落地，她就被抬在担架上匆匆转移。看到抬担架的老乡行走吃力，她把盖在身上的被子扔掉以减轻负担。那是太行山冰天雪地的数九寒天，从此她落下了腰腿疼的毛病。

林巧稚对张洁清说，她并没什么器质性的问题，身体的种种不适，按中国传统的说法，应该叫作"亏损"。

在这以后，彭真邀请林巧稚到家里做客。在台基厂附近的一座院子里，林巧稚看到了共产党领导干部的家庭生活。同时，也看到了彭真、张洁清之间情深意笃的夫妻感情。彭真和张洁清有三个孩子，两个小的都出生在协和。老大彦彦是女孩，和林巧稚最是亲热。

后来，林巧稚成了这个家庭最受欢迎的客人。彭真作为一市之长，也希望在这样的场合，了解医生们的真实想法和对医疗卫生管理方面的意见。林巧稚在这里说话，总是毫无保留。

朱德夫人康克清在一篇回忆林巧稚的文章中，更切近地写出了林巧稚的品质。康克清写道："林巧稚看病最大的特点，就是不论病人是高级干部还是贫苦农民，她都同样认真，同样负责。她是看病，不是看人。"

"她是看病，不是看人。"这就是林巧稚"有特别的吸引力"之处。这也是她赢得了无论是下层平民，还是社会上层一致敬重和好评的根本原因。

后来，一位美籍华人到北京访问，那是一位著名的医学博士。周恩来在家宴请他时，特邀林巧稚作陪。

席间，周恩来因急事中途离开，他对林巧稚说："这里的事就交给你了，请你替我招待好客人。"

那是一种自家人般的亲切和信任。

新北京的建设蓝图，在徐徐地展开。位于西城的复兴门地带，崭新的北京儿童医院刚刚落成。出任北京儿童医院院长的，是原来协和儿科的老主任诸福棠。

高大魁梧的北京市市长彭真来到了协和医院。他告诉林巧稚大夫，国家已批准，要在北京建一座相当规模的妇产科医院。"就建在儿童医院旁边，你看怎么样？"彭真兴致勃勃地说，"那里现在正好有地方，搞建设方便。再说，妇女和儿童联系也最密切。"

"不行，不行！"率直的林巧稚急忙表达了不同意见。林巧稚一口气说出了自己的看法："妇产医院建在城外不方便，孕妇们上一次医院太费事。生孩子又常常在夜里，那是刻不容缓的事情。妇产医院最好建在市中心交通方便的地方。"

彭真踌躇了片刻说："市中心地方不好找，拆迁起来比较麻烦。不过，你说得有道理，这个问题要重新考虑。你看这样好不好，你是妇产科专家，你来选地点，再考虑一下医院的布局设计和规划。"

林巧稚急了："我哪有这本事？让我接生个孩子还行，让我接那么大座妇产科医院可不行。"

彭真笑呵呵地说："当然要给你配这方面的专家，大家一起商量着办，眼下重要的是先把地址定下来。"

第二天傍晚，彭真夫人张洁清等林巧稚下班后，就和她一道，乘车在北京城内转悠。她们走一处看一处，比较着，想象着，结果仍没有找到理想的地点。

接下来的一段时间里，林巧稚天天下班就在市中心的大街小巷走来走去。

她终于在一条名叫骑河楼的街道停住了脚步。小街不长，位于故宫的东侧，离王府井大街很近。交通方便自不必说，最让林巧稚高兴的是，这里虽然地处市中心却并不纷乱嘈杂。居住在北京东、西、南、北方向的妇女们，无论从哪儿来这里都很方便。林巧稚对选中的地点实在满意。她迫不及待地告诉了市长彭真。

很快，筹建妇产医院的班子组成了。原来在市妇幼保健院工作的陈本真，被指定为筹建小组的负责人。陈本真 30 年代曾是林巧稚的学生，她一趟趟地来找林巧稚，商量筹建妇产医院的事情。

医院的设计草图出来了，陈本真和设计师来到林巧稚家中，征求她的意见。

设计师给林巧稚指点着图纸说："有些地方我还拿不准，产房的布局应该是分散还是集中？房间的开间以多大为宜？婴儿室与产房的位置应该怎样安排？"

"我不懂建筑设计，只能从医生的角度说点想法。我关心的是产房和婴儿室。产房应该像手术室一样集中，这样人力物力调配起来比较方便。产房的开间可以小一点，不要像一般病房那样搞成大房间，那样产妇会彼此干扰、影响休息。婴儿室也要小一点。"

"我还有点建议，"林巧稚指着图纸又说，"一个是，在婴儿室里搞个哺乳室，大夫们可以在这里指导初产妇怎么喂奶，怎么带孩子，产妇们也可以到这里来活动活动。中国的老习惯是生了孩子多少天不能下地，我看这不是什么好习惯。生下孩子 24 小时后能下地的就可以下地走，这样有助于子宫收缩。"

林巧稚还谈了许多具体意见。

年轻的设计师心里暗暗赞叹，这位林大夫果然是名不虚传。她举止文雅，神态安详，对产妇的生理特点是这样谙熟和体贴，说的话也句句中肯。

他一字不落地记下了林巧稚的意见。

3 年后，北京妇产医院落成。林巧稚是名誉院长，何香凝为妇产医院题写了院名。

开院仪式定在 6 月 6 日。那天，林巧稚穿上自己最喜欢的浅蓝色凡尔丁旗袍，在领口处别上了一枚和平鸽胸针。她来到了自家的院子里。满园的植物枝繁叶茂。她挑选出一大盆开得最好的茉莉，带到妇产医院，放在门厅的花丛中作为自己的献礼。

三

　　"1921 年我怀着'不为良相，当为良医'的愿望以及对'协和'的羡慕，不顾一切困难，离开家乡福建，到了北方，考进协和，很为得意。30 年前一个女学生从厦门到北京协和，不是一件小事。从第一天起，我就怕念不好书被刷掉，所以死读书。唯一的目的就是要每年考试及格，毕了业，成为一个高级的技术家。

　　"1929 年毕业后，留校工作。"

　　…………

　　林巧稚启程去北京协和求学那年，刚满 20 岁。她在鼓浪屿出生，在鼓浪屿长大。在此之前，她没到过比厦门更远的地方。

　　协和医学院学制八年，以严格要求学生著名。八年的寒来暑往，林巧稚只在父亲去世那年回过一次家。那届学生入校 25 人，毕业 16人。林巧稚的成绩是这届毕业生中的第一名。她获得了"文海奖"，并留在协和医学院任职。

　　"兹聘请林巧稚女士任协和医院妇产科助理住院医师。聘期一年，月薪 50 元。聘任期间凡因结婚、怀孕、生育者，作自动解除聘约论。"

　　林巧稚接过了妇产科主任马士敦签名的聘书，留在协和从事临床医学，意味着可能放弃婚姻和家庭。这一规定只限于女性。据说，国外的教会医院，也有相同的规定。

只要林巧稚离开协和，不合理的规定就不会成为约束。以她出色的学历和成绩，无论去哪里都会成为最受欢迎的医生。但是，林巧稚还是愿意留在协和，因为这里有一流的医疗设备和工作条件，有她熟悉的生活环境。

林巧稚在选择职业的时候，也选择了自己的命运。

当然，为了工作而放弃婚姻，这绝不是林巧稚的初衷。

在林巧稚青春少女的遐思里，怎能没有对美好情爱的朦胧向往，怎能没有对未来生活的浪漫设想和憧憬。在她成年之后的生活中，怎能不为那些幸福爱侣送去诚挚的祝福，怎能不对可爱的婴儿投去流连的注视。

可是，生活中究竟还有不为个人所左右的、难以言说的安排。

妇产科永远很忙，她在那里有做不完的事情。她每天的活动范围，大体是从住处到病房，从病房到产房再到门诊。再说，为了供她完成学业，当初亲人们竭尽了全力。如今，她的父母都已去世，而弟弟妹妹侄子侄女尚未成人，她是家族亲人们的依靠。工作、家庭，沉甸甸的承担不容她懈怠、分心。

说到底，每个人的生活方式都是自己选择的结果。它也许不是最好的选择，但那一定是适合他个人的选择。

日复一日地面对仿佛永无尽头的疾病，面对一个个因疾病而痛苦不堪的女人，即使是医生，即使有着更坚强的神经系统，是不是也有厌倦和疲惫的时候？

可无论什么时候，林巧稚总是和悦地接纳，善待每一个求医的女人。她所做的一切不仅出于道义和责任，也源自她内心的信仰和需求。能够为别人所需要，能够给别人以帮助，使她的生存有了明确的意义指向。身体虽然累乏，心灵却平和而宁静。

幸福是什么

1941 年 12 月 8 日，一个普通的星期天。这天清晨，日本海军出动大批飞机，对美国太平洋舰队的军事基地珍珠港进行突然袭击。美国驻珍珠港的舰船及军队遭受重创。

美国对日宣战。太平洋战争爆发。

这一天，林巧稚同往常一样，早早来到医院。她的办公室就在产科病房的对面，能随时掌握和处理病房出现的各种事情。

8 点刚过，走廊里响起"咯噔、咯噔"的皮靴声。林巧稚皱起了眉头。病房要求保持安静，是谁穿着硬底皮靴走得这么肆无忌惮？她走到办公室门口，看见了一个日本兵紧绷着一张骄横的脸在走廊里走来走去，肩上的长枪刺刀寒光凛凛。林巧稚的心往下一沉，她疾步走进产科病房，这里是三楼朝南的房间，窗户正对着医院的大门口。她定定神朝大门望去，只见那里站着密密的日本兵。她返身回到办公室拿起电话，电话线路断了。这时的她脑子里只有一个念头，不能让这里的一切受破坏。她轻声招呼所有的医护人员，沉住气、稳住神，该干什么干什么，不能出差错，更不能影响产妇和病人。她担心即将分娩的产妇受到惊吓，用平静的口吻告诉产妇们说，今天来了一些日本军人到这里参观，他们可能有人想到产科看看……

一个产妇顺利生下了一个婴儿，哭声打破了沉闷得令人窒息的气氛……

日军进驻协和。协和门诊关闭，住院患者被迫出院，学院停课，工作人员和所有学生被迫离校。

期间，林巧稚的侄子、燕京大学的教务长林嘉通被日本人关押在监狱，林巧稚要营救他，还要照顾病弱的侄媳。她的大姐上了年纪，从福建来北京跟着她生活。加之侄女懿铿即将临产，侄女婿周华康本是协和的儿科医生，此时也失去了工作。国难、家难当头，林巧稚担起了一个家长的责任，她选择留在北京，和侄女婿共同开办一间"妇儿门诊"。

"妇儿门诊"的开业，让林巧稚接触到了北京城区的下层妇女，走进了普通百姓的家庭生活。

林巧稚作为妇产医生，对女人的身体和生理有深入的研究，她懂得，生儿育女是女人固有的生理机能，它不应该是导致疾病的原因。可是，她在每天的工作中看到，人数众多的女人患有各种妇科疾病。这些疾病蚕食了女人的健康，摧毁了女人的尊严，生活中的幸福感被磨蚀殆尽。而她们这些疾病，多是因为贫穷、多子和缺乏起码的卫生常识。

平日里，她们得了病感觉身子不好，能拖就拖，能扛就扛，实在扛不住的时候就去药铺里抓两服药。大医院从没进过，协和更是连想都不敢想。而眼下，协和的大夫成了她们的街坊，话语和气、医术高明不说，光是挂号费，就比别的诊所少了两角钱。两角钱对她们来说可不是小数目，那是够一家人吃一天的窝头咸菜。

林巧稚给她们看病，总是替她们着想，替她们省钱。能治疗的就当时治疗，能少吃药就少吃药。而吃药能治的病，就绝不打针。她总是一边给她们检查、治疗，一边轻声细语地告诉她们一些自我护理、自我防护身体的方法。女人们这辈子也没得到过如此的体贴关心，就连她们的母亲，也没有这样耐心细致地教过她们。

遇上难产和半夜临产的产妇，她常常要在夜里出诊。无论夜多黑、多冷，她总是说走就走。她有一个出诊包，包里有产钳、有药品。提起包出门前，她总会往包里放些钱，这些钱往往用来周济那些揭不开锅的产妇和病人。

幸福是什么

307

女人们对林大夫心怀感激可又不知怎样表达。她们只能把这感激告诉自己所有认识的人：姐妹、妯娌、亲戚、邻里。她们说，东城的林大夫是"活菩萨"。林巧稚的名字就这样传遍了北京九城。

林巧稚这样的工作持续了6年。6年里，她行色匆匆。在东堂子胡同10号的诊所里，在穷人的茅屋中，在烈日当空的街道上，在夜色沉沉的星空下……

林巧稚小小的诊所，存留了一些患者的病历，病历上的患者一共是8887名。

北京医学院附属人民医院在1949年前名为中和医院。抗战时期，许多协和的大夫在中和医院行医，同时在北大医学院兼任教职。

其中有著名的泌尿科专家吴阶平，内科专家锺惠澜，外科专家曾宪九，放射科专家胡懋华，儿科专家周华康等。

林巧稚在这一时期也被聘为中和医院妇产科的主任、北大医学院教授。从东堂子胡同的诊所，到中和医院妇产科，再到北大医学院临床教学。一个诊所，一所医院，一座学校，林巧稚往来忙碌着，度过了这段岁月。

在中和医院，林巧稚同往常一样，认真对待每一个病人。只是，她在收取费用时略有不同。对有钱人，她收取的费用稍高些，对穷人，她则少收费或不收费。中和医院的病案室里，至今保留着一些当年就诊者的病历。那些发黄的纸页上，留有财会人员的字迹："林巧稚大夫优待，按八五折计算。""林巧稚大夫免收费用。"

当时社会上，有一些医生凭借行医收费买了汽车，盖了洋楼。林巧稚却认为，钱财应当与人分享，不可囤积财富。能够凭着自己的医术让自己一家人衣食无虞，她已知足。

…………

"过去，我总是借口工作忙，逃避听所有的大课报告，不愿参加任何政治活动。后来，我得到了一连串的教育，觉悟到共产党与人民政府是为人民服务的，以人民的利益作为衡量的标准。就是这个真理感动了我，唤醒了我，使我打开了30多年关得紧紧的窗户，伸出头去歌唱'我们亲爱的祖国，从今走向繁荣富强。'"

五六十年代以后，林巧稚有了许多新头衔。她陆续担任了中华医学会副会长，《妇产科》杂志总编辑，国务院科学规划委员会医学组成员，中国医科大学副校长，中国医学科学院副院长。她还当选为全国人民代表大会代表，全国政协委员，北京市政协副主席。

对这些名誉和地位她曾感到过不安。她喜欢人家叫她林大夫，不习惯别人称呼她的头衔。对她来说，担任这些社会职务，更实质性的意义，是可以在更大范围内切实地为妇女做她想做的事情。

有一次，在外面开会的时间有些长，她心里很着急。会议一结束，她就直奔协和妇产科。穿上白大褂，回到熟悉的环境中，闻着散发淡淡来苏水气息的空气，她这才觉得重新找回了自己。

一个产妇术后发烧，她的孩子在婴儿室不停地哭闹。护士试着给他喂水、喂牛奶都不管用。林巧稚久久地待在婴儿室里，给新生儿做了全身检查。当她抚摸婴儿的时候，婴儿的小手握住了她的一个指头。渐渐地，哭闹着的婴儿安静了下来。

林巧稚一动不动地俯身在婴儿床前，她生怕自己动一下会惊醒孩子。婴儿的手潮湿而温热，她感到自己的手指被握得很紧。腰弯得时间长了，再也不能坚持。于是她在小床前蹲了下来，婴儿仍握着她的一个手指……

外面的世界仿佛消失了，这里多安静啊。

洁白、柔软的襁褓里，熟睡的婴儿散发着淡淡的奶香，茸茸的胎毛柔润地贴着前额。细嫩的面颊上，眉眼还没有完全舒展开来，这弱小的生命多么叫人心疼。

孩子的睡梦中有什么呢？谁也想象不到，刚刚开始的生命将来会走过怎样的路径……他柔嫩的小脚要走多少路，才能认识这个世界？他稚弱的小手长大后，又究竟能把握住什么？说到底，生命来到世上不易，每个人的一生也都不易……

护士小张进来了，软底布鞋走动起来一点声音也没有。小张惊讶林主任这么长时间还在这里，睁大了眼睛表示要替换她。林巧稚摇着头示意小张出去。她的手指还握在熟睡的婴儿手中，她就这样在静静的婴儿室里待了很久……

林巧稚总是说："我是一辈子的值班医生。"这绝不是她的自谦之词。她认定，妇产科的工作是她与这个世界联系的可靠通道，这是她用大半生心血建立起来的通道。"一辈子的值班医生"，是她对自己的人生定位，有了这种定位，她的生活简单而丰富，充实而宁静。

在林巧稚和其他妇产科前辈不懈的努力下，从北京到全国，妇科普查和体检逐渐受到了重视，妇女孕期围产期保健得到了落实，生育后的妇女有了法定的假期，广大妇女的健康有了保障。仅仅 20 年的时间，从 20 世纪 50 年代到 70 年代，每 10 万妇女中，宫颈癌的患病人数由 646.17 人下降到 90.46 人。患者的死亡率也呈明显下降趋势。

如今，当年轻的妈妈们在良好的条件下孕育生产时，是否会想到，仅仅在她们祖母的年代，中国的婴儿出生死亡率还高达千分之二百。也就是说，当时每五个新生儿中，就有一个不幸夭亡。

妇产科在中国是起步很晚的学科，可是，这一学科在短短的几十年却取得了令世界瞩目的进步和成果。其中每一点一滴的进步，都包含着林巧稚倾其一生的努力和付出。

这年夏天，一位先天性心脏房间隔缺损的孕妇，住进了医院。她叫高秀蓉，林巧稚给她检查后，确诊是双胎妊娠。

心脏病人临产本来就很危险，何况又是双胎。当时，高秀蓉已全身浮肿，尿蛋白呈阳性，血压高且胎位不正。

在检查中，林巧稚明确地对科里的其他医生说："是双胎，胎儿的头一个在上面，另一个在髂骨处。要注意心脏的问题，要慎重，请内科会诊。"

然后，她安慰孕妇说："你放心好了，不要紧张，我们一定想办法让你安全分娩。"

会诊后，林巧稚对高秀蓉生产中可能发生的情况制定了详细的方案和措施。

这以后，她每天都要到病房去看高秀蓉。高秀蓉浮肿得厉害，饮食要求严格限制盐的摄入量。一天，正赶上吃午饭，林巧稚看到高秀蓉家里送来的菜颜色很深。她很不放心，自己尝了一口，觉得不咸，才让高秀蓉吃。高秀蓉有了阵痛，林巧稚一直守在她身旁。

她提示高秀蓉正确呼吸，正确用力。一边用手轻轻抚摩着高秀蓉的腹部，一边柔声说道："做母亲可不是容易的，再坚持一会儿就好了。"

疼痛引起了产妇的呕吐。林巧稚仔细观察着，发现呕吐物中有咖啡色的东西，立刻问道："你吃什么东西了？"产妇说吃了巧克力，林巧稚紧锁的眉头才舒展开来，说："我还担心是胃出血了呢。"

她看见产妇双手使劲抓着产床的铁架子，便说："你拉着我的手吧，免得以后你的手痛。"

高秀蓉痛得迷迷糊糊，她紧紧抓住了林巧稚伸出的双手。疼痛中，她感到林巧稚的手纤细而温热。

分娩的时刻到了，在林巧稚的助产下，一个女婴，又一个女婴，两个婴儿顺利分娩，接着娩出了胎盘。

林巧稚和几个大夫一起检查了胎盘。高秀蓉听见他们在说，这是"帆状胎盘"。

过后她才知道，帆状胎盘的妇婴死亡率高达 98%！

高秀蓉母女三人平平安安，林巧稚是那么高兴。产后几天，她天天都要来看看她。一次，看到床边放着便溺过的便盆，她就端了出去。高秀蓉十分不安，林巧稚说："我端便盆有什么不可以呢？这也是工作嘛！"

一天，待产室难产产妇疼痛难忍，就用拳砸床，以头撞墙。

值班医生请来了林巧稚。

林巧稚一边安慰产妇，一边为产妇做检查。她轻柔的声音和动作如同镇静剂，产妇安静了下来。就在产妇阵痛一阵紧似一阵时，有人通知林巧稚，要她去开会。

林巧稚对等在门外的产妇丈夫说："她还得一个多小时才能生，我先去开会，到时候就回来。"

林巧稚走后，护士把一包饼干递给焦急不安的产妇丈夫，说："林大夫让给你的，让你先垫垫，还得过一会儿才能生。"

果然，一个小时后，林巧稚回来了。她边穿白大褂边对护士说："推产妇来。"说着，疾步向产房走去。

半个多小时过去了，产房里传出婴儿的啼哭声。林大夫向守在产房门口刚做父亲的年轻人笑道："祝贺你，是个女孩。你听见了吗？那个哭得最响的，就是你的千金。"

1976年，东单菜市场门口，排起了买螃蟹的长队，林巧稚也在队列中。

几十年行走在这一带，认识她的人很多。早年她接生的孩子，如今都有了自己的孩子。走在大街上，时常有孩子亲亲热热叫她"林奶奶"。她乘公共汽车，常有不认识的人给她让座。这会儿，排队买蟹的人们纷纷让林巧稚往前面去，售货员也大声地招呼着她。

林巧稚整天仍然忙个不停。除了妇产科的事情外，她还担任着许多社会职务。和年轻时相比，老年的林巧稚有着别样的神采，她像个孩子似的毫无保留地开心。

1978年11月，中国人民友好代表团出访西欧四国。代表团团长是楚图南，副团长是林巧稚。

就在林巧稚做着出国准备的前夕，来自浙江宁海的薛宝娟找到了她。

这位年轻妇女在分娩中曾被折腾得死去活来。

两年前，薛宝娟初次怀孕，足月后到医院分娩。医院为她剖腹取出了胎儿。剖宫产过去十几小时后，她肚胀如鼓，腹痛难忍。经检查，原来是手术不当，造成了肠扭转梗阻。于是，又立即施行了第二次手术。不料接踵而来的是术后感染，她高烧达41℃，每天都要输液打针。十多天后，她腹部的伤口突然绽裂，脓液四溢，生命垂危。这时，医院又给她做了第三次手术。

一个月内接连三次大手术，彻底摧垮了原本年轻健康的薛宝娟。在医院住了三个月，她留下了严重的后遗症。伤口形成了窦道，整天流脓滴水，从此失去了正常生活。两年来，她四处求医问药，每日奔波在医院和药店。丈夫陪同她先后跑了几个城市的大医院，却

幸福是什么

都被种种理由拒绝接收。

绝望中，她和丈夫怀着一线渺茫的希望，向林巧稚写信求救。林巧稚很快给他们回了信，信中写道："如来北京，可到医院妇产科找我就诊……"夫妻俩捧着这封林巧稚亲自署名的信，真像是绝处逢生。

薛宝娟面对林巧稚，讲述了自己患病的始末。

通常，这样的病例，医院和医生都不愿意接收。因为病人在别处已做过三次手术，盆腔粘连会比较严重。再次手术，会导致出血量大，伤口容易感染，稍有不慎，还可能损伤肠道或别的器官。

可协和妇产科的人都知道，林主任只要接收了病人，就一定会负责到底。她收治病人时，主要考虑的是病人的感受，特别是这样因治疗不当而痛苦的病人。她希望通过治疗，使患者恢复一个女人的完整生活。

这是林巧稚对待病人的最主要特征。

…………

林巧稚就要出国了。临行前，她还和科里的医生一起，仔细分析薛宝娟的病因和病情，制定出了手术治疗方案。她对薛宝娟说："我要出国了，不能亲手给你治疗，但你的病是有希望治好的。"

林巧稚的学生为薛宝娟做了手术，她的病最后得到了根治。

来自浙江的薛宝娟，是林巧稚生前最后收治的病人。

中国代表团到了巴黎，林巧稚自觉身体有些不适。她想可能是这些天连续奔波，有些劳累。她没有太在意左手连带左胳膊的阵阵麻木感，也没有告诉同行的其他人。

三天后，代表团飞抵英国。就在抵英的第二天，林巧稚的左腿力弱，左手臂失去知觉。在英国医院，她被诊断为缺血性脑血管病。

她被送回北京，住进了协和医院。

在医院病房里，林巧稚度过了 80 岁生日。

她清楚地感到，死亡如同黄昏的阴影，慢慢地、慢慢地挥动着羽翼，然后，一下就会突然降临。

她抓紧完成了《妇科肿瘤学》的编写工作。学生们捧来了书稿，全书 51 万字，稿子沉甸甸的。这部著作，总结了协和妇产科 30 多年的病历资料，分析了妇科肿瘤 3900 余个病例，参阅了相关文献 900 多部，制图 200 余幅，是对妇科肿瘤规律认识的一次全面总结。

躺在病床上，她一直操心着这部著作的出版进程。在精神尚可时，她就在床上搭一个可以放置书稿的架子，一页页地审读批阅。

《中国青年报》的记者在病房里采访她。她平静地说："我是一名医生，经历了太多的生死，并不怕死。"

老家福建派代表来医院看望她。她握着来人的手，向故乡人提出了最后的请求："我是鼓浪屿的女儿，我常常在梦中回到故乡的海边，那海面真辽阔，那海水真蓝，真美，我死后想回到那里去。"

春天，林巧稚病情突然恶化。高血压、心脏病、脑血栓同时并发，重重地将她击倒在病床上——她彻底瘫痪了。

医院多次组织专家会诊，运用各种技术挽救她的生命。

但是，林巧稚一次比一次长时间地处于昏迷中。当她清醒过来时，一再要求停止为她用药。她说："不要再抢救了，那些药，留给别的病人用吧……"

康克清来看望她。陈慕华来看望她。

柬埔寨国王西哈努克的夫人莫尼克公主来看望她。

邓颖超派秘书赵炜来看望她。

而林巧稚则是一时昏迷，一时清醒。

幸福是什么

赵炜来病房的时候，林巧稚刚从昏迷中清醒过来。

雪白的头发，洁白的枕头，洁白的被单。林巧稚眼窝深陷，面容清癯。

认清来人后，她断断续续地说："我从不愿意走后门。但有件事想走邓大姐的……后门。请她关心一下建立……妇产科研究中心……的事情。"

赵炜不由得一阵辛酸，她贴近林巧稚，握着她的一只手说："林大夫，这不是'后门'，这是正门。您放心，我一定向邓大姐汇报……"

深夜，五号楼二层特护病房里，突然响起呼叫声："快！快！拿产钳来！产钳……"

值班护士疾步跑到林巧稚病床前，她留心看了看心脏监测仪，然后轻声叫着："林主任！您醒醒！林主任……"

又一个凌晨，迷迷糊糊的值班护士被林巧稚的呓语惊醒，她听到林巧稚抱歉的低语："你来得太晚，只能手术了……"过了一会儿，林巧稚很高声地说："看啊，多可爱的胖娃娃……"

也有这样的情形，当值班护士把林巧稚唤醒，她却仿佛仍在梦境。她紧闭着双眼，疲乏地小声说："让我再睡会儿吧，真累呀……"

1983 年 4 月 22 日，北京的正午时分。

林巧稚在一阵悸动后，血压骤然下降，呼吸停止，心律不再搏动。

临终，她的神情十分安详，仿佛值了一个长长的夜班进入了梦乡，又仿佛长途跋涉后回到了家中。

她的脸庞光洁、干净，额头、眼角的皱纹全都舒展开来，阅尽 82 载寒暑春秋，她走得安静，走得安心。

她留下了自己的遗嘱：

三万元积蓄捐献给医院的托儿所。遗体供医院作医学解剖用。

骨灰撒在故乡鼓浪屿的海上。

四月的风很轻快，轻快的四月风送一个灵魂向另一个世界远行。如茵浅草，柳枝茸茸，远处传来婴儿嘹亮的啼哭，婴儿的啼哭如展翅的鸽群盘旋在城市上空。

此时此刻，在协和妇产科，在整个北京城，在辽远的乡村城镇，不知有多少新生儿刚刚诞生……

（《报告文学》2007 年 01 期刊载）